Dieses Buch ist der unveränderte Reprint einer älteren Ausgabe.

Erschienen bei FISCHER Digital
© 2016 S. Fischer Verlag GmbH,
Hedderichstr. 114, D-60596 Frankfurt am Main

Printed in Germany
ISBN 978-3-596-31211-5

Copyright © by Christoph Rinser
Dieses Werk wurde vermittelt durch die
Montasser Medienagentur, München

Fischer

Weitere Informationen finden Sie auf
www.fischerverlage.de.

Die Hochebene, in deren düsterer, schwermütiger Landschaft sich die drei Lebenswege dreier Menschen kreuzen, ist mehr als ein bloßer geographischer Ort. Wenn sich Juliane Brenton am Ende dieses Liebesromans für das selbstlose Leben an der Seite eines Arztes entschieden haben wird, hat sie im übertragenen Sinne die Hochebene ihres Lebens erreicht. Es ist nicht nur das Thema allein, das in dieser Erzählung ergreift – es ist die klare, bildkräftige Sprache, mit der die Dichterin die feinen Verästelungen seelischer Entwicklungen aufspürt. Unter der scheinbaren Nüchternheit drängt verhaltene und gebändigte Leidenschaft zur Entscheidung. Luise Rinser führt ihre große Lesergemeinde auch hier wieder auf die Grundfragen der menschlichen Existenz hin. In seinem Nachwort schreibt Hans-Jürgen Seekamp über das 1942 erschienene Buch: »Ihm ist anzumerken, wie die Verfasserin zur Krise der Zeit stand und wie sie sich doch auch über die Zeit zu erheben wußte.«

Luise Rinser wurde 1911 in Pitzing/Oberbayern geboren. Sie studierte Psychologie und Pädagogik und war von 1935 bis 1939 als Lehrerin tätig. 1940 erschien ihr erster Roman ›Die gläsernen Ringe‹. In den folgenden Jahren durfte sie ihren Beruf nicht mehr ausüben, 1944 wurde sie wegen Wehrkraftzersetzung verhaftet. Die Erlebnisse dieser Zeit schildert sie in ihrem ›Gefängnistagebuch‹ und in ihren Autobiographien, ›Den Wolf umarmen‹ (1981) und ›Saturn auf der Sonne‹ (1994).
Luise Rinser lebt heute als freie Schriftstellerin in Rocca di Papa bei Rom. 1979 erhielt sie den Literaturpreis der Stadt Bad Gandersheim, die Roswitha-Gedenkmedaille, 1987 den Heinrich-Mann-Preis der Akademie der Künste der DDR, 1988 den Elisabeth-Langgässer-Literaturpreis und 1991 den Internationalen Literaturpreis Ignazio Silone.

Luise Rinser

Hochebene

Roman

Fischer Taschenbuch Verlag

226.–227. Tausend: April 1998

Ungekürzte Ausgabe
Veröffentlicht im Fischer Taschenbuch Verlag GmbH,
Frankfurt am Main, Juli 1963

Lizenzausgabe mit freundlicher Genehmigung des
Benziger Verlages Köln/Rhein
Copyright by Benziger Verlag, Köln 1953
Druck und Bindung: Clausen & Bosse, Leck
Printed in Germany
ISBN 3-596-20532-8

ERSTER TEIL

Im Morgengrauen kam Juliane in der kleinen fremden Stadt an, wohin ein Telegramm sie gerufen hatte. Sie war die Nacht hindurch gefahren, um ihren Vater vor seinem Tode noch einmal zu sehen. Müde und frierend verließ sie das Bahnhofsgebäude und ging durch eine Allee von gestutzten Kastanien. Es war Anfang Februar, aber es lag kein Schnee. Juliane schlug die Pelzkappe hoch, verbarg die Hände tiefer im Muff und steckte das Kinn in den seidenen Schal, den sie unter dem Mantelkragen trug. Sie ging langsam und so gedankenlos, daß sie öfter als einmal in eine tiefe Pfütze geriet. Sie hatte die ganze Stadt zu durchqueren, um zu dem Hotel zu gelangen, in dem ihr Vater lag; doch sie beeilte sich nicht. Sie dachte daran, daß sie den Vater nicht mehr gesehen hatte, seitdem man sie, nach dem Tod der Mutter, in ein Genfer Internat geschickt hatte. Sie besaß keine gute und keine schlechte Erinnerung an ihn; sie hatte ihn vergessen. Doch fiel ihr plötzlich eine kleine Szene aus ihrer Kindheit ein. Der Vater sprach drängend und finster auf die Mutter ein, die ihn ruhig und spöttisch ansah, bis er unsicher wurde und ging. »Warum ist er böse?« hatte die Kleine gefragt. Die Mutter zuckte die Achsel. »Böse? Ach nein. Er ist nur schwach. Schwach und dumm.« Im nämlichen Augenblick fiel draußen im Flur eine Tür zu, und dieser laute Knall verlieh den letzten Worten der Mutter den Nachdruck eines scharfen und unwiderruflichen Urteils.

Diese Szene, vergessen und plötzlich wieder aufgetaucht, beschäftigte Juliane so sehr, daß sie beinahe an dem Hotel vor-

beigegangen wäre, in das man sie gerufen hatte. Sie fragte den Portier, wo sie ihren Vater, Herrn Brenton, finden könne. Der Portier räusperte sich, spielte mit seinem Bleistift und drehte seinen Schnurrbart hoch. Dann rief er in gleichsam überstürztem Entschluß einen Boy, der in der winzigen und armseligen Halle herumlungerte. »Bring das Fräulein auf Nummer fünfzehn!«
»Oh«, sagte der Junge, »der Herr ist doch...«
»Bring das Fräulein hinauf«, befahl der Portier erbost.
»Was ist mit Herrn Brenton?« fragte Juliane, als sie die ausgetretene knarrende Treppe hinaufstiegen.
»Er ist tot. Gestorben«, sagte der Junge trocken. Dann schlug er sich mit der Hand auf den Mund und spähte scheu über das Treppengeländer hinunter. Juliane empfand bei dieser Eröffnung weder Bestürzung noch Schmerz, nur eine leise Beklemmung. Als sie die Tür von Nummer fünfzehn öffnete, drang lautes Hämmern und der Geruch nach Lysol heraus. Zwei Männer in Arbeitsschürzen waren damit beschäftigt, den Deckel auf den schwarzen Sarg zu nageln.
»Er wird gleich abgeholt werden«, sagte der Boy. Juliane blieb auf der Schwelle stehen. Der Sarg war zugenagelt. Die Männer gingen an ihr vorüber aus dem Zimmer. Sie war allein mit dem schwarzen Sarg, der ziemlich ärmlich aussah. Auch das Zimmer war armselig. »Weshalb lebte Vater so billig?« dachte sie erstaunt. »Wir haben doch Geld.« Sie legte die Hand auf das schlecht geglättete Holz. Dann ging sie in die Halle hinunter. Der Portier räusperte sich und sagte mit Trauermiene: »Mein Beileid, Fräulein.« Dann fuhr er eifrig fort: »Das Fräulein sollen hier warten, bis ein Herr Doktor Hackliff oder Heckliff kommt.«
»Heckliff?« fragte Juliane und zog die Brauen zusammen.

»Wer ist denn das?«
Der Portier zuckte die Achseln. »Er wird gleich hier sein.« Er zog sich in seine Loge zurück, und Juliane ließ sich in einen der abgeschabten roten Plüschsessel fallen, die um ein Marmortischchen standen. Der Boy, durch eine schmutzige Serviette unterm Arm in einen Kellner verwandelt, schlenderte herbei, und Juliane bestellte ein Frühstück. Angewidert betrachtete sie die klebrigen Spuren von Likörgläsern auf der Tischplatte, die Flecke auf den Plüschmöbeln, die schäbigen Gardinen und Läufer und die albernen Öldrucke an den Wänden. Als der Boy mit dem Frühstück kam, war sie, den Kopf auf der Lehne, eingeschlafen.
Sie schlief unruhig, doch zu tief, um zu bemerken, daß jemand längere Zeit vor ihr stand und sie betrachtete. Es war ein Mann, der so groß und so breit war, daß er das einzige Fenster der Halle, vor dem er stand, fast verdeckte, so daß es plötzlich düster darin geworden war. Er beugte sich ein wenig vor, um das Gesicht der Schlafenden zu sehen. Der Anblick dieses Gesichts schien ihn zu erschrecken, denn er fuhr heftig zurück. Der Portier streckte seinen Kopf aus der Loge, verwundert über diese Bewegung. Mißtrauisch beobachtete er, wie der Fremde sich von neuem über die Schlafende beugte, die ganz in seinem Schatten versank. Die Fäuste auf die Armlehnen des Sessels gestützt, wartete der Fremde auf das Erwachen des Mädchens, ohne sich um die Blicke des Portiers und des ruhelos umherstreichenden Boys zu kümmern.
Plötzlich standen, ohne daß man sie hatte eintreten hören, vier schwarzgekleidete Männer mit Zylinderhüten in der Halle. Sie schritten, vom Portier angewiesen, stumm über die Treppe und kehrten nach kurzer Zeit zurück, den ärmlichen Sarg auf den Schultern. Als sie den untersten Treppen-

absatz erreichten, stolperte einer der Träger, und es entstand ein polterndes Geräusch, von dem Juliane erwachte. Sie richtete sich auf. Ihr Blick fiel auf den Sarg, den man an ihr vorüber durch die Halle hinaustrug. Dann erst bemerkte sie den Mann, der schweigend neben ihr stand. Sie sah ihn mit hochgezogenen Brauen an und schob ihre Kapuze, die während des Schlafs zurückgeglitten war, wieder über ihr braunes, wirrgelocktes Haar.
»Ich bin Doktor Heckliff«, sagte er, ohne sie anzuschauen. Dann verstummte er, um ihr Zeit zu lassen, eine Frage zu stellen. Doch sie blickte ihn nur kühl und schweigend an. Plötzlich ergriff er sie am Arm und sagte: »Kommen Sie.«
Der Tag war trüb. Es hatte begonnen zu regnen. Sie gingen wortlos mit hochgezogenen Schultern. Juliane fragte nicht, wohin sie gehen würden. Endlich stieß er die Tür zu einem Café auf. Es war leer. Ein magerer Kellner lehnte am Fenster und starrte in den Regen. Heckliff bestellte Kaffee und Zwetschgenschnaps. Dann sagte er heiser: »Ich weiß nicht, ob Sie meinen Namen schon früher gehört haben.« Zögernd fügte er hinzu: »Von Ihrer Mutter vielleicht.«
»Nein«, sagte Juliane und sah ihn an.
»Nein«, wiederholte er düster und nickte abermals. Dann sagte er: »Man hat mich zum Vormund für Sie eingesetzt.«
»So?« sagte Juliane.
»Ja«, fuhr Heckliff mühsam fort, »Ihr Vater wollte mich besuchen. Aber er wurde hier krank und er kam nicht mehr nach Steinfeld. Dort wohne ich.« Er machte eine unbestimmte Handbewegung, die in Juliane die Vorstellung erzeugen mußte, Steinfeld liege am Ende der Welt. Der Kellner brachte Kaffee und Branntwein. Heckliff trank sein Glas mit einem Zuge leer. Dann fuhr er fort: »Morgen mittag ist die

Beerdigung. Bis dahin wohnen Sie bei Frau Deuerlich. Sie wird Trauerkleider für Sie kaufen. Vor der Beerdigung hole ich Sie ab.«
Er schob ihr einen Briefumschlag zu, den sie, ohne den Inhalt anzusehen, gedankenlos einsteckte. Daraufhin entstand eine lange Pause, während der Heckliff mehrere Gläser Schnaps leerte und Juliane ihn betrachtete. Er war, so schätzte sie, etwa vierzig Jahre alt, vielleicht auch älter. Das Gesicht war braun und von Sonne und Wind gegerbt. Je länger Juliane es betrachtete, desto stärker empfing sie den Eindruck einer melancholischen Gewalttätigkeit, die sie erregte, ja gegen ihn aufbrachte, obwohl sie nichts als Gutes von ihm erfuhr. Sie begriff, daß sie auf diesen Mann bis zu ihrer Volljährigkeit angewiesen sein würde, und ihr ganzes Wesen lehnte sich dagegen auf.
Plötzlich wandte er sich ihr zu und machte eine Bewegung, als wollte er nach ihrer Hand greifen, doch er nahm nur sein leeres Glas und hielt es während des ganzen Gesprächs fest. Juliane blickte kühl in seine Augen, die ihr übermäßig blau und groß erschienen. Er sagte: »Ihr Vater war zu mir gekommen, um mir zu sagen, daß etwas Unangenehmes geschehen ist.«
Sie schaute ihn unverwandt an, als er fortfuhr: »Das Geld Ihres Vaters ist restlos verloren.«
Sie runzelte die Brauen und schob die Unterlippe vor, eine Bewegung, die ihrem Gesicht einen kindlich trotzigen Zug verlieh. Sie sagte mehr erstaunt als bestürzt »Ach« und überließ es Heckliff weiterzusprechen. Er betrachtete sie verwundert, ehe er weitersprach: »Es ist nicht einmal soviel Geld da, daß Ihr Studium bezahlt werden könnte.«
Nun öffnete sie den Mund und starrte ihn mit weiten Augen

an. Er schaute dunkel und unerbittlich auf sie, als er sagte:
»Ich biete Ihnen mein Haus an. Ich bin Arzt in Steinfeld auf
den Rothöhen, und Sie können mir in meiner Praxis helfen.
Ich bin allein.«

Juliane schüttelte den Kopf, zuerst langsam und ungläubig,
dann heftig, und schließlich rief sie so laut, daß der melancholische Kellner aus seinen Träumen aufschreckte: »Nein!
Ich gehe nicht mit Ihnen.« Sie schlug dabei sogar mit ihrer
kleinen Faust auf die Tischplatte. Heckliff betrachtete sie ungerührt. In seinen Augen lag mit einemmal ein Glanz wie
von Grausamkeit. Er schwieg, bis Juliane ihre Faust vom
Tisch genommen hatte und, beunruhigt von seinem Blick,
im Kaffee zu rühren begann. Endlich sagte er langsam: »Und
was gedenken Sie zu tun?«

Sie rührte heftiger in ihrer Tasse und sagte trotzig: »Ich weiß
es nicht. Aber ich gehe nicht mit Ihnen.«

»Warum nicht?« fragte er gelassen.

»Weil . . . nun, weil ich nicht will.« Zornig fügte sie hinzu:
»Weil ich nicht abhängig sein will. Nicht von Ihnen. Und von
niemand.«

Er sagte rätselhaft: »Ja«; dann rief er den Kellner und bezahlte.

Juliane legte ein Geldstück auf den Tisch, und da er es beiseiteschob, ließ sie es liegen, als sie gingen. Er hatte es bemerkt
und sein Gesicht zu einem Lächeln verzogen, das sie nicht
sah.

Sie legten den ganzen Weg wortlos zurück, bis sie in eine
enge Gasse mit winzigen Häusern kamen. Eines von diesen
hatte im Erdgeschoß einen kleinen Antiquitätenladen. Eine
alte verschrumpelte Frau begrüßte Heckliff ehrerbietig und
warf einen verwunderten, fast bestürzten Blick auf Juliane.

Heckliff verabschiedete sich kurz und ließ Juliane bei der kleinen Alten zurück, die sie über ein enges Stiegenhaus in ein winziges Zimmer führte. Während sie die Tür öffnete, sagte sie fast ängstlich: »Es ist ein wenig eng hier, aber ich habe nicht gewußt...« Sie vollendete den Satz nicht, sondern fragte hastig: »Wenn das Fräulein vielleicht eine Tasse Tee möchte?«
Juliane sagte: »Danke, ich möchte nichts.« Nachdem die alte Frau gegangen war, blieb sie lange unbeweglich mitten im Zimmer stehen. Der Regen schlug gegen die Scheiben und rann unaufhörlich an ihnen herab. Der Raum war niedrig und vollgepfropft mit Glasvitrinen, Kommoden und Sesseln, deren Seidenbezüge mit grauen Tüchern bedeckt waren. Auf einer Kommode befand sich eine große, weiße Porzellanfigur, einen sitzenden Chinesen darstellend, dessen Kopf, Hände und Zunge beweglich waren, so daß bei jeder leichten Erschütterung des Fußbodens Leben in die Gestalt kam. Sie wackelte mit den Händen und bewegte die rote Zunge in dem weitgeöffneten Mund. Juliane sah es schaudernd. Dann setzte sie sich mit dem Rücken zu dem Chinesen und starrte aus dem Fenster. Plötzlich zog sie den Umschlag aus der Manteltasche, den ihr Heckliff gegeben hatte, und schleuderte ihn zu Boden. Dann warf sie sich auf das Bett und grub sich in die Kissen. Ab und zu hob sie ihr nasses Gesicht aus den Händen und schaute angstvoll auf den Chinesen, der nun unbeweglich in seinem kalten, stumpfen Weiß dastand.
Am Nachmittag brachte Heckliff Julianes Koffer. Er lauschte nach oben, und als nicht das leiseste Geräusch zu hören war, drängte er die alte Frau nachzusehen. Als sie den Laden verlassen hatte, ging er unaufhörlich hin und her. Schließlich

nahm er diesen und jenen Gegenstand vom Tisch und stellte ihn wieder hin, ohne ihn angesehen zu haben. Plötzlich entfiel seinen Händen eine kleine rote Porzellanschale und zerschellte auf dem Boden. Endlich kam die alte Frau zurück. Sie sagte leise und bekümmert: »Das Fräulein schläft. Es liegt mit den Kleidern auf dem Bett, und das Kissen ist naßgeweint. Das arme Fräulein.«

Heckliff zuckte ungeduldig die Achseln. »Wenn sie aufwacht, sorgen Sie für ein gutes Abendbrot.« Er legte einen Geldschein auf den Tisch und ging.

Als Juliane erwachte, blickte sie verwirrt umher. Sie sah das Zimmer von tiefer Dämmerung erfüllt, aus der nur der weiße Chinese schimmerte. Augenblicklich erinnerte sie sich ihrer Lage. Auf dem Boden mitten im Zimmer lag der Umschlag mit Heckliffs Geldscheinen. Sie ließ sich wieder in die Kissen zurückfallen und blieb unbeweglich liegen, bis es völlig Nacht geworden war. Sie konnte nicht mehr weinen. Nichts brachte ihr Erleichterung. Sie fühlte sich verraten und verlassen von allem, was ihr vertraut und selbstverständlich gewesen war, sie sah sich ausgeliefert einem finstern, gewalttätigen Fremden, einem einsamen und armseligen Leben auf den rauhen Rothöhen.

Plötzlich faßte sie einen Entschluß. Sie sprang aus dem Bett, zog sich eilends an, schob Heckliffs Geld mit dem Fuß beiseite und schlich, den schweren Koffer in der Hand, über die Treppe, deren dürres Holz bei jedem Schritt knarrte. Viele Male mußte sie innehalten, um jeden Verdacht eines etwa Lauschenden zu zerstreuen. Als sie endlich im Laden stand, fand sie die Tür zur Straße verschlossen und verriegelt und den Schlüssel abgezogen. Sie stand eine Weile verstört und ratlos da, dann tastete sie sich ans Fenster. Es war von hundert kleinen Dingen verstellt. Sie wagte kein Licht zu machen. Im Finstern stellte sie in lautloser Hast Gegenstand um Gegenstand auf den Boden. Endlich war das Fenster freigelegt. Sie öffnete es, und die Läden ließen sich mühelos entriegeln. Scharfe Morgenluft strömte herein. In der Gasse lag dichte Dämmerung. Juliane hob den Koffer auf die Fensterbank und schwang sich hinaus. Dann drückte sie vorsichtig Fenster und Läden hinter sich zu, ergriff ihren Koffer und ging durch die Gasse davon, den Kopf hoch erhoben. Sie ging zum Bahnhof. Der Weg war weit und der Koffer schwer, doch sie spürte es kaum.

Der Bahnhof lag noch menschenleer. Noch brannten die Lichter, doch schon mischte sich das Tageslicht fahl und frostig darein. Juliane las den Fahrplan. Um Mittag ging der Schnellzug nach Basel. Sie trug ihren Koffer zum Aufbewahrungsschalter. Er war, wie die Wartesäle, geschlossen. So schleppte sie den Koffer in eine Ecke der Halle und setzte sich darauf.

Stunden später fand Heckliff sie hier. Der Schweiß rann ihm über das Gesicht, sein Atem ging keuchend, sein langer Ledermantel stand offen. Von dem dicken Lammfellfutter war ein Streifen abgerissen und hing unter dem Saum hervor. Seine Hosen waren mit Dreck bespritzt. Als er Juliane sah, erhellte sich sein Gesicht, doch nur für einen Augenblick, dann zog es sich schmerzhaft zusammen. Juliane sprang auf, wich bis zur Wand zurück und starrte ihn an. So standen sie sich gegenüber, einander fest im Auge behaltend.

Endlich sagte Heckliff ruhig: »Sie wollen fort?«
»Ja.«
»Wohin?«
»Zurück nach Genf.«

»Und dort?« Er schaute sie verwundert an.

»Arbeiten.« Sie zog ihre verrutschte Kapuze mit einer zornigen Bewegung zurecht.

»Arbeiten?« sagte er. »Das können Sie bei mir auch.«

Sie schwieg. Er beugte sich ein wenig vor und fragte, sie besorgt und aufmerksam anblickend: »Warum laufen Sie mir davon?«

Sie zuckte wütend die Achseln. Nach einer Weile sagte er: »In einer Stunde ist die Beerdigung.«

Ohne auf ihre Antwort zu warten, ergriff er ihren Koffer und ging ihr voran durch die Bahnhofstraße. Sie folgte ihm willenlos. Aber als sie bereits durch die Kastanienallee gingen, entriß sie ihm den Koffer und rief: »Was fällt Ihnen ein? Sie glauben, weil ich arm bin, können Sie über mich bestimmen? Ich will Ihr Geld nicht. Ich will Ihre Hilfe nicht. Ihr Geld liegt bei Frau Deuerlich.«

Sie machte Miene, zum Bahnhof zurückzueilen. Er stellte seinen schweren Stiefel auf ihren Koffer und sagte gelassen: »Ich bin Ihr Vormund.«

»Ach«, rief sie voller Verachtung aus, »mit Gewalt wollen Sie mich halten?« Sie lachte zornig. Er nahm seinen Stiefel vom Koffer und blickte sie mit einem Ausdruck von Qual, ja Verzweiflung an, der sie erschreckte. Ratlos schaute sie in seine Augen. »Gut«, sagte sie, »ich bleibe bis nach der Beerdigung.« Er nickte stumm, ergriff ihren Koffer und begann ihr voran durch die Stadt zu gehen, die Augen auf das feuchte Straßenpflaster gerichtet.

Als sie im Laden von Frau Deuerlich ankamen, war es zwölf Uhr. Die alte Frau kam aus ihrem Gerümpel hervorgehuscht. »Herr Doktor«, rief sie, doch als sie Juliane sah, verstummte sie. Juliane schaute nach dem Fenster. Alle Gegen-

stände waren in der alten Ordnung wieder auf die Fensterbank gestellt worden. Die alte Frau sagte aufgeregt: »Aber die Trauerkleider! Jetzt ist es Mittag. Alle Geschäfte sind geschlossen. Vielleicht könnte man einen schwarzen Mantel und einen Trauerhut zu leihen nehmen?«
»Ach was«, sagte Heckliff ungeduldig. »Es ist Zeit zu gehen.«
Er verließ mit Juliane den kleinen Laden, während die alte Frau vor sich hinklagte: »Ohne Trauerkleider zur Beerdigung von ihrem Vater. Das arme Fräulein...«
Heckliff und Juliane gingen durch das Städtchen, bis sie endlich vor einem großen halbgeöffneten Tor standen, in dessen Bogen mit schwarzen Buchstaben eingegraben war: »Das Licht leuchtet in der Finsternis.« Heckliff stieß einige unverständliche Worte aus und zog sich den Pelz zurecht.
Vor dem großen unverhängten Fenster der Halle standen drei schwarzgekleidete Frauen, das Gesicht dicht am Glas. Heckliff murmelte: »Das sind sie, die drei Schwestern.« Juliane erinnerte sich dunkel an drei Tanten, Schwestern ihres Vaters. Sie bewohnten zusammen ein kleines Haus in irgendeiner kleinen Stadt, und sie waren schon immer alt gewesen. Heckliff räusperte sich. Eine der drei Tanten wandte sich plötzlich um und schaute neugierig auf die Angekommenen. Aber sie erkannte weder Heckliff noch erinnerte sie sich an Juliane. So drehte sie den beiden entschlossen den Rücken zu, aber die spiegelnde Fensterscheibe verriet, daß sie weiterhin beobachtete.
Heckliff trat dicht hinter sie und sagte laut: »Fräulein Brenton!«
Alle drei wandten sich mit einem Ruck zugleich um und starrten ihn an. Mit einem Blick erkannte Juliane die drei

wieder: die kleine, mausäugige Tante Wilhelmine, die magere geizige Friederike und die stets wehmütige Helene. Heckliff ließ sie eine Weile staunen, dann sagte er: »Ich bin Doktor Heckliff, der Vormund von Fräulein Juliane.«
In diesem Augenblick traten vier Männer mit Zylinder auf dem Kopf in die Halle. Die drei Tanten brachen erneut in Schluchzen aus. Friederike ergriff Juliane an der Hand und führte sie, als wäre sie ein kleines Kind. Juliane entzog sich ihr ärgerlich, worauf Friederike den Schleier hob und sie erstaunt anstarrte. Juliane blickte sich nach Heckliff um, der, die Pelzmütze in den Händen, in einiger Entfernung folgte. Sie traten in die Halle, in der der Sarg aufgestellt war. Der Pfarrer mit den Ministranten kam. Von irgendwoher aus der Höhe der Kuppel tönte das melancholisch feierliche Spiel eines Harmoniums. Während der Zeremonie stand Heckliff halb hinter einer Säule verborgen. Juliane drehte sich mehrmals nach ihm um, und keiner ihrer Blicke entging ihm.
Dann setzten die Träger ihre Zylinder auf und hoben den Sarg auf ihre Schultern. Sie gingen, vom Pfarrer, den drei Schwestern, Juliane und Heckliff gefolgt, durch den Friedhof. Nach einer Weile hörte Juliane, wie Tante Wilhelmine flüsterte: »O Gott, o Gott, sie hat ja keine Trauerkleidung an.« Darauf brach Helene in heftiges Schluchzen aus und murmelte: »Die arme, arme Waise. Niemand hat sich offenbar um Trauerkleider gekümmert.« Sie wandte sich nach Heckliff um, der in einiger Entfernung hinter ihnen ging, und warf ihm einen vorwurfsvollen Blick zu.
Das Grab lag neben frisch aufgehäuften Hügeln, wo nur ärmliche Grabsteine und hölzerne Kreuze waren. Es hatten sich jene Leute eingefunden, deren Leidenschaft dahin geht,

bei keiner Beerdigung des Städtchens zu fehlen: Alte Männer und humpelnde Weiblein aus dem Spital. Auch der Boy aus dem Hotel, in dem Julianes Vater gestorben war, stand bei ihnen. Seine Blicke hingen an Juliane.

Eine kleine Glocke begann dünn zu läuten. Der Sarg polterte in die Grube. Julianes Blick suchte Heckliff, und er schaute sie an. Dann wandte er sich schroff ab und starrte wieder über die Mauer hinweg auf die kahlen Höhen.

Das Begräbnis war vorüber, die Glocke verstummte. Die drei Schwestern standen noch am Grabe. Sie weinten nicht mehr. Friederike beugte sich zu den beiden hinüber und flüsterte: »Was für eine armselige Beerdigung, keiner hat sich drum gekümmert, er war doch so reich. Sie hat nicht geweint, habt Ihr gesehen? Was für ein schreckliches Kind.« Juliane hatte die Worte verstanden, so leise sie gesagt waren. Sie wandte sich vom Grabe weg und suchte Heckliff. Er war schon ein wenig weitergegangen, stand nun an einen Grabstein gelehnt und wartete. Juliane sah, wie Tante Friederike sich scheu umblickte, und als sie glaubte, daß weder Juliane noch Heckliff zu nahe standen, um es zu hören, flüsterte sie: »Ist das nicht dieser bewußte Heckliff, der Arzt, Ihr wißt schon?«

Wilhelmine nickte lebhaft: »Ja, er ist es ohne Zweifel. Wie konnte Friedrich ihn zum Vormund machen?«

Alle drei wandten sich hastig nach Heckliff um. Dann warfen sie noch einen langen Blick ins Grab, an dem sich schon der Totengräber zu schaffen machte, und traten langsam zurück.

Wilhelmine flüsterte: »Wir müssen ihn ansprechen.« Die Schwestern nickten.

Sie umringten Juliane, die ungeduldig wartend zwischen

ihnen und Heckliff stand. »Mein armes Kind«, rief Helene aus, »nun ist alles vorüber!«
»Ja«, sagte Juliane und blickte nach Heckliff, der mit dem Stiefel im nassen Kies des Weges bohrte, daß er knirschte.
»Nun wirst du wohl bald wieder nach Genf zurückkehren, nicht wahr, mein Kind?« fragte Wilhelmine.
»Nein«, sagte Juliane.
»Nein?« riefen alle drei.
»Nein«, wiederholte Juliane.
»Was wirst du denn tun, armes Kind?«
»Ich werde mit Doktor Heckliff gehen«, sagte Juliane trokken.
»Wie?« riefen sie aus. »Ist das dein Ernst?« Sie blickten sich fassungslos an.
»Nun ja«, sagte Juliane.
»Aber willst du denn nicht weiterstudieren?«
Juliane machte eine unwillige Bewegung.
Nun fielen alle drei über sie her und bestürmten sie, von ihrem Plan abzulassen. Juliane zuckte ungeduldig die Achseln und sagte: »Wenn ihr es wissen wollt: Es ist kein Geld da. Vater hat alles verloren.«
Die drei wichen bestürzt zurück. »Ach!« riefen sie aus.
Friederike faßte sich am ehesten: »Darum also die Beerdigung nur zweiter Klasse, der schäbige Sarg. Aha!«
Dann betrachteten sie wieder Juliane, die gelassen vor ihnen stand.
Tante Helene zog sie an sich und benetzte sie mit Tränen, die Juliane ungeduldig abwischte. Sie machte sich entschlossen frei und trat einen Schritt beiseite. Friederike, in düsterem Nachdenken, murmelte: »Alles verloren... Natürlich steckte diese Bettina dahinter.«

Juliane wandte sich ihr zornig zu. »Meine Mutter ist seit sechs Jahren tot.«

Alle drei blickten sie bestürzt an: »Ja, ja, liebes Kind«, sagte Tante Helene begütigend, »ja, ja, wir wissen es.«

Juliane ging auf Heckliff zu, der, ohne aufzublicken, im Kies wühlte. Friederike neigte sich zu den Schwestern und flüsterte: »Mein Gott! Seien wir froh, daß dieser Heckliff sich ihrer annimmt! Wer sollte es sonst tun? Wir mit unseren bescheidenen Zinsen . . .« Sie zuckte die Achseln.

Juliane stand vor Heckliff und sagte: »Ich glaube, die Tanten wollen sich verabschieden.« Er blickte auf die drei kleinen alten Frauen herab, die, um zu ihm aufschauen zu können, ihre Köpfe zurückneigen mußten. Friederike sagte mit ein wenig krächzender Stimme: »Es ist ja recht schön, daß Sie sich unserer Nichte annehmen. Wir haben bereits aus dem Munde unserer Nichte von dem bedauerlichen Zusammenbruch des Unternehmens unseres armen Bruders – Gott hab' ihn selig! – gehört.«

»So«, sagte Heckliff und blickte Juliane an, die sich abgewandt hatte.

»Ja«, rief Wilhelmine aus, »es ist ein Jammer. Das begabte Kind . . . Nun muß es aufhören Musik zu studieren.«

Friederike sagte knarrend: »Ist gar kein Geld mehr da? Könnte unsere Nichte nicht mit bescheidenen Mitteln doch noch . . . ?«

»Nein«, sagte Heckliff, »nichts.«

Die drei Schwestern schüttelten die Köpfe. Friederike fuhr fort: »Die Begräbniskosten – wer – «

»Ich«, sagte Heckliff. »Kümmern Sie sich nicht darum. Es ist alles in Ordnung«, und indem er sich an Juliane wandte, fragte er: »Wollen wir jetzt gehen?«

Juliane reichte den Tanten die Hand, ließ sich widerwillig von Helene küssen und folgte Heckliff, der schon dem Friedhofstor zuschritt, während Wilhelmine ausrief: »Sie gleicht völlig der Mutter. Sie hat gar nichts von unserm armen Friedrich.«

»Nein«, sagte Friederike knarrend, »sie ist keine Brenton.«

Heckliff überquerte, ohne sich umzublicken, gesenkten Hauptes den Platz vor dem Friedhof und bog in eine schmale Gasse ein. Juliane war ihm gefolgt bis zu einer Toreinfahrt, in der er verschwand. Sie hörte aus dem Hof seine herrische Stimme und das Klappern von Pferdehufen. Während sie wartend am Toreingang stand, verging der Trotz, den sie ihren Tanten gegenüber empfunden und der sie dazu bestimmt hatte, sich an Heckliff zu halten, und sie sah sich einer verzweifelten Unsicherheit ausgeliefert. Sie begann vor dem Tor auf und ab zu gehen. Die Bilder der fernen, schon aufgegebenen Stadt und der Schule drangen lebhaft auf sie ein; sie sah die hellen Studienräume, den Park, die Feste unter freiem Himmel, die heitern Freundinnen. Sie klammerte sich an diese köstlichen Erinnerungen mit jenem Eigensinn, der blind und taub macht für alles andere.

Plötzlich hörte sie das Geräusch eines anfahrenden Wagens. Heckliff führte sein Pferd am Zügel aus der Einfahrt. Das Pferd, mehr einem schweren Ackergaul gleichend als einem Kutschpferd, war vor einen jener leichten, altmodischen zweirädrigen Wagen mit einem schwarzen Lederverdeck gespannt, die man sonst zu kleinen Spazierfahrten auf städtischen Promenaden benutzt. Die Räder waren von dicken Schmutzkrusten bedeckt, und das Dach war mit Dreckspritzern übersät, so daß das ganze Gefährt mehr lehmgelb als schwarz und übelhergenommen aussah. Heckliff fuhr in die

Gasse ein und hielt dort an. Er hatte seinen dunklen Pelz hochgeschlagen, die Pelzmütze tief ins Gesicht gezogen und dicke Fäustlinge an den Händen.

»Nein«, dachte Juliane schaudernd, »ich kann nicht mit ihm fahren. Ich werde jetzt zu ihm gehen und ihm sagen, daß ich es nicht kann.« In diesem Augenblick hob Heckliff ihren Koffer auf den Wagen, wandte sich nach ihr um und sagte: »Können wir fahren?« Da schwang sie sich auf das Gefährt und setzte sich neben ihn. Er breitete einen Pelz und die Pferdedecke über ihre Knie, reichte ihr dickgefütterte Handschuhe, stopfte ein Kissen in ihren Rücken und zog die Zügel an. Der schwere Gaul setzte sich in Bewegung, und sie rollten, von heftigen Stößen geschüttelt, über das unebene Straßenpflaster. Juliane sah, daß da und dort das Roßhaarfutter aus den Kissen quoll und daß, hätte es geregnet, der Regen durch die Risse im Lederverdeck geronnen wäre. Ein leichter Nebel lag über dem Städtchen.

Sie fuhren über eine steinerne Brücke und ließen die letzten Häuser des Städtchens hinter sich. Die Straße begann langsam anzusteigen. Der Nebel blieb im Tal zurück.

Juliane wurde von großer Müdigkeit befallen. Die Ereignisse der letzten Tage, die Qualen der Entscheidung hatten sie zermürbt. So war es jetzt fast eine Wohltat für sie, nicht mehr denken und widersprechen zu müssen. Sie fuhren durch kahle Laubwälder, die immer dünner und spärlicher wurden, und gelangten, indes die Straße unablässig anstieg, in ein heideähnliches Land. Weit und breit war kein Haus, keine Hütte, kein Mensch. Ehe sie die steile Steigung nahmen, hielt Heckliff an, ließ das Pferd verschnaufen, langte aus seinem Mantelsack einige Äpfel und kleine Roggenbrote heraus und reichte sie Juliane, die sie nahm und neben sich legte.

Dann fuhren sie weiter. Rechts und links von der Straße lagen nun weitausgedehnte, tiefe Steinbrüche mit roten Felsen. Weitab vom Wege wurde irgendwo in den Brüchen gearbeitet. Man hörte das Geklopfe von vielen Hämmern und rauhe Rufe in einer Mundart, die Juliane nicht verstand. »Marmor«, sagte Heckliff, indem er mit dem Peitschenstiel auf die Steinbrüche deutete.
Es war die letzte Steigung gewesen. Bald rollte das Gefährt auf einer Hochebene dahin, die, aus unzähligen Hügelwellen bestehend, von keinem Baum bewachsen, nackt und unwirtlich dalag. Ein durchdringend scharfer Luftzug strich darüber hin. Das Land war mit kurzem, hartem Gras bedeckt. Eine große Schafherde weidete in der Ferne. Der Wind trug ihr Geblöke bis zur Straße, und es klang wie rauhe Klage. Überall lagen große rötliche Felsblöcke, hier und da ganze Felder von rotem Geröll. Plötzlich deutete Heckliff in die Ferne und sagte: »Steinfeld!« Juliane sah ein hohes, langes Dach und in einiger Entfernung davon mehrere niedere. Auch Bäume standen dort, die kahl und sehr hoch die Dächer überragten.
»Vielleicht wohnen Menschen dort, mit denen man sprechen kann«, dachte Juliane. Plötzlich wurde sie aufs neue schmerzhaft von der Erinnerung an die ferne Stadt und die Schule überfallen, so daß sie ihr Gesicht in dem rauhen Polster verbergen mußte. Heckliff wandte sich ihr zu und blickte sie lange an, doch sie merkte es nicht.
Der schwere Gaul begann plötzlich von selbst zu laufen, als er das Dorf sah. Ein heftiger Stoß des Gefährtes riß Juliane aus ihrer Ecke, und sie sah, daß sie in einen Feldweg eingebogen waren, der zwischen steinigen Äckern und eingezäunten Obstgärten hinlief.

Die Häuser des Dorfes waren graue Würfel mit flachen Schindeldächern, von denen viele mit großen Steinen beschwert waren.

Beim ersten dieser Häuser hielt Heckliff an. Er sagte nichts als: »Hier«, sprang vom Wagen und wartete, bis auch Juliane es getan hatte. Ohne sie anzuschauen, ohne sich um sie zu kümmern, schnallte er den Koffer vom Wagen, stellte ihn zu Boden, spannte das Pferd aus und ließ es in den Stall traben. Dann schob er den Wagen in die Remise. Während dieser Zeit stand Juliane auf der Straße, müde, durchgerüttelt von der langen Fahrt und gedankenlos. Sie sah, daß das Haus Heckliffs, genau wie alle anderen Häuser des Dorfes, aus grauen, roh behauenen Steinen gebaut war, die durch eine dicke Mörtelschicht verbunden waren, welche überall zwischen den Steinen hervorquoll. Die Türen und Fenster waren mit roten Marmorsteinen eingefaßt. Die Fenster waren schmal und tief in die dicken Mauern eingelassen, so daß die Häuser den Eindruck von kleinen Festungen erweckten.

Heckliff schloß Stall und Remise ab, ergriff Julianes Koffer und ging ihr voran über die steinerne Treppe, die ins Haus führte. Langsam folgte sie ihm. Er öffnete die Tür und rief: »Katharina!« Der Ruf widerhallte im ganzen Haus, doch niemand antwortete. Er zuckte die Achseln und schloß die Tür. Juliane sah sich in einem breiten, gewölbten Hausflur, der völlig weiß gekalkt war und kein Bild, kein Möbelstück enthielt. Es war frostig kalt. Rechts und links lagen mehrere Türen aus ungestrichenem Holz, das vor Alter dunkelgrau geworden war. Eine Tür stand offen, und Juliane sah weißlackierte Eisenmöbel, Glasschränke mit ärztlichen Instrumenten und ein mit weißen Laken bedecktes Sofa. Heckliff rief noch einmal: »Katharina!« Daraufhin hörte man von irgendwoher ein Geräusch wie von einer leise sich schließenden Tür, doch kam oder antwortete niemand. Heckliff öffnete eine Tür nach der anderen und blickte hinein, aber es war niemand zu sehen. Juliane sah an ihm vorbei in Räume, die überaus sauber waren. Dann gingen sie über eine weißgescheuerte Stiege ins Obergeschoß und traten in ein Zimmer, das offenbar für Juliane bestimmt war. Heckliff stellte den Koffer nieder und schien reden zu wollen. Er hatte die Pelzmütze abgenommen und hielt sie in den Händen, wie Bauern es zu tun pflegen. Sein Gesicht war unruhig und zeigte eine starke innere Erregung. Juliane blickte ihn gespannt an, aber er sagte nichts und ging rasch zur Tür. Von der Schwelle her rief er: »Kommen Sie herunter, wenn Sie fertig sind.«

Als Juliane allein war, blieb sie eine Weile mitten im Zimmer stehen und blickte betäubt zu Boden, dann hob sie langsam den Kopf und begann sich scheu in dem Zimmer umzusehen, das nun das ihre war. Ihr Blick fiel auf einen großen, ovalen dunklen Fleck an der Wand. Hier war ein Bild abgenommen und der Platz durch kein anderes bedeckt worden. Der dunkle Fleck befand sich gerade über dem Bett, dessen weiße Leinenbezüge sich noch völlig neu und hart anfühlten. Das Zimmer war kaum durchwärmt, das Feuer in dem großen grünen Kachelofen erloschen. Der Raum enthielt einen Schrank, einen Tisch und zwei Stühle, doch außer einem Wandspiegel und zwei alten, völlig eingedunkelten Ölporträts nichts, was ein Mädchen nötig hat, um sich behaglich zu fühlen. »Wie eine Nonnenzelle«, dachte Juliane unglücklich, während sie langsam durch das Zimmer bis zum Fenster ging, das, spiegelnd vor Sauberkeit, einen kleinen Ausschnitt der weiten, nackten Landschaft der Rothöhen zeigte. Als sie es öffnete, bemerkte sie, daß es mit Eisenstangen vergittert war. Sie schlug mit der geballten Faust mehrmals darauf. Sie erwiesen sich als äußerst hart und unnachgiebig. Juliane stieß ein halblautes, zorniges Gelächter aus, bis ihr einfiel, daß sie auch an den übrigen Fenstern Eisenstäbe gesehen hatte. Dann warf sie sich auf einen Stuhl, legte Arm und Kopf auf den Tisch und versuchte, über ihre Lage nachzudenken. Doch sie brachte keine Ordnung in ihre Gedanken und vermochte außer einer trotzigen Verwunderung nichts zu empfinden.

Ein lauter Wortwechsel, der im Hausflur geführt wurde, störte sie auf. Eine harte Frauenstimme, offenbar die der Wirtschafterin Katharina, rief, während eine Tür geöffnet wurde: »Das Essen ist auf dem Tisch.« Heckliff antwortete: »Hol das Fräulein.«

Juliane stand auf und trat an den Spiegel, um sich zu kämmen.

Es war bereits eine Weile verstrichen, als sie Heckliff sagen hörte: »Du sollst das Fräulein zum Essen herunterholen.« Dann folgte wieder ein längeres Stillschweigen. Juliane lauschte aufmerksam und mit Spannung. »Was ist denn?« hörte sie Heckliff ungeduldig fragen. Er bekam keine Antwort. Juliane empfand deutlich die Feindseligkeit dieses Stillschweigens, eine Feindseligkeit, die offenbar ihr galt.

»Sie holen jetzt Fräulein Brenton herunter!« sagte Heckliff ruhig, doch ziemlich scharf. Daraufhin wurde eine Tür mit Nachdruck geschlossen. Erst nach einiger Zeit waren Schritte im Flur zu hören, die, nach einem längeren Aufenthalt am Fuß der Stiege, endlich das Obergeschoß erreichten. Juliane schaute neugierig und auf Unangenehmes gefaßt zur Tür, die sich alsbald öffnete. Auf der Schwelle erschien eine steife, spröde und derbe Frauensperson, an der alles sauber, streng und karg war: der straffe graublonde Scheitel, das lange, gestärkte blauweiße Waschkleid, die rotgescheuerten Hände. Sie sagte mit widerstrebender Stimme: »Das Essen ist auf dem Tisch.«

Plötzlich öffnete sich ihr Mund, ihre Augen weiteten sich und sie legte in unwillkürlicher Bewegung ihre Hände auf die Brust. Ihre ganze Erscheinung drückte heftige Bestürzung aus. Erstaunt fragte Juliane: »Was haben Sie denn?«

»Nichts, nichts«, erwiderte Katharina, schüttelte hastig den Kopf und ging aus dem Zimmer. Sie vergaß die Tür zu schließen, und Juliane konnte hören, wie sie auf der Stiege sagte: »Aber das kann doch nicht... Nein, nein, das ist sie doch nicht.«

»Was meint sie denn nur?« fragte sich Juliane und betrachtete sich gespannt im Spiegel, doch sie konnte nichts finden, was Entsetzen einzuflößen vermochte. Es blickte ihr ein wohlgeformtes, ein wenig blasses Gesicht mit großen dunklen Augen entgegen, ein Gesicht, von dem sie nicht einmal wußte, ob es schön war. Kopfschüttelnd wandte sie sich ab und folgte Katharina zögernd über die blankgescheuerte Stiege hinab. Sie öffnete die Tür des Zimmers, das der Stiege zunächst lag. Es enthielt mehrere Bücherschränke, die eine ganze Wand bedeckten, einen Schreibtisch und eine Kommode. Juliane sah, daß unter der Kommode etwas lag, was wohl heruntergefallen war. Sie bückte sich, hob es auf und legte es, ohne es anzuschauen, auf die Kommode. In dem Augenblick, in dem sie sich abwenden wollte, fiel unwillkürlich ihr Blick darauf, und sie sah, daß es das Bild einer jungen Frau war, das vor Alter schon so undeutlich geworden war, daß man kaum mehr die Züge der Frau zu erkennen vermochte. Es zeigte ein Gesicht, das dem ihren so ähnlich war, daß sie glauben mußte, ihr eigenes Bild zu sehen. Sie nahm die Photographie in die Hand und betrachtete sie. Es mußte ein Jugendbildnis ihrer Mutter sein.

Sie bemerkte nicht, daß die Tür geöffnet worden war. Sie schrak zusammen, als Heckliff vor ihr stand und ihr mit einem entschiedenen Griff das Bild aus der Hand nahm. Bestürzt blickte sie in sein vor Unwillen verdüstertes Gesicht. Er schob das Bild in seine Tasche.

Sie sagte verwirrt: »Es lag unter der Kommode.« Heckliff drehte sich um und ging ins Eßzimmer, ließ aber die Tür hinter sich offen stehen. Juliane folgte ihm zögernd.

Auf ihrem Teller lag schon eine mächtige Portion von jenem fetten, nahrhaften Pudding aus Kartoffeln, Speck und Rüben, dessen Geruch das Zimmer erfüllte. Heckliff aß rasch, wie alle Menschen, die gewohnt sind, ihre Mahlzeit allein einzunehmen. Aber für Juliane war die kräftige Speise ungewohnt, und sie vermochte nur wenig zu essen. Plötzlich fragte sie, ohne aufzublicken: »Es ist das Bild meiner Mutter, nicht wahr?«

Heckliff hielt im Kauen inne und sagte nach einer Pause kurz: »Ja.«

»Warum soll ich das Bild nicht sehen?« fragte sie mißtrauisch und aufsässig.

Er schloß seine Lippen und bewegte sie, als zermalme er etwas. Dann sagte er finster: »Warum nicht, warum auch nicht?« Er zog das Bild hervor und legte es auf den Tisch.

Juliane schaute es nicht an, doch sie fragte hartnäckig: »Haben Sie es von meiner Mutter bekommen?«

Als er schwieg, fragte sie weiter: »Haben Sie meine Mutter gekannt, als sie so jung war wie hier auf dem Bild?«

Sie spürte, daß ihre Art zu fragen ihn bis zum äußersten quälte.
»Ja, ja«, sagte er düster, und sie begriff, daß er ihr nicht antworten würde. In diesem Augenblick begann sie ihn zu hassen. Plötzlich war sie von einer Spannung erfüllt, die ihr zwar Qual bereitete, doch sie gleichzeitig mit einer sonderbaren wilden, entschlossenen Fröhlichkeit erfüllte. Ihr Leben bei Heckliff, das ihr noch vor einer Stunde so unendlich leer erschienen war, hatte nun einen Zweck. Ich werde alles erfahren, was er mir verheimlichen will, sagte sie sich, indem sie triumphierend zu Heckliff aufblickte, der begonnen hatte, einen Apfel zu schälen.
Da polterte es an der Haustür, und gleich darauf hörte man die Schritte Katharinas, die viel zu langsam und gelassen waren für das aufgeregte Pochen. Mit einem unwilligen Laut sprang Heckliff auf und eilte hinaus. Nach einem kurzen Gespräch in einer rauhen Mundart, von der Juliane kein Wort verstand, verließ Heckliff das Haus.
Juliane stand vom Tisch auf, nahm das Bild ihrer Mutter an sich und ging in ihr Zimmer. Lange betrachtete sie abwechselnd die Photographie und ihr Bild im Spiegel. Bin ich so schön wie sie? fragte sie sich mit Herzklopfen, und als sie sich sagen mußte, daß sie ihrer Mutter so sehr glich, wie nur ein Mensch dem andern gleichen kann, stieg ihr eine heftige Röte ins Gesicht. Sie trat hastig vom Spiegel weg, legte das Bild in die Tischschublade und ging zu dem vergitterten Fenster. Es begann schwach zu dämmern. Die Sonne war, ehe sie unterging, durch die dichten Wolken gebrochen und legte ein zartes rötliches Licht über die nackten braunen Hügel des Hochlandes. Die roten Felsblöcke und Geröllfelder färbte sie mit einem tief leuchtenden Violett. Juliane warf ihren Man-

tel um und eilte über die Stiege. Als sie die verschlossene Haustür aufsperrte, öffnete sich die Küchentür, und die strenge Gestalt der Katharina stand auf der Schwelle. »Wohin gehen das Fräulein?« fragte sie kühl. Juliane drehte sich nach ihr um und sagte: »Ins Freie.«
»Das Fräulein sollen nicht mehr hinausgehen«, sagte Katharina.
»Ich soll nicht? Wieso?«
»Das Fräulein sollen nicht mehr so spät hinaus.«
»Ich gehe aber hinaus«, rief Juliane, drehte den Schlüssel im Schloß um und öffnete die Tür.
»Es wird dem Herrn Doktor nicht angenehm sein, wenn das Fräulein noch hinausgehen«, sagte Katharina laut und unerbittlich.
»Ich will aber, und ich tue, was ich will«, rief Juliane empört.
»Ich kann das Fräulein nicht hindern. Das Fräulein müssen die Folgen selber tragen.«
»Ja«, schrie Juliane von der Schwelle her zurück. »Ja, und es geht mich ganz allein an, was ich tu und was ich nicht tu!«
»Da denken das Fräulein nicht ganz so wie der Herr Doktor«, hallte die Stimme Katharinas nach. Juliane schlug die Tür zu.
Das ist ja schön, dachte sie voller Empörung, wer ist sie denn? Woher nimmt sie das Recht, mich zu tadeln und zu beraten? Hat er sie beauftragt? Zornig lief sie über die steinerne Vortreppe hinunter.
Ein kühler Wind wehte ihr entgegen, als sie durch die Gasse lief, die ins Dorf führte. Es dämmerte, und das Dorf lag wie ausgestorben. Außer einem alten Mann, der einen Krug im Arm hielt, und außer streunenden Hunden begegnete ihr

nichts Lebendiges auf diesem Gang. Die Hunde waren fast alle von derselben Rasse: eine Art von grauen Windspielen, die im Laufe von Generationen trotz aller Kreuzungen ihre gute Rasse nicht ganz verloren hatten. Auf ihren hohen, gebrechlichen Beinen strichen sie, lautlos sich wiegend, die langen Nasen im Wind, um die grauen Häuser. Keiner von ihnen bellte. Sie wichen geschmeidig und scheu vor Juliane zurück.

Alle Häuser des Dorfes glichen einander. Alle zeigten Spuren von Verfall, der nicht allein vom hohen Alter herrührte. Die Hand, die hier alles in Ordnung gehalten hatte, war nicht mehr da, dies war deutlich zu spüren. Das Dorf war verwaist, und seine Menschen, der Selbständigkeit entwöhnt, ließen alles treiben, wie es trieb. So war alles verlottert und traurig und hatte dennoch einen Schimmer von der schöneren Vergangenheit bewahrt.

Juliane war begierig, das große schloßartige Gebäude zu sehen, das ihr auf der Fahrt aufgefallen war. Sie irrte durch mehrere kleine Gäßchen, die irgendwo in einem Hofe oder in einer gewölbten Toreinfahrt mündeten und nicht weiterführten. Endlich stand sie vor der Mauer, die das Schloß umgab. Sie war doppelt mannshoch und von Efeu und dürrem Schlingwerk überwachsen. Juliane suchte das Tor und hoffte, unbemerkt in den Park zu gelangen. Das Tor bestand aus dichtgefügten armdicken Eisenstäben, denen ein schwerer Riegel vorlag. Außerdem waren die beiden Torflügel mit einer starken Kette verbunden, an der ein großes Schloß hing. Alle Eisenteile waren mit einer dicken Rostschicht überzogen. Die Mauerpfeiler rechts und links des Tores waren verwittert und zerfressen und so von kleinen Flechten und vertrockneten Moosen besiedelt, daß sie alten Baumstämmen glichen. Juliane spähte zwischen den rostigen Gitterstäben hindurch, doch verwehrte ihr ein dichtes Gewirr von wild wuchernden Sträuchern die Sicht. Vielleicht hatte der Schloßherr dieses Tor mit Absicht verwachsen lassen, es gab wohl noch ein zweites, zugängliches. Juliane ging suchend an der Mauer entlang, doch schien der Park von so großer Ausdehnung zu sein, daß sie darauf verzichtete, an diesem Abend noch hineinzugelangen. Sie nahm sich vor, Heckliff nach dem Schloß und seinen Bewohnern zu fragen.

Sie bekam den Doktor jedoch an diesem Abend nicht mehr zu sehen. Als sie ins Haus zurückkehrte, stand Katharina im Flur. »Das Fräulein sollte es sich nicht angewöhnen, nachts noch aus dem Haus zu gehen«, sagte sie gelassen und unerbittlich. Stumm ging Juliane an ihr vorüber ins Zimmer. Wenn ich meine Bücher und meine Geige hier haben werde, wird alles besser sein, dachte sie, und es ist ja nicht für alle Zeiten. Einmal werde ich von hier wegkommen. Ich muß nur alles geschickt beginnen.

Was sie beginnen wollte und wie, das wußte sie in diesem Augenblick ganz und gar nicht. Einstweilen legte sie sich in das fremde kalte Bett. Doch trotz ihrer großen Müdigkeit konnte sie nicht einschlafen. Das Bettzeug knisterte bei jeder Bewegung. Die Kissen waren fest, so prall waren sie gefüllt, und das neue grobe Leinen wollte sich nicht erwärmen. Sie machte sich so klein wie sie konnte und dachte nach. Plötzlich hatte sie einen Einfall. Sie seufzte vor Erleichterung und Eifer, sprang aus dem Bett, holte Briefpapier aus dem Koffer und begann, in ihren Mantel gehüllt, einen Brief zu schreiben. Es wurde ein kurzes Schreiben an den Direktor ihrer Schule. Sie erzählte ihm vom Tod ihres Vaters, vom Verlust

seines Vermögens und von ihrem vorläufigen Aufenthalt im Hause eines Bekannten, und sie ersuchte ihn, ihr ein Stipendium für das letzte Jahr ihrer Schulzeit zu gewähren. Das Geld, so schrieb sie, würde sie als geliehene Summe betrachten und ihm einen Schuldschein darüber ausstellen, den sie durch ein Jahr unentgeltlicher Arbeit in seinem Büro, oder wo immer er sie brauchte, einzulösen gedenke. Sie kam sich sehr geschäftstüchtig vor, als sie diesen Brief geschrieben hatte, und legte sich zufrieden in ihr Bett. Sie lag noch eine Weile wach. Plötzlich vernahm sie Katharinas Stimme, die vor der Tür stand, ohne daß man sie hatte kommen hören.
»Das Fräulein sollen nicht so lange das Licht brennen lassen.«
Juliane warf einen Hausschuh nach der Tür und verkroch sich unter der Decke. »Ach«, dachte sie, »ich darf nicht tun, was ich will, denn ich bin hier nur geduldet, ein armer Gast von Heckliffs Gnaden.«
Sie vergaß, daß Heckliff durchaus keine Schuld an ihrer Armut trug, und sie sammelte alle Erbitterung auf ihn. Sie ließ das Licht brennen, rollte sich zum Schlafen zusammen und sah und hörte schon nicht mehr, daß kurze Zeit darauf eine Hand von der Tür her am Schalter drehte und daß wieder einige Zeit später Heckliffs schwere Schritte im Zimmer nebenan zur Ruhe kamen.
Als sie vom Morgenlicht geweckt worden war, eilte sie zum Fenster. Was sie dort sah, hatte sie nicht zu sehen erwartet. Der Nebel, der am Vortag die Ferne verhüllt hatte, war verschwunden, und man sah am Rande der braunen Hochebene ein wildes, zerklüftetes Gebirge, das, von der Morgensonne getroffen, in roten und violetten Farben leuchtete. In diesem Augenblick schwand Julianes Begierde, alles zu hassen, was

mit Heckliff in Verbindung stand. Dieses Land in seiner harten, wilden, schwermütigen Schönheit entsprach ihr so sehr, daß sie es liebte, noch ohne zu wissen, daß sie es tat.
Plötzlich erinnerte sie sich des Abends und des Vorfalls mit dem Bild ihrer Mutter. Ihr Gesicht, das noch eben von Neugier und Morgenfrische gestrahlt hatte, verdüsterte sich. Sie öffnete die Tischschublade, in die sie die Photographie gelegt hatte. Sie war leer. Niemand anderer als Katharina konnte das Bild geholt haben. Juliane eilte zur Tür, riß sie auf und machte Anstalten, durch das morgenstille Haus zornig nach ihr zu schreien. Doch besann sie sich und kehrte in ihr Zimmer zurück. Was für ein Interesse konnte diese Person an dem Bild haben und daran, daß Juliane es besaß oder nicht besaß? Handelte sie in Heckliffs Auftrag? Es war ein beängstigendes Gefühl, so von Geheimnissen umgeben zu sein, aber es war auch in einer fast angenehmen Weise aufregend.
Als sie mit dem Ankleiden fertig war, stand sie eine Weile unschlüssig umher. Sie wußte nicht, ob jemand kommen würde, sie zum Frühstück zu holen. So stieg sie endlich ins Erdgeschoß hinunter und betrat das Eßzimmer. Heckliffs Gedeck war schon benützt. Auf dem Tisch stand eine Schüssel mit Haferbrei, der so dick war, daß ihr der Bissen im Hals steckenblieb. Sie ließ die Hälfte ihrer Portion stehen. Für eine Weile vergaß sie, daß sie der arme Gast des Doktors war, und rief nach Katharina. Als niemand kam, ging sie in die Küche und sagte: »Ich möchte eine Tasse Tee oder Kaffee haben.«
»Es ist bei uns nicht üblich, am Morgen etwas zu trinken«, antwortete Katharina, unbeirrt ihren Kochtopf scheuernd.
Juliane seufzte laut vor Ungeduld und ging. Im Flur stieß sie

auf Heckliff. Er war zum Weggehen angezogen. Sein Gesicht war frisch und gespannt, und seine Augen, nicht vorbereitet auf die Begegnung mit Juliane, strahlten vor Bläue, so daß er jünger wirkte und Juliane weit besser gefiel als tags zuvor. Doch diese Empfindung gewährte ihr nur einen Augenblick lang Vergnügen, um alsbald in Bestürzung und die alte Erbitterung umzuschlagen.
»Guten Morgen«, sagte er nicht freundlich, aber auch nicht grollend, und fügte wie beiläufig hinzu: »Ich fahre jetzt über Land, Krankenbesuche machen. Begleiten Sie mich?« Juliane wußte nicht, ob dies eine Frage war, eine Einladung oder ein Befehl. Sie sagte: »Ja, ich fahre mit.« Erst als sie dies gesagt hatte, ärgerte sie sich über ihren bereitwilligen Gehorsam, doch sie sagte sich, daß es eine schöne Fahrt werden würde im Morgen, und daß sie dabei die Landschaft besser kennenlerne als von ihrem Fenster aus. So stieg sie also zu Heckliff auf das Wägelchen. Sie fuhren durch das Dorf, das auch der helle Tag nicht zu wirklichem Leben erweckt hatte. Die großen grauen Hunde lagen in den Torbogen und hoben kaum die schmalen Köpfe, als der Wagen vorüberfuhr. Wenige Kinder mit Tornistern auf dem Rücken gingen irgendwohin zur Schule. Diese Kinder und auch die Frauen und Männer, die mit trägen Bewegungen Mist aus den Ställen fuhren oder Milcheimer ins Haus trugen, grüßten den Doktor freundlich, fast herzlich. Er schien beliebt zu sein bei ihnen. Juliane stellte es mit finsterem, unfreiwilligem Entzücken fest. Sie fuhren eine Weile an der Schloßmauer entlang, doch konnte Juliane auch von der Höhe des Wägelchens aus nicht mehr erspähen als am Abend zuvor. Obwohl sie wenig Lust zu einem Gespräch mit Heckliff hatte, der, die kalte Pfeife schief im Mund, vor sich hinstarrte, konnte sie

ihre Frage nicht zurückhalten: »Wem gehört das Schloß?«
Sie mußte die Frage wiederholen, bis er sie hörte.
»Das Schloß?« sagte er, aus seinen Gedanken mühsam auftauchend, »das gehört . . .« Er brach ab und murmelte: »Der Name sagt Ihnen doch nichts. Es gehört dem Besitzer der Marmorbrüche.«
»Und wohnt er auch darin?«
»Nein, es steht leer.«
»Ganz und gar leer?«
»Mhm.«
»Wo ist denn der Mann?«
»Im Ausland.«
»Und warum läßt er niemand anderen hinein?«
»Weiß ich nicht.«
»Kann man in den Park hinein?«
»Nein.«
»Schade.«
»Mhm.«
»Kommt der Mann wieder zurück?«
Das Pferd scheute vor einem Hund, der im Sand der Straße gelegen hatte und dicht vor den Hufen aufsprang. Heckliff riß es mit einem Fluch zurück. Sie fuhren eine Weile schweigend weiter, immer noch an der Mauer des Schloßparkes entlang. Juliane fragte schließlich: »Kennen Sie den Mann?«
Heckliff schaute sie sonderbar verärgert an und sagte grollend: »Was fragen Sie mich denn nach all dem? Das Schloß ist unbewohnt.« Mürrisch schwieg nun auch Juliane. Endlich löste sich der Weg von der Mauer ab und führte abwärts. Das Land stieg bis zum Gebirge hin leicht an. Da und dort lagen kleine Häuser aus Holz, die noch ärmlicher aussahen

als die Steinwürfel des Dorfes. Während Heckliff seine Krankenbesuche machte, schlenderte Juliane um die Häuser oder blickte unersättlich auf das nun ganz nah gerückte, felsige, schluchtenreiche Gebirge, von dem unaufhörlich ein kalter Wind herstrich, der selbst durch Julianes dicken Pelz drang und auf der Haut prickelte.

Abseits von der Straße lag zwischen Holundersträuchern und dem Rest einer Fichtenhecke ein einsames Haus. Als Juliane daran vorüberging, wurde sie durch ein Knacken in der dichten hohen Hecke erschreckt. Ein etwa elfjähriger Junge kauerte in einer Astgabelung. Ein schmales Gesicht mit glänzenden scharfen Augen zog sich tiefer in die Hecke zurück. »Was tust du denn da oben?« fragte Juliane. Er runzelte die Stirn.

»Du frierst doch da oben im kalten Wind!« Er schüttelte ärgerlich den Kopf.

»Komm herunter!« sagte Juliane freundlich. Der Junge verbarg sich hinter den zottigen Ästen. Juliane suchte in ihren Taschen. Sie fand ein Stück Zucker und einen Groschen. Das war alles, was sie hatte. Sie zeigte es dem Jungen. »Komm«, sagte sie, »das schenk ich dir, wenn du herunterkommst.« Da legte der Junge, mit einem über die Störung verzweifelten Gesicht, den Finger auf den Mund. Juliane fühlte sich beschämt und zurechtgewiesen. Sie lächelte dem Jungen zu und verließ die Hecke, indem sie im Vorübergehen einen Blick durch das Fensterchen warf. Sie sah flüchtig einen gewölbten pechschwarzen Raum mit einem Kessel über einem offenen Steinherd. Langsam schlenderte sie zu dem Wägelchen zurück.

Bald kam auch Heckliff. Er schien ärgerlich zu sein. Während er das Pferd losband, murrte er: »Diese Schafsköpfe.«

Stumm saßen sie nebeneinander, bis Heckliff sagte: »Sie können ruhig mit in die Häuser kommen zu den Kranken.«
Juliane dachte an den Schmutz, der in den Häusern sein mochte, an ansteckende, ekelhafte Krankheiten, und sie sagte: »Das möchte ich nicht.«
Heckliff wandte sich ihr schroff zu: »Warum nicht?«
»Ich mag nicht Schmutz und Eiter und Krankengeruch.«
Er blickte sie noch eine Weile an, bis sie sich verlegen abwandte.
Er sagte enttäuscht: »Sie hätten mir helfen können.«
Da tat er ihr leid, und sie sagte: »Wenn Sie mich brauchen, komme ich mit.«
Während sie dies sagte, fiel ihr ein, daß sie von Heckliffs Gnaden abhing und daß es ihr im Grunde gar nicht zustand, seinen Aufforderungen zu widerstreben. Blut schoß in ihr Gesicht, und ihre Hände, unter der Wagendecke verborgen, ballten sich zu Fäusten. Sie fühlte sich fast unwiderstehlich versucht, Heckliff eine Grobheit entgegenzuschleudern und aus dem Wagen zu springen. Doch erinnerte sie sich in diesem Augenblick an den Brief, den sie an ihre Schweizer Schule geschrieben hatte und den sie in der Tasche trug. So begnügte sie sich damit, zu sagen: »Wo ist denn im Dorf die Post?«
Heckliff war wie meist so sehr in seine Gedanken vertieft und so wenig gewöhnt, angesprochen zu werden, daß er die Frage überhörte. Juliane wandte sich ihm zu, um sie zu wiederholen. Doch sie war zu ungeduldig, um ihn auf solchen Umwegen mit ihren Plänen bekanntzumachen, und sie sagte laut: »Ich habe an den Direktor der Schule in Genf geschrieben.«

Er blickte langsam auf und begriff nicht sofort: »Ja, ja«, sagte er. »Vergessen Sie auch nicht zu schreiben, daß man Ihnen die Sachen schickt, die Sie noch dort haben.«
»Nein, das habe ich nicht geschrieben.«
Heckliff schaute sie verwundert an. Sie sagte rasch: »Ich habe geschrieben, daß ich eine Stelle als Sekretärin oder meinetwegen auch als Nachhilfelehrerin annehmen möchte dort an der Schule. Aber wohin fahren Sie denn?« Sie griff nach dem Zügel und brachte das Pferd zum Stehen, das Heckliff, ohne es zu bemerken, von der Straße weggelenkt hatte. Der Wagen hielt auf einem Acker in der Wintersaat. Heckliff stieg vom Wagen und führte das Pferd auf die Straße zurück, ohne ein Wort zu sagen. Dann trieb er es zu großer Eile an. Bei dem kleinen roten Briefkasten hielt er und deutete mit dem Peitschenstiel darauf. Juliane warf den Brief ein. Als sie das Wägelchen wieder bestieg, trug ihr Gesicht einen triumphierenden Ausdruck. »Nur noch kurze Zeit«, sagte dieser Ausdruck, »dann ist dies alles wie ein böser Spuk vorüber: die Armut, die Einsamkeit, Steinfeld, Heckliff, alles.« Und dieser Gedanke war ihr Talisman in den Tagen, die folgten und von denen einer dem andern so glich, daß man kaum unterscheiden konnte, was gestern, vorgestern, eine Woche vorher gewesen war. Juliane wartete auf die Antwort aus Genf. Der Postbote kam stets gegen Mittag. Wenn Juliane von ihren Fahrten mit Heckliff zurückkam, warf sie einen raschen, gierigen Blick auf das Tischchen, auf dem die Zeitung lag. Als drei Wochen vergangen waren, ohne daß der erwartete Brief gekommen war, begleitete sie Heckliff nicht mehr auf seinen Vormittagsfahrten. Sie blieb in ihrem Zimmer, stand am Fenster und wartete auf den Postboten. Heckliff ließ sie gewähren. Manchmal lagen seine Augen mit Span-

nung auf ihrem Gesicht, das von Tag zu Tag blasser und schmaler wurde. Eines Tages kam er morgens an ihre Zimmertür und sagte, ohne zu öffnen: »Sie sollten mich wieder einmal begleiten.« Juliane öffnete. Sie hatte längst wachgelegen. Sie sah so elend aus, daß Heckliff unwillkürlich und gewohnheitsmäßig nach ihrem Puls griff. Sie entzog ihm heftig die Hand und rief: »Ich brauche keine Fürsorge. Ich werde Ihnen ohnedies nicht mehr lange zur Last fallen.«
Er sagte: »Sie fallen mir gar nicht zur Last.« Mit einem raschen Aufblitzen seiner Augen streifte er ihr Gesicht, und sie zog es vor, zu schweigen. Kaum war er gegangen, begab sie sich an ihr Fenster, von dem aus sie den Weg überschauen konnte, auf dem der Postbote kommen mußte. Sie wußte, daß sie noch stundenlang zu warten hatte, und doch verfiel sie jedesmal wieder der Täuschung, wenn irgend jemand über die Hochebene herkam, ein Bauer, ein Kind, eine alte Frau, und sie stürzte in Verzweiflung, wenn sie sah, daß sie sich geirrt hatte. Näherte sich dann der Postbote wirklich, hätte sie ihm über die Wiese entgegengelaufen, ihm an der Haustür die Post entreißen mögen, aber sie fürchtete Katharina. So blieb sie in ihrem Zimmer, das Ohr an die Tür gelegt, lauschend, ob nicht Katharinas Schritte über die Stiege kämen. Die Zeit verging. Die Haustür fiel zu.
Heckliff begann sie schärfer zu beobachten, sie schien wirklich krank zu sein, aber der aufmerksame und bekümmerte Ausdruck seines Gesichts verriet, daß er unentschlossen und ratlos geworden war.
Einige Wochen später kam der Brief. Nachdem Juliane ihn gelesen hatte, fiel sie mit einem kleinen Seufzer zu Boden.

Als sie nicht zum Mittagessen kam, stand Heckliff vom Tisch auf, wanderte rastlos im Zimmer auf und ab und ging schließlich zögernd über die Stiege. Er fand Juliane auf dem Boden liegend.
Von alledem, was nun geschah, bemerkte sie nichts. Sie sah weder, wie seine Hand zitterte, als er nach ihrem Puls griff, noch wie er über die Stiege eilte, um Wasser und Alkohol zu holen, noch wie er so rasch wieder hinaufstürmte, daß seine Jacke am Geländer hängenblieb und zerriß.
Als sie zu sich kam, sah sie sein Gesicht dicht über dem ihren. »Was tun Sie?« fragte sie verwirrt. Er fuhr hastig zurück. »Sie waren ohnmächtig«, sagte er und machte sich an der Medizinflasche zu schaffen.
»Ach was!« rief sie ärgerlich und eifrig. »Ich war nur eingeschlafen.«
»Ja, ja«, sagte er nachsichtig. »Aber Sie sollen jetzt zum Essen kommen.«
Er ging aus dem Zimmer, blieb jedoch vor der Tür stehen, bis er hörte, daß sie aufgestanden war. Als sie nach einer Weile im Eßzimmer erschien, war sie sichtlich von einem neuen Plan erfüllt. Den Nachmittag verbrachte sie damit, an alle ihre Bekannten und an die Direktoren aller Schulen zu schreiben, von denen sie irgend einmal gehört hatte. Als sie die Briefe forttragen wollte, um sie in den Kasten zu werfen, entdeckte sie, daß sie keine Marken mehr hatte. Post gab es keine im Dorf. Sie nahm Geld aus ihrem Koffer, der noch immer reisefertig dastand, und ging zu Heckliff. Er gab ihr die Marken und nahm das Geld gelassen an sich. Als sie gehen wollte, rief er sie zurück. Sie blieb abweisend und finster stehen. Er sah sie eindringlich an und sagte: »Sie haben immer noch vor, mich wieder zu verlassen?«

Juliane horchte bestürzt auf diese Stimme, die plötzlich ohne Härte war. Unsicher erwiderte sie: »Ja. Und Sie wissen warum.«

»Warum?«

»Ich esse kein Gnadenbrot.«

Er wurde heftig. »Zum Teufel! Sie essen hier kein Gnadenbrot. Sie arbeiten für mich, und ich gebe Ihnen dafür, was Sie brauchen.«

»Ich bin abhängig von Ihnen.«

»Sie werden immer im Leben von irgend jemand abhängig sein.«

»Aber ich werde es von niemand so ungern sein wie von Ihnen.«

Er zuckte mit keiner Wimper. »Warum sehen Sie einen Feind in mir?«

Sie warf den Kopf zurück. »Weil Sie mich abhängig machen wollen.«

Er schwieg. Sie fuhr heftiger fort: »Wieso hat man Sie zu meinem Vormund gemacht?«

Er zog die Brauen zusammen, und sie sah es.

»Warum ärgert Sie diese Frage?« Ihre Augen hatten einen fiebrigen Glanz. Er faßte sich mühsam. »Ich kenne Ihre Eltern seit unserer Jugend. Ist das nicht Grund genug?«

Sie schwieg, unsicher geworden, und kaute an ihrer Lippe. Als er nichts mehr sagte, zuckte sie die Achseln und ging. Er sah ihr düster durchs Fenster nach, als sie fortging, die Briefe einzuwerfen.

Vom nächsten Tag an begleitete Juliane den Doktor wieder auf seinen Fahrten, und nun begann sie, mit in die Häuser zu gehen. Beim erstenmal wurde ihr übel von dem warmen Dunst der Krankenstube, und sie mußte rasch hinausgehen.

Aber dann gewöhnte sie sich daran, und nach einigen Tagen brachte sie es schon fertig, dem Doktor zuzusehen, als er eine häßlich vereiterte Geschwulst aufschnitt. Es bereitete ihr eine heftige Genugtuung, ihm zu zeigen, was sie konnte, wenn sie wollte. Aber sie wußte nicht, ob er darauf achtete. Tag um Tag verging. Fast jeden Mittag fand sie einen Brief, und keiner war darunter, der etwas anderes als eine höfliche Absage enthielt. Aber schließlich wurde sie aufgefordert, sich vorzustellen. Sie griff gierig nach diesem Schatten einer Hoffnung, und eifrig erzählte sie Heckliff von dem Angebot.
»Nun, und?« fragte er.
»Nun, und! Ich fahre natürlich hin.«
Er stieß einen unbestimmbaren Laut aus. »Gut. Fahren Sie. Wann wollen Sie es tun?«
»Morgen. Natürlich morgen.«
»Ich bringe Sie zur Bahn, ich muß in die Stadt.«
Im Morgengrauen eines Apriltages fuhren sie denselben Weg zurück, den Juliane nahezu drei Monate vorher zum erstenmal gesehen hatte. Der Morgen war rauh und frostig, doch zeigten die Hügel der Hochebene schon einen leichten Anflug von Grün, einen Schimmer von kümmerlichem jungem Gras. Je weiter der Weg abwärts führte, desto dichter und kräftiger stand das Grün über dem roten Gestein. Am Stadtrand blühten die ersten Sträucher. Hier begann der Frühling. Sie erreichten den Bahnhof zur genau richtigen Zeit. Juliane hatte es eilig, von Heckliff wegzukommen. Doch als sie zwei oder drei Treppenstufen hinaufgestiegen war, wandte sie sich plötzlich um. Er schaute ihr nach, und seine Augen drückten Schwermut und Sorge, ja Angst aus in einem solchen Maße, daß es sie bestürzte.

»Was ist denn?« fragte sie verwirrt.

Er sagte: »Ich erwarte Sie am Abendzug. Vergessen Sie es nicht.«

»Nein, nein«, rief sie und ließ die Tür zur Schalterhalle zufallen.

Bald darauf saß sie in einem Abteil dritter Klasse, zum erstenmal in ihrem Leben mit Arbeitern und Schulkindern zusammen, und fuhr zwischen den Vorgärten der Stadt hindurch in einen prachtvollen Frühlingstag hinein. Der Tag erschien ihr günstig, und sie fühlte sich freier, da sie der Nähe Heckliffs entronnen war. Aber sie konnte es nicht hindern, daß immer wieder seine schwermütigen und gewalttätigen Augen vor ihr auftauchten, und daß sie eine Art von Schmerz empfand bei dem Gedanken, ihn zu verlassen. Diese Empfindung verursachte ihr nichts als Staunen. Sie rief sich alle Umstände ins Gedächtnis, die ihr beweisen sollten, daß er widerwärtig und herrschsüchtig war, und doch erkannte sie, daß sie keinem dieser Beweise glaubte und daß es ihr unmöglich war, ihren Gedanken zu verbieten, hartnäckig zu ihm zurückzukehren. Es war eine Erlösung für sie, als der Zug in den Bahnhof der Stadt einfuhr. Als erste lief sie durch die Sperre und eilte aufgeregt durch die Straßen, bis sie vor der Schule stand, die ein graues Gebäude war wie alle Schulen, die sie kannte. Die langen Korridore lagen leer und still. Juliane stieg langsam, plötzlich voller Bangigkeit, die frisch gebohnerte Treppe hinauf. Sie kannte diesen Geruch genau, diesen überall gleichen Schulgeruch nach Bodenwachs, nach dem Staub auf den Heizkörpern und einem Hauch von Parfum, das die obersten Jahrgänge schon gebrauchten, und dieser Geruch erweckte eine wilde Sehnsucht in ihr. Im nächsten Augenblick klopfte sie an der Tür des Direktorats. Ein

Mann, der so tief über seinen großen Schreibtisch gebeugt war, daß man nur seinen Scheitel sah, sagte aufmerksam: »Setzen Sie sich.« Sie setzte sich auf die Kante der Bank, die dem Schreibtisch gegenüberstand, und wartete befremdet und ungeduldig. Plötzlich bemerkte sie, daß sie über das Buch hinweg beobachtet wurde. Leicht gereizt fragte sie: »Kann ich sprechen?«
Er legte langsam das Buch weg. »Und was wünschen Sie?«
»Ich bin Juliane Brenton. Sie haben mir auf meinen Brief geantwortet.«
Er schaute auf seine Armbanduhr und sagte: »Ich erinnere mich nicht.«
Sie betrachtete mißtrauisch sein schlaffes Gesicht, während sie ihm erklärte, daß sie eine Stelle suche.
»Ach so«, erwiderte er gelangweilt. »Aber warum wollen Sie eine Stelle annehmen?«
Erstaunt sagte sie: »Das schrieb ich Ihnen doch.«
Er begann mit seinem Brieföffner zu spielen. »Nun, ganz klar ist es mir trotzdem nicht.«
»Das ist klar genug«, sagte sie ärgerlich.
»Haben Sie niemand, der sich um Sie kümmert?«
»Doch«, sagte sie zögernd. »Aber ich will selbständig sein.«
Als sie dies sagte, wurde sie plötzlich rot, als schämte sie sich.
»Und Ihre Eltern?« Er beugte sich lauernd vor.
Widerwillig antwortete sie: »Sie sind tot.«
Es schien, als habe sie ihm mit dieser Eröffnung eine außerordentliche Freude bereitet. Sein Gesicht ging in die Breite, und während sein Mund sich vor Teilnahme schmerzlich verzog, begannen seine Augen zu glänzen. Juliane starrte ihn an und versuchte sich diesen Wechsel des Ausdrucks zu

erklären. Es entstand eine längere Pause, während der sie sich mit hemmungslosem Wohlwollen betrachtet fühlte. Endlich sagte er: »Sie sind also allein in der Welt. Ein hartes Los für ein so junges Geschöpf.«
Sie stieß einen unwilligen Laut aus, doch er fuhr ungestört fort: »Aber warum wollen Sie denn durchaus eine Stelle annehmen?« »Mein Gott«, rief sie aus, »machen Sie sich lustig über mich?« Er lächelte nachsichtig. »Das Leben hat sicher Schöneres mit Ihnen vor, als Sie zur Sekretärin oder Paukerin zu machen.« Sie zuckte ärgerlich und ratlos die Schultern. Dann fragte sie entschlossen: »Nun gut, haben Sie eine Stelle für mich oder nicht?« Er lachte belustigt. »Wie hastig Sie sind. Darüber müssen wir doch in aller Ruhe sprechen. Ich habe eine Stelle als Hilfslehrerin. Aber ich habe ein noch besseres Angebot. Aber jetzt ist meine Zeit zu Ende.« Er warf seinen Arm hoch, so daß die Manschette mit trockenem Scharren zurückfuhr und eine kleine goldene Armbanduhr sichtbar wurde. »Zwölf Uhr«, sagte er mit kummervoller Miene. »Wir werden uns heute abend sehen.«
»Nein«, rief Juliane erschrocken, »ich muß heute abend wieder zu Hause sein.« Sie errötete zum zweitenmal.
Er lächelte belustigt. »Sie müssen? Aber eine gute Stelle erfordert ein Opfer. Ich erwarte Sie um sieben Uhr in meiner Wohnung.« Er drückte ihr eine Karte in die Hand, nahm den Hut vom Ständer und ging ihr voran zur Tür.
Juliane blieb noch eine Weile auf dem langen leeren Korridor stehen und starrte auf den grauen Linoleumbelag, dessen spiegelnde Fläche die Spuren vieler Füße zeigte. Sie kaute an ihren Lippen und bot ein Bild tiefer Verwirrung. Nach einiger Zeit hob sie den Kopf und blickte aus einem der großen Fenster, dessen Rahmen die Dächer und Türme der Stadt und

in weiter Ferne einige hohe Hügelzüge umfing. Juliane stieß einen kleinen Seufzer aus und verließ das Schulgebäude.

Ein langer Nachmittag lag vor ihr. Sie fand ein Café, dessen Terrasse über den Fluß ragte. Sie zögerte eine Weile, ehe sie es betrat. Auf den weißen Tischen standen blühende Mandelzweige. Die roten Gartenschirme warfen ein warmes Licht auf die Menschen, die dort saßen. Juliane bestellte Kaffee; Kuchen wagte sie nicht zu essen, wenngleich ihr Magen knurrte und das Geld in ihrer Tasche dazu gereicht hätte, ein oder zwei Tortenstücke zu kaufen. Sie ließ sich eine Zeitschrift kommen und versuchte zu lesen, aber ihre Blicke wanderten über die Blätter hinweg zu den Frauen, die an den Nachbartischen saßen. Heimlich zog sie ihren Spiegel aus der Tasche und betrachtete sich kritisch. Sie mußte feststellen, daß der Kragen an ihrem Kleid zerknittert war und der Knopf am Halsausschnitt locker saß. Sie hob den Spiegel höher und fand, daß ihre Haare den Glanz eingebüßt hatten. Mißmutig und beschämt steckte sie den Spiegel wieder ein. Aber nach wenigen Augenblicken war diese unangenehme Empfindung verflogen und hatte einer gelassenen Gleichgültigkeit Platz gemacht. Juliane fühlte plötzlich mit aller Schärfe, daß sie nicht mehr hierher gehörte. Erstaunt und bestürzt grübelte sie dieser neuen Erfahrung nach, die ihr die Rückkehr in jene Welt vergällte, ohne die sie nicht leben zu können geglaubt hatte, und mit einem Male erkannte sie, daß sie wünschte, nach Steinfeld zurückzukehren. Sie rief sich das kahle, nüchterne Doktorhaus ins Gedächtnis, das gleichsam ausgestorbene Dorf, die mürrische, böse Katharina und das finstere, gewalttätige Gesicht Heckliffs, aber all dies konnte sie nicht hindern, eine Art von Sehnsucht zu empfinden. Dieses Gefühl machte sie so verwirrt, daß sie in die übelste Laune verfiel.

Es war erst halb sieben, als sie vor dem Haus des Direktors stand. Sie ging ein paarmal in dem kleinen Vorgarten auf und ab. Es war noch hell genug, daß sie sehen konnte, wie sein Gesicht an einem Fenster erschien und mit einem Ausdruck von Unruhe und Spannung herausblickte, der sie bestürzte. Sie zog sich ins Gebüsch zurück, ratlos und unentschlossen. Plötzlich ging die Haustür auf, und der Direktor kam heraus. Er beugte sich lauschend vor, dann begann er laut und falsch zu pfeifen, während er eine Weile mit verschränkten Armen unter der Tür stehen blieb, einem gierigen, lauernden Tier ähnlich. Juliane schloß gequält die Augen. Kaum war die Tür wieder zugefallen, lief sie fort, plötzlich gewarnt von einer scharfen Witterung für Gefahr. Voll von wirren und bitteren Gedanken irrte sie durch die Stadt, ohne zu wissen, was sie tun sollte, bis ihr einfiel, daß sie für die Nacht ein Zimmer bestellen müsse. Mit Schrecken dachte sie an den Inhalt ihrer Geldbörse und war im Grunde froh, als sie in keinem der vielen Hotels Platz fand.

Es wurde dunkel. Nebel stieg aus dem Fluß und füllte die Straßen. In irgendeiner Gasse stand in einem alten Friedhof eine kleine Kapelle. Hier war es wärmer als draußen in der scharfen Nachtluft. Juliane ließ sich in eine Betbank fallen und schlief ein, überwältigt von tiefer Erschöpfung.

Es war noch nicht völlig Tag, als sie den Friedhof verließ, auf dessen verfallenen grasigen Hügeln die Amseln nach Würmern pickten.

Als sie auf den Bahnhof kam, war es kurz nach sechs Uhr. Eine halbe Stunde später fuhr der erste Zug in Richtung Steinfeld. Sie ging unruhig auf dem Bahnsteig hin und her.

Die Sonne, verschleiert vom Rauch der Lokomotiven, hob sich langsam über die schwarzen Maschinenhallen. Ein Güterzug fuhr ein und blieb lange Zeit stehen. Juliane setzte sich auf einen leeren Gepäckkarren neben der Lokomotive. Der heiße Dampf, der zwischen den Rädern und Kolben hervorquoll, verbreitete eine wohltuende Wärme. Endlich kam der Zug. Zwischen zwei Hausierern, die unaufhörlich schwatzten, und einer Frau mit einem kranken, wimmernden Säugling auf dem Arm fand sie Platz. Trotz des Lärms schlief sie alsbald ein, an die harte Holzwand gelehnt.

Als sie endlich die Augen aufschlug, fuhr der Zug schon im Bahnhof ein. Noch benommen vom Schlaf stieg sie aus und ließ sich von der Menge der Aussteigenden treiben. Als sie durch die Sperre gegangen war, kam es ihr erst deutlich zum Bewußtsein, daß sie nun zu Heckliff zurückkehrte. Sie fühlte weder Freude noch Qual, sie nahm es hin. »Drei Stunden Weg«, dachte sie, »drei Stunden bergauf, das ist weit.« Gewohnheitsmäßig beschloß sie, eine Mietdroschke zu nehmen. Ihre Sorge galt einige Augenblicke lang dem Gedanken, ob sie wohl einen Kutscher finden würde, der den weiten Weg fahren wollte. Gleich darauf fiel ihr ein, daß sie das Geld nicht dafür ausgeben dürfe. Sie zuckte die Achseln und ging entschlossen durch die rußige Bahnhofshalle zum Stadtausgang. Die Hände in den Manteltaschen, schlüpfte sie rasch durch die Tür, die ein Vorangehender eben hinter sich zufallen lassen wollte. Der breite Rücken dieses Mannes verdeckte ihr noch sekundenlang den Ausblick. Plötzlich sah sie Heckliff vor der Treppe stehen. Sie starrten sich an. Heckliffs Gesicht war gelb, seine Augen übernächtigt und eingefallen, Kinn und

Backen mit dichten Bartstoppeln bedeckt. Seine Krawatte war aufgelöst, und der obere Hemdknopf war offen. Juliane sah dies alles mit einem einzigen Blick.

»Er ist da!« dachte sie, und ohne es zu wollen, hob sich ihre Brust in einem tiefen Atemzug. »Wieso ist er da?« fragte sie sich darauf. »Hat er denn gewußt, daß ich komme? Wie konnte er überhaupt wissen, daß ich zurückkomme?«

Er hatte begonnen, seine kurze Pfeife zu stopfen, und er blickte nicht auf, als Juliane vor ihm stand. Die Pfeife zwischen den Zähnen, sagte er, während er den Tabak anzündete: »Nun?«

Sie spürte, wie sie errötete. Hastig fragte sie: »Wieso wußten Sie, daß ich jetzt kommen würde?«

»Ich wußte nicht, daß Sie jetzt kommen würden.«

»Aber Sie sind doch an den Zug gekommen?«

»Ich hatte am Bahnhof zu tun.« Er bückte sich, um den herabgefallenen Zügel aufzuheben, und er beeilte sich nicht damit.

»Ach«, sagte Juliane. Mit einem Mal stiegen ihr die Tränen in die Augen. Sie konnte es nicht verhindern, und es lag ihr in diesem Augenblick gar nichts daran, daß Heckliff es sah.

Er hat auf mich gewartet, dachte sie, seit gestern abend hat er auf mich gewartet. Sie hob ihr tränennasses Gesicht zu ihm auf, und ihre Augen begegneten den seinen. Sie spürte eine sonderbare Schwäche in den Knien, und es schien ihr, als glitten alle Dinge rings um sie – die grauen und roten Gebäude, die Alleebäume, die Fuhrwerke und Fahrräder – langsam und lautlos weiter und weiter hinweg und ließen nichts zurück als Heckliff. Gleichzeitig brach eine befremdliche Dunkelheit über sie herein. Alle ihre Empfindungen schossen in einem einzigen Punkt zusammen, sie taten es mit solcher Heftigkeit, daß es schmerzte und daß sie schwindlig wurde. Sie tat einen Schritt vorwärts, auf Heckliff zu, und hatte das Gefühl, ins Bodenlose zu stürzen. Sie griff ins Leere und fand plötzlich etwas Festes, metallisch Kaltes, an dem sie sich festhielt. Undeutlich sah sie, daß Heckliffs Augen nicht mehr auf sie gerichtet waren, daß er seine nun völlig aufgelöste Krawatte zurechtband und sich auf das Wägelchen schwang. Es war ihr, als hörte sie ihn sagen: »Komm!« Doch war sie dessen nicht sicher. Es wunderte sie in diesem Augenblick nicht im geringsten, daß er Du zu ihr sagte. Mechanisch folgte sie ihm. Noch ehe sie sich zurechtgesetzt hatte, fuhr er mit einem so scharfen Ruck an, daß sie in die Polsterecke geschleudert wurde. So rasch, wie sie ihn noch nie hatte fahren sehen, durchquerte er das Städtchen. Er ließ sogar einige Male die Peitsche auf den Pferderücken niederfallen, was sie ebenfalls noch nie bei ihm bemerkt hatte. Das Gefährt flog über das holperige Pflaster, bis die Steigung der Straße es unmöglich machte, schnell zu fahren. Julianes Hände wagten es endlich, ihren Griff um die Eisenstange, die sie seitlich vor dem Hinausstürzen bewahrt hatte, zu lockern. Sie atmete erleichtert auf. Heckliff hörte ihren Seufzer und schaute sich nach ihr um. Er öffnete seinen Mund zuerst lautlos, dann begannen sich seine Schultern zu bewegen, und endlich lachte er. Er lachte ohne Bosheit, ohne Spott, er lachte fröhlich, ja übermütig. Juliane blickte ihn erstaunt an, sie sah seine blitzenden Zähne, seine funkelnden Augen, die sich beim Lachen zu einem schmalen Schlitz verengten, und schließlich lachte sie mit, von ihm angesteckt, doch unsicher und furchtsam. Unvermittelt brach er ab, stieß einen kurzen schnaubenden Laut aus, fuhr mit der flachen Hand durch die Luft, als zerschnitte er etwas, und starrte auf den braunen Pferderücken. Julianes Mund blieb noch eine Weile im Lachen geöffnet, doch erstarrte ihr Gesicht nach und nach, und Kälte beschlich sie. Sie blickte wieder auf Heckliffs Gesicht, das sie im Profil sah, ein vom Fahren gerötetes, düster verkniffenes Gesicht, von langen Bartstoppeln bedeckt, und sie spürte noch einmal ihr Erstaunen, ihren Triumph und ihre Rührung darüber, daß er sie erwartet hatte. Sie fühlte sich unwiderstehlich gedrängt, ihm die Erlebnisse des ganzen Tages zu erzählen. Es scheiterte zunächst daran, daß sie ihn, der unbewegt und unverwandt vor sich hinstarrte, hätte anrufen müssen, und sie wußte nicht, wie sie ihn nennen sollte. Es schien ihr unmöglich, ihn »Herr Doktor« zu nennen. Diesen sonderbaren und lächerlichen Widerstand vermochte sie nicht zu überwinden. So durchfuhren sie den Wald und die Steinbrüche, ohne daß ein Wort zwischen ihnen gefallen war. Juliane machte hundert Anläufe zum Sprechen, sie kämpfte einen stummen, zermürbenden Kampf. Mein Gott, dachte sie, ich muß, ich muß es ihm sagen, und es schien ihr, als könne sie ihren Fuß nicht über die Schwelle seines Hauses setzen, ehe sie ihm alles gesagt hätte. Über die Gründe, die sie dazu antrieben, ihm etwas zu erzählen, was nur sie allein anging, gab sie sich keine Rechenschaft. Sie blickte auf seine braunen Hände, auf denen die Adern hervortraten, so fest hielten sie die Zügel, obwohl es nicht nötig war. Sie bemerkte zum erstenmal eine Narbe an der Innenseite seines Handgelenks, das sie sehen konnte, so oft der Mantelärmel etwas zurückrutschte. Auf dieser kleinen Narbe, an deren Seiten man noch die weißen Punkte der Naht sah, die einst die Wunde zugehalten hatte, sammelte sich ihr ganzes, heftiges, bis zur Verzweiflung gesteigertes Gefühl. Warum fragt er nicht, dachte sie erbittert. Ist es ihm gleichgültig, wo ich heute nacht war? Plötzlich sagte sie laut: »Ich habe gestern abend den Zug versäumt.« Sie fuhr zusammen, als sie sich diese Lüge aussprechen hörte. Warum sagte ich das? fragte sie sich entsetzt.

»So«, erwiderte er und schwieg.

»Ja«, rief sie, »dann habe ich in einer Friedhofskapelle übernachtet!« Sie lachte gezwungen wie über einen schlechten Scherz. Er betrachtete sie mit dem sachlichen Interesse des Arztes, der aus den wirren Fieberphantasien seines Patienten irgendeinen wichtigen Aufschluß erwartet. »Eine sonderbare Stelle wollte man mir geben.« Sie lachte wieder und beobachtete dabei Heckliffs Gesicht, das sich gequält zusammenzog. Sie fühlte sich besessen von dem Wunsch, ihm von jener »Stelle« zu erzählen.

Heckliff sagte scharf: »Es interessiert mich nicht.« Er gab dem Pferd die Peitsche und fuhr so rasch, als es die Steigung gerade noch erlaubte.

Juliane fühlte eine unerträgliche Hitze in sich. Sie kämpfte gegen den unsinnigen Wunsch, Heckliff zu schlagen. Ihre Hände zuckten, und plötzlich erhob sie die Faust. In diesem Augenblick drehte er sich nach ihr um. Sie versuchte nicht, ihrer Gebärde rasch einen anderen Sinn unterzuschieben. Ihre Augen, schwarz vor Erregung, verrieten sich ihm. Er blickte mit kühlem Erstaunen auf die kleine geballte Hand. Dann hielt er den Wagen mit einem Ruck an. Sie erwartete nichts anderes, als daß er sie nun auf die Straße setzen würde, und sie empfand eine inbrünstige Genugtuung.

Aber er blickte sie nur an. Das Gefährt stand mitten auf der Hochebene, die unter dem leicht verhängten Frühlingshimmel lag. Ein Bussard kreiste hoch über der weißen Straße, und fernher rief eine Amsel. Juliane wandte sich ab und wurde von einem plötzlichen Schluchzen geschüttelt, das sie zornig zu unterdrücken suchte. Aber es war stärker als sie. Endlich gab sie ihren Widerstand auf, warf ihr Gesicht gegen die rauhen Polster und weinte.

Die Bewegung, mit der Heckliff über den Ärmel ihres Mantels strich, war so sanft, daß sie es nicht spürte. Sein Gesicht zuckte, wurde aber allmählich ruhiger und gespannt. Er hatte sichtlich viele Widerstände zu überwinden, ehe er zu sprechen begann. Schließlich schien er mit einer unwilligen Bewegung seiner Schultern alle Bedenken beiseite zu schieben.

»Werden Sie mir zuhören, Juliane?«

Sie machte, ohne das Gesicht aus dem Polster zu heben, eine abweisende Bewegung.

»Es ist nötig, daß wir endlich mitsammen sprechen.« Der bestimmte, unnachgiebige und zugleich beruhigende Ton seiner Stimme zwang sie gegen ihren Willen, ihm zuzuhören. Aber sie zeigte es ihm nicht, daß sie es tat. Sie blieb, das verweinte Gesicht trotzig in die Polster gedrückt, in ihrer Ecke lehnen. »Sie sind wieder zu mir gekommen, weil Sie im Augenblick nichts Besseres fanden, und nicht, weil Sie davon überzeugt sind, daß es das beste für Sie ist.«

Ihr Rücken zeigte eine unwillige Bewegung.

»Doch«, sagte Heckliff, »so ist es. Sie sind gekommen, doch Sie bringen Ihren Widerstand mit zurück. Können Sie nicht auch einmal bedenken, daß ich Sie brauche, und daß von Gnadenbrotessen nicht die Rede sein kann? Es ist nämlich gar nicht die Einsamkeit hier oben und die Ärmlichkeit, was Ihnen unerträglich scheint. Es ist nur das Gefühl, daß Ihr Stolz beleidigt wird.«

Er betrachtete einen Augenblick die kleinen, wirren, eigenwilligen Locken ihres Haaransatzes im Nacken, die sich

gegen ihn aufzulehnen schienen, als Julianes Kopf eine zornige Bewegung machte. Ein Schwarm Vögel fiel in ein blühendes Schlehengebüsch an der Straße ein. Das Pferd erschrak und bäumte sich auf. Er hielt es zurück und ließ es dann in sanften Trab fallen. Juliane hatte sich bei dem heftigen Stoß des Wägelchens nicht einmal aufgerichtet. Im Weiterfahren sagte Heckliff:
»Ich habe zur Zeit eine scheußliche Sache im Dorf. Die Kinder bekommen Diphtherie, eine bösartige Form, die man nicht sofort erkennen kann. Sie klagen über Schmerzen da und dort, im Hals so nebenbei. Plötzlich haben sie hohes Fieber, und der Hals ist zu. Einmal habe ich den Luftröhrenschnitt gemacht, gerade noch zur rechten Zeit. Bei den anderen gab ich die Serumspritze, aber bei zweien war es zu spät.«
Juliane hatte sich aufgerichtet und hörte ihm zu: »Zu spät?« fragte sie entsetzt.
»Die Kinder haben schlechte Pflege«, fuhr er fort. »Die Leute verstehen nichts davon, sind nachlässig und werfen ihre Hoffnung auf den lieben Gott, um selber keine Hand rühren zu müssen.«
Sie schwieg nachdenklich.
»Heute früh habe ich mir einen neuen Fall angesehen. Der Bub klagt, aber es ist nichts zu bemerken, kein Fieber, kein Belag, rein nichts. Ich habe die Spritze nicht gegeben. Es kann ja auch eine einfache Erkältung sein, aber es läßt mir keine Ruhe. Es war natürlich nicht gut, daß ich weggefahren bin. Aber wenn Sie solche Dummheiten machen.«
»Dummheiten nennt er das«, dachte sie zornig, und seine Überlegenheit reizte sie zu neuem Trotz, der ihr angesichts der Sorgen Heckliffs kindisch erschien und den sie dennoch nicht überwinden konnte.

»Da vorn«, sagte er und deutete auf ein Haus am Rand des Dorfes, »da liegt er.«

Von plötzlicher Angst erfaßt rief sie: »Fahren Sie doch schneller!« Als ob sie damit die Fahrt beschleunigen könne, rutschte sie bis auf die äußerste Kante des Polstersitzes und hielt sich mit den Händen an der vorderen Wagenwand. Nochmals schaute sie nach Heckliff, dessen Gesicht nun hart gespannt war und der das Haus nicht mehr aus den Augen ließ. Sie fuhren in das Dorf ein. Niemand zeigte sich an der Tür. Ohne sich um Juliane und das Pferd zu kümmern, eilte Heckliff ins Haus. Juliane band das Pferd fest und folgte ihm zögernd. Er hatte sich über das Kind gebeugt, das auf einem schmutzigen Sofa lag, und bewegte das Stethoskop suchend auf der mageren bläulichen Brust. Die Mutter, eine große, starke Frau, lag auf den Knien und hatte Heckliffs Beine umfaßt. Er drängte sie beiseite, zog einen Spiegel aus der Tasche und hielt ihn vor den geöffneten Kindermund. – Am Fenster stand der Vater, mit dem Rücken gegen Heckliff, unbeweglich.

Juliane trat leise näher, bleich vor Erregung. Heckliff steckte Spiegel und Stethoskop in die Tasche, legte die blauen Hände des Kindes auf dessen Brust zurecht und richtete sich auf. Er fuhr sich mit dem Handrücken über die Stirn, die mit Schweiß bedeckt war. Dann blieb er unbeweglich vor dem Lager stehen. Die Mutter brach in lautes Weinen aus. Der Mann am Fenster drehte sich brüsk um und ging langsam auf den Doktor zu. Juliane wich unwillkürlich zurück. Heckliff blickte nicht auf. Da schlug ihn der Mann ins Gesicht und ging langsam an ihm vorbei aus der Kammer. Heckliff rührte sich nicht. Juliane ging leise fort und setzte sich in den Wagen. Einer der großen grauen Windhunde kam, kratzte an der Tür und begann zu heulen. Juliane verstopfte sich die Ohren mit den Fingern und verbarg ihr Gesicht in der Wagendecke. Sie bemerkte nicht, daß Heckliff aus dem Haus kam. Als er in den Wagen stieg, trafen sich ihre Blicke. Juliane sah, daß seine Lippen zitterten.

Katharina wartete schon an der Tür, die Arme an die Hüften gepreßt, wie ein strammstehender Soldat. Sie blickte an Juliane vorüber, als sähe sie sie nicht. Mit unbeteiligter Stimme sagte sie: »Es war schon wieder einer da.«

»Wer?« schrie Heckliff. »Wieder einer? Zum Teufel, sag doch gleich, wer es ist.«

Sie blickte ihn so erstaunt an, daß sich ihr Mund öffnete.

»Himmelherrgott!« rief Heckliff und schüttelte sie heftig am Arm. Sie duldete es schweigend, während sie in sein Gesicht starrte. Dann sagte sie: »Ich glaube, es war der Wirt.«

Heckliff ließ sie mit einem undeutlichen Fluch los. Sie betrachtete interessiert die roten Male, die seine Finger auf ihrem nackten Arm zurückgelassen hatten. Er schwang sich auf den Wagen. Juliane zögerte einen Augenblick und folgte ihm. Sie fuhren so rasch, daß Juliane bei jedem Sprung, den der Wagen über die Fahrrinnen der Straße machte, fürchten mußte, aus dem Wagen geschleudert zu werden.

Das Haus, vor dem sie hielten, war die Gastwirtschaft, ein großes Gebäude mit breiter Front, das sich von weitem stattlich ausnahm, in der Nähe aber sich als ebenso verlottert erwies wie das ganze Dorf. Im Hausflur wurden sie von einer großen mageren Frau empfangen. Sie führte den Doktor, ohne ein Wort zu sagen, über die breite Treppe ins Obergeschoß und öffnete die Tür zu einem erschreckend großen Zimmer, in dem an einer langen, kahlen, feuchten Wand ein Bett stand. Die Alte blieb an der Tür stehen. Die grauen

Haare hingen ihr wirr ins Gesicht. Als Juliane an ihr vorüber ins Zimmer ging, fing sie einen teilnahmslosen Blick aus halbblinden Augen auf. In dem großen Bett lag unter vielen schweren Kissen ein etwa elfjähriger Knabe. Juliane erkannte ihn sofort wieder an den ungewöhnlich großen dunklen Augen, deren natürlicher Glanz durch das hohe Fieber noch gesteigert war. Er war es, den sie in den Ästen bei dem verfallenen Häuschen hatte hocken sehen. Der Junge verfolgte die Bewegungen des Doktors aufmerksam, ja mit einer gewissen Gier, sich nichts entgehen zu lassen. Als der Doktor die Serumspritze einführte, zuckte er nicht mit der Wimper. Er betrachtete interessiert die winzige Stichwunde. Dann übermannte ihn die Fiebermüdigkeit. Mit einem Seufzer drückte er sich tiefer in die Kissen.
Während der ganzen Untersuchung war kein Wort gefallen. Als Heckliff fertig war, sagte er zu der Alten: »Hier, gib ihm das jede Stunde. Gegen Abend komme ich wieder.« Dann warf er den Bettenberg herunter, deckte den Knaben mit einer Wolldecke und einem Federkissen zu und strich ihm über die fiebrig roten Backen: »Ja, ja, Sebastian«, sagte er, »jetzt wollen wir mal sehen, was du kannst. Bis morgen abend müssen wir über den Berg sein. Also gib dir schön Mühe!« Der Knabe blickte ihn ernsthaft an und nickte.
Juliane spürte plötzlich eine große Müdigkeit und Schwäche in ihren Knien. Es war Nachmittag, und sie hatte noch nicht gegessen. »Soll ich hier bleiben?« fragte sie den Doktor. Er antwortete nicht gleich und räumte erst seine Instrumente in die Tasche. Dann sagte er: »Erst wollen wir essen.«
Auf der Rückfahrt fragte Juliane: »Ist die Alte stumm?«
»Nein.«
»Warum spricht sie dann kein Wort?«

»Sie hält es nicht mehr für der Mühe wert zu reden.«
»Sonderbar! Wieso denn?«
»Sie ist fertig mit allem.«
»Ist sie Sebastians Großmutter?«
»Seine Mutter.«
»Die Alte?«
»Sie ist nicht so alt.«
Nach einer Pause fragte sie: »Kommt der Junge durch?«
Er antwortete nicht, so daß sie ihre Frage wiederholte. Er sagte einfach: »Das weiß ich nicht.«
Nach einer Weile fügte er hinzu: »Es war allerhöchste Zeit.«
Juliane fühlte, wie ihr eine Hitzewelle ins Gesicht schoß.
Sie aßen eilig und hungrig das aufgewärmte Mittagessen, jenen fetten, schweren Pudding, den es auch am ersten Tag gegeben hatte. Juliane hatte sich an ihn gewöhnt. Als sie vom Tisch aufstanden, waren schon wieder zwei Frauen gekommen, die den Doktor holten. Heckliff packte neue Spateln und Medikamente ein, und sie fuhren ins Dorf. Julianes Augen fielen trotz des holperigen Weges mehrmals zu. Als Heckliff ausstieg, sah er, daß sie in ihrer Wagenecke fest eingeschlafen war. Er legte ihr die Decke über die Knie und eilte ins Haus. Plötzlich erwachte sie und sah sich allein in einem Hof. Sie stieg beschämt aus. An der Haustür kam ihr Heckliff mit finsterem Gesicht entgegen. »Daß die Leute immer im letzten Augenblick kommen...« Er schaute mit einem Ausdruck von Erbitterung und Verzweiflung zurück, und sie begriff in diesem Augenblick, wie schwer sein Leben in diesem Dorfe war.
Sie fragte leise: »Was muß ich tun bei Sebastian und den andern Kindern?«
Während sie zu dem nächsten Kranken fuhren, gab er ihr in

Eile die nötigen Anweisungen, steckte ihr eine Flasche Lysol und einige Glasröhrchen in die Tasche und setzte sie bei einem Hause ab. Er selbst fuhr weiter.
Zögernd stand Juliane vor der Tür, die Hand auf der Klinke. Schließlich trat sie entschlossen ein. Es roch schlecht nach kochendem Schweinefutter. Der Hausflur war von Dampfschwaden erfüllt. In der Küche, die voller Kinder war, lag auf einer hölzernen Bank das kleine kranke Mädchen mitten in dem üblen Geruch, der aus einem großen Kessel auf dem Herd hervorquoll. Julianes Ärger und Entsetzen darüber waren stärker als die Furcht davor, sich hier einzumischen.
»Der Doktor schickt mich«, sagte sie zu der Frau, die sie neugierig anstarrte.
»So, so.«
»Wie geht es dem Kind?«
Die Frau zuckte die Achseln.
»Hat der Doktor gesehen, daß das Kind in der Küche liegt?«
Die Frau wischte sich verlegen mit dem Zipfel der zerrissenen Schürze über das Gesicht. »Hier ist's viel wärmer«, sagte sie.
»Ja, wärmer!« rief Juliane. »Und der Dampf hier? Meinen Sie, das tut dem Kind gut? Es gehört hier heraus! Wo ist die Kammer?«
Die Frau zierte sich eine Weile, bis Juliane entschlossen auf eine Tür zutrat. Es war mehr eine Rumpelkammer als ein Schlafzimmer. Die Scheiben des kleinen Fensters waren erblindet vor Schmutz. Der dumpfe Schlafzimmergeruch bereitete Juliane Übelkeit. Sie eilte ans Fenster. Es war verquollen und nur mit großer Anstrengung zu öffnen
»Jetzt wollen wir hier ein bißchen Ordnung machen«, sagte sie zu der Frau, die ihr stumm und mißtrauisch zuschaute,

wie sie das Bett frisch überzog. Als sie die schmutzige Bettwäsche berührte, mußte sie einen Augenblick die Augen schließen, aber der Ekel ging rasch vorüber. Langsam schoben sich die Kinder näher. Die Finger im Mund, starrten sie auf die Fremde.

Juliane rief der Ältesten zu: »Bring einen Putzeimer und mach hier mal sauber. Aber rasch!« Das Mädchen schaute verdutzt auf die Mutter, die weder ja noch nein deutete, ging aber dann gehorsam und kehrte mit Eimer und Putztuch wieder. Sie überschwemmte den Boden mit einer Flut von Wasser und wütete mit Schrubber und Lappen. Juliane betrachtete sie kopfschüttelnd, ließ sie aber gewähren, denn der Boden wurde schließlich sauber. Als sie ein paar überflüssige zerrissene Polsterstühle hinausschaffte, indem sie sie einfach vor die Tür setzte, sagte die Frau leise und aufrührerisch: »Die sind immer dagestanden.«

Juliane sagte: »Wollen Sie, daß das Kind wieder gesund wird?«

Da räumte die Frau schweigend die Sessel weg. Endlich war die Kammer sauber, das Bett durch einen heißen Ziegelstein vorgewärmt, und sie konnte das kranke Mädchen aus der Küche tragen. Das kleine schmächtige Ding lag leicht und schlaff in ihren Armen, und sie spürte ein fremdes Gefühl, das zu empfinden sie sich nur flüchtig gönnte und über das sie sich nicht völlig klar wurde. Sie dachte an Heckliff und spürte zugleich die hilflose kleine Gestalt in ihren Armen, für die sie sich nun verantwortlich fühlte.

Sie war einige Augenblicke lang glücklich, ohne es zu wissen, dann nahm die Sorge für die Kranke alle ihre Gedanken in Anspruch. Sie nahm sich vor, Heckliff zu fragen, ob er nicht auch die gesunden Kinder impfen könne. Ehe sie ging,

schrieb sie die Höhe des Fiebers auf ein Täfelchen und hängte es über dem Bett auf.
Dann eilte sie zu Sebastian. An der Wand im düstern Hausflur lehnte ein Bursche. Sie lief so rasch an ihm vorüber, daß sie sein Gesicht nur undeutlich sah, ein männlich schönes und grausames Gesicht, mit zügellosen, von Schwermut verdunkelten Augen, die sie über die Windungen der Treppe hinauf verfolgten. Sie hörte nicht, daß der Bursche ihr, noch ehe sie die Tür hinter sich geschlossen hatte, mit wenigen leisen Sprüngen folgte.
Es dämmerte schon in dem großen kahlen Zimmer, in dem das Kind lag. Seine weit aufgerissenen Augen irrten über die Wände, sein Gesicht glühte, und das dünne Hemd zeigte jeden der raschen, harten Herzschläge. Das Fieber war gestiegen. Es war über vierzig.
Juliane war ratlos. Vom Fenster aus schaute sie bang und ungeduldig auf die Straße, auf der Heckliff kommen mußte. Plötzlich bemerkte sie in der Glasscheibe, die zum dunklen Spiegel geworden war, das Gesicht des Burschen. Er hatte sich ihr genähert, ohne daß sie ihn gehört hatte. Juliane rief:
»Laufen Sie zum Doktor, rasch, er soll sofort kommen.«
»Der wird schon kommen«, sagte er mit einer gleichgültigen Stimme.
Empört rief sie: »Das Kind kann sterben.«
Er zuckte die Achseln.
Sie fragte zornig: »Wer sind Sie denn überhaupt?«
»Adam.«
»Gehören Sie zum Haus?« Er lachte kurz auf. »Ich bin sein Bruder.« Er deutete auf Sebastian.
»Sein Bruder!« Juliane zitterte vor Erregung. »Und da wollen Sie nicht zum Doktor gehen?«

Er machte eine lässige Handbewegung. »Der da, der stirbt schon nicht.«

Die Stimme, die diese lieblosen Worte aussprach, verriet weder Kälte noch Feindseligkeit, nur eine grenzenlose, müde Gleichgültigkeit.

Einen Augenblick später hörte sie das Rollen von Heckliffs Zweiräder. Sie seufzte erleichtert und eilte ihm bis zur Türe entgegen. Er untersuchte rasch Hals und Puls und sagte dann zu Juliane: »Gehen Sie jetzt schlafen.«

»Aber ich kann noch recht gut...«

»Gehen Sie heim. Morgen früh kommen Sie wieder.«

In dieser Nacht fand sie lange keinen Schlaf, obwohl sie zu Tod erschöpft war. Der Mond schien in ihr Zimmer. Heckliff war noch nicht heimgekommen. Es war so still, daß sie hören konnte, wie im Zimmer nebenan Katharinas Bettlade knarrte, wenn sie sich von einer Seite auf die andere warf. Der Gedanke, daß auch Katharina nicht schlief und auf Heckliff wartete, stimmte Juliane ärgerlich. Aber dieser Ärger verflog, als sie an Sebastian und das kleine Mädchen dachte und an die andern Kinder, zu denen sie gehen sollte. Sie erinnerte sich plötzlich des Zettelchens, das sie auf den Nachttisch gelegt hatte. Sie machte Licht und entzifferte die Namen der Kinder, die Heckliff ihr in seiner kleinen Handschrift aufgekritzelt hatte.

Als Heckliff gegen Mitternacht heimkam, sah er von weitem das Licht in ihrem Zimmer. Er war abgespannt und aufgerieben von der Erregung der letzten Tage. So bereitete ihm jede Spur von Außergewöhnlichem schon Sorge. Er fand Juliane tief schlafend, den Zettel mit seiner Schrift in der Hand. Er betrachtete sie einige Augenblicke lang, dann ging er rasch und leise hinaus. Als Juliane sehr zeitig zum Frühstück hinuntereilte, war er schon fort. Sie wehrte sich trotzig gegen ein flüchtiges Gefühl der Bewunderung. Auf der Stuhlkante sitzend, aß sie hastig ihren Brei, steckte ein Stück Brot in die Tasche und eilte aus dem Haus. Sie bemerkte, daß Katharina die Schuhe nicht geputzt hatte, doch sie hatte keine Zeit, sich darüber zu ärgern.

Vor dem Wirtshaus stand ein Brückenwagen voll aufeinander getürmter Bierfässer. Ein großer kräftiger Bursche rollte auf zwei schräg gestellten Balken ein Faß nach dem andern vom Wagen. Seine Ärmel waren fast bis zu den Achseln hochgekrempelt, und die Muskeln seiner braunen Arme, von der Anstrengung des Hebens geschwollen, glänzten und spielten. Das blaukarierte Hemd war zerrissen und zeigte das braune Fleisch eines kräftigen, geschmeidigen Rückens. Es war Adam. Als er Juliane sah, hielt er das Faß fest, das er eben hinabrollen wollte, und so über den Wagen gebeugt, schaute er sie an.

Verlegen und hastig fragte sie ihn: »Wie geht's dem Bruder?«

»Weiß nicht.«

Sie warf ihm einen erzürnten Blick zu. Er stieß ein kurzes Gelächter aus, während Juliane auf seine starken gelben Zähne starrte. »Was lachen Sie denn?« fragte sie gereizt.

»Warum kümmern Sie sich um meinen Bruder?«

»Er ist krank.«

»Was geht das Sie an?«

Sie zögerte. Er sah es und lachte von neuem. »Bezahlt er Sie dafür, der Doktor?«

Sie schwieg empört. Er wiegte sich gelassen auf seinen Beinen.

»Flegel«, sagte sie wütend. Er lachte kurz auf. Als sie an ihm

vorüber ins Haus ging, schaute er ihr düster und betroffen nach.
An diesem Tag war Juliane von morgens bis abends unterwegs.
Heckliff kam nicht einmal zum Mittagessen nach Hause.
»Wo ist der Herr Doktor?« fragte Katharina vorwurfsvoll, als sie die Suppe auf den Tisch setzte.
»Ich weiß nicht«, sagte Juliane erschöpft und betrachtete besorgt ihre Hände, die von dem scharfen Desinfektionsmittel gerötet waren.
Katharina blieb hartnäckig am Tisch stehen, bis Juliane fragte: »Was ist denn? Wollen Sie noch etwas von mir?«
»Von Ihnen?« Katharina stieß den Atem zwischen ihren Lippen hervor, als wollte sie ein Licht ausblasen. Ärgerlich begann Juliane ihre Suppe auszulöffeln.
Katharina fing von neuen an: »Das Fräulein haben viel Arbeit.«
»Das weiß ich selbst«, sagte Juliane müde. »Warum sagen Sie mir das?«
»Das Fräulein sind sehr unfreundlich zu mir.«
»Ich bin müde.«
Katharina schwieg eine Weile, dann sagte sie: »Wenn das Fräulein dem Herrn Doktor helfen, dann könnten das Fräulein auch den Haushalt führen.«
Erstaunt blickte Juliane auf. »Wieso? Soll ich kochen, putzen, waschen?«
Katharina fuhr hartnäckig fort: »Ich möchte gerne fort von hier. Da könnten das Fräulein recht gut meine Stelle einnehmen.«
»Ach was«, rief Juliane, »reden Sie nicht solches Zeug. Sie wissen genau, daß ich nicht lange hierbleibe.«

»So?« fragte Katharina gedehnt, und ihre Augen begannen zu glänzen. »So? Nicht lange. Wie lange? Ein Jahr etwa?«
»Ach, was weiß ich. Lassen Sie mich in Frieden essen, Katharina, ich muß wieder ins Dorf.«
Katharina ging steif und aufrecht in die Küche.
»Was habe ich gesagt?« dachte Juliane bestürzt. »Ich bleibe nicht lange hier? Warum habe ich das gesagt?« Verwirrt aß sie zu Ende und eilte aus dem Haus.
Als sie am späten Nachmittag zu Sebastian kam, traf sie dort mit Heckliff zusammen. Er schaute sie bekümmert an. »Rippenfell«, sagte er. »Sie müssen Packungen machen.«
Sie schaute ihn fragend an.
»Packungen«, wiederholte er. »Noch nie gemacht?«
Er riß den leinenen Läufer vom Tisch, fand ein Flanelltuch im Nachttischchen und wickelte Juliane mit ein paar sicheren Griffen fest darin ein. »So«, sagte er. »Verstanden?«
Juliane hatte nicht aufgemerkt. Seine Nähe hatte sie verwirrt, aber sie nickte. »Gut«, sagte er, packte seine Tasche und ging. Von der Türschwelle her rief er zurück: »Hierbleiben bis ich komme!«
Als kurze Zeit später Sebastian erwachte, machte ihm Juliane rasch den Wickel. Sie wunderte sich darüber, wie gut es ihr gelang, und sie wünschte, Heckliff möchte es bemerken, wenn er wiederkam. Als das Kind wieder eingeschlafen war, rückte sie einen der unbequemen Polstersessel, durch deren Überzug die Spiralfedern stachen, ans Fenster und starrte, die Arme auf die Fensterbank gelegt, auf den Platz vor dem Wirtshaus. Mechanisch achtete sie auf die raschen Atemzüge Sebastians, während sie die großen grauen Hunde betrachtete, die in der Dämmerung unter den dünn belaubten Kastanien umherstrichen und die langen Nasen über den

Rand des Brunnentroges schoben, um zu trinken. Zuweilen kam das Wasser in einem heftigen Stoß aus dem Rohr, dann sprangen sie erschrocken zurück und blickten verlegen zu Boden. Vorsichtig kehrten sie erst nach einer Weile zum Brunnen zurück. Dieses lautlose Spiel dauerte bis nach Einbruch der Dunkelheit und nahm Julianes Aufmerksamkeit in Anspruch, bis ihr vor Müdigkeit die Augen zufielen.

Es war schon dunkel, als Heckliff kam. »Guten Abend«, sagte er wie zu einer Fremden, ohne sie anzusehen, während er seiner Tasche Hörrohr und Thermometer entnahm. »Sie können jetzt ruhig nach Hause gehen.«

Juliane fragte leise: »Wollen Sie mir nicht wenigstens sagen, wie es Sebastian geht?«

Er warf ihr einen erstaunten Blick zu, fuhr aber fort, mit der Uhr in der Hand Sebastians Puls zu zählen. Er schien ihre Frage vergessen zu haben. Sie wartete eine Weile, dann ergriff sie heftig ihre Jacke und warf sie über. »Gute Nacht«, sagte sie trotzig und ging. Sie sah nicht mehr, daß er ihr bestürzt nachblickte.

Zornig und erbittert ging sie durch die dunkeln, ausgestorbenen Gassen. Plötzlich wurde sie angerufen: »Fräulein Doktor, kommen Sie herein. Das Mädchen ist krank.« Sie lächelte über die Anrede, konnte aber ein Gefühl von freudigem und stolzem Schrecken nicht ganz unterdrücken. Sie maß das Fieber und schaute dem Kind in den Hals. Es fiel ihr nicht mehr schwer, mit Sicherheit festzustellen, daß es Diphtherie war. Sie versprach, den Doktor sofort zu holen, wagte es aber nicht, das Wirtshaus zu betreten. So wartete sie im Dunkeln, auf dem Brunnenrand sitzend. Einer der großen grauen Hunde strich um sie. Als sie ihn streicheln wollte, duckte er sich und wich lautlos zurück.

Im Haus wurden Türen zugeschlagen. Sie fröstelte und dachte zornig an Adam und an Heckliff, und in ihrer Enttäuschung und Erbitterung nahm sie beide in einem Atemzug zusammen. Endlich kam Heckliff. Sie fuhren die kurze Strecke zu dem Haus der Kleinen schweigend und übermüdet. Als er ausstieg, fragte sie: »Soll ich nach Hause gehen?« Schon die Stufen hinaufeilend, sagte er kurz: »Ja, gewiß.« Langsam und von dumpfer Traurigkeit befallen ging sie heim.
Am nächsten Tag beim Frühstück traf sie mit Heckliff zusammen. Während er achtlos seinen dicken Brei auslöffelte, las er in einer medizinischen Zeitschrift. Juliane setzte mehrmals zum Sprechen an, aber es dauerte eine ganze Weile, ehe sie sagte: »Ich gehe heute von Haus zu Haus und sehe nach, ob eins der Kinder über Halsschmerzen klagt. So will ich es jeden Tag machen. Ich denke, auf diese Weise wird nichts übersehen.«
»Ja, tun Sie das«, sagte Heckliff und blätterte in seiner Zeitschrift. Sie preßte die Lippen aufeinander und spürte, wie sich ihre Augen mit Tränen füllten. Sie wagte nicht, von ihrem Teller aufzublicken. Als Heckliff aufstand, erwiderte sie seinen Gruß kaum hörbar.
Am Nachmittag kamen einige große Kisten und Koffer und dazu ihre Geige aus Genf. Sie ließ alles in ihr Zimmer stellen und fand wochenlang keine Zeit auszupacken. Die Epidemie war auf ihrem Höhepunkt. Heckliff sah sie nur hin und wieder bei einem Kranken. Er war erschreckend abgemagert. Sie betrachtete ihn mit flüchtiger Teilnahme und voll Verwunderung darüber, daß sie sich daran gewöhnen konnte, mit ihm zusammenzuleben.
Wenige Wochen später waren alle Kinder außer Gefahr, und auch Sebastian, der am schwersten Erkrankte, war zum er-

stenmal wieder von Juliane in die warme Sonne geführt worden. Aber schließlich brauchte sie auch das nicht mehr zu tun, und sie fand endlich Zeit, ihre Koffer auszupacken. Sie war eben dabei, eine Kiste aufzustemmen, als Katharina in der Tür erschien.

»Das Fräulein sollen nicht so laut hämmern, der Herr Doktor schläft jetzt«, schrie sie so laut, daß ihre Stimme den Lärm noch übertönte. Ohne ihre Arbeit zu unterbrechen, rief Juliane ebenso laut: »Wenn der Herr Doktor vorher noch nicht aufgewacht ist, dann ist er's sicher bei Ihrem Geschrei. Übrigens ist der Herr Doktor vor zehn Minuten weggefahren.« Mit einem besonders lauten Schlag sprengte sie den Deckel auf. Als sie sich umwandte, stand Katharina noch auf der Schwelle.

»Oh«, sagte Juliane, »wenn Sie wissen wollen, was in den Kisten und Koffern ist, bitte, kommen Sie ruhig herein.«

Unbeirrbar sagte Katharina: »Ich bin gekommen, um dem Fräulein zu sagen, daß die Instrumente im Sprechzimmer gereinigt werden müssen.«

»Wie?«

»Die Instrumente im Sprechzimmer. Das Fräulein haben jetzt keine Patienten mehr, da ist Zeit übrig. Ich möchte mich nicht mehr in die Sachen vom Herrn Doktor mischen.«

»Katharina, wenn Sie nicht augenblicklich aufhören, solchen Unsinn zu reden, berichte ich alles dem Herrn Doktor.«

»Das Fräulein können meinetwegen alles sagen. Mir ist das jetzt ganz gleichgültig.« Aus ihrer Stimme klang neben der Gehässigkeit soviel echte Verzweiflung, daß Juliane sich ihr betroffen zuwandte.

»Sagen Sie, Katharina, was ist Ihnen denn?« fragte Juliane. »Sie fühlen sich durch mich hier verdrängt? Das ist doch

töricht, Katharina. Sie wissen genau, wie es kam, daß ich in dieses Haus geholt wurde. Oder sollten Sie es nicht wissen, daß der Herr Doktor mein Vormund ist? Im übrigen sagte ich es Ihnen schon einmal, daß ich nicht lange hierzubleiben gedenke.«
»Das Fräulein brauchen mir nichts zu erklären.«
»Nun gut. Was wollen Sie dann noch?« Sie fragte es ohne Unfreundlichkeit und mit einiger Belustigung.
»Man kann hier sein und hier sein«, sagte Katharina.
»Was soll das heißen?«
»Das müssen das Fräulein schon selber wissen.«
»Katharina, gehen Sie. Ich habe keine Lust, mit Ihnen zu streiten. Sie mögen mich nicht. Gut! Ich mag Sie auch nicht. Lassen wir uns ungeschoren.«
»Wie das Fräulein wünschen. Wir werden ja sehen, wer hier...« Der Schluß dieses Satzes wurde nicht ausgesprochen. Juliane hatte während dieses Gespräches ihre Geige ausgepackt und begonnen, die Saiten zu stimmen. Sie spielte eine Tonleiter über alle Saiten und ließ sie in einem Akkord ausklingen. Sie war so erregt, daß ihr Tränen in die Augen schossen. Plötzlich nahm sie die Hand vom Geigenhals, die Geige nur mit dem Kinn festhaltend, und besah ihre Fingerkuppen, die von den ungewohnten scharfen Desinfektionslösungen aufgerissen waren, so daß die Saiten sich darauf als blutige Streifen abgezeichnet hatten. Mit einer ärgerlich gefurchten Stirn unternahm sie es von neuem zu spielen. Aber sie mußte bald einsehen, daß es unmöglich war, mit solchen Händen zu geigen. Mit einem vernichtenden Seufzer legte sie die Geige in den Lederkasten zurück. Dann begann sie, ihre Wäsche, Mäntel und Kleider auszupacken. Sie betrachtete zärtlich die hübschen Kleider, die sie, wie sie

sich sagte, nun lange nicht mehr, in Steinfeld überhaupt nicht tragen würde. Auf einmal bekam sie Lust, in eines davon zu schlüpfen. Sie wählte lange und entschied sich für eines aus silbergrauer, mit rötlichen Blumen bemalter Seide. Sie trat vor den Spiegel und betrachtete sich, die dunkeln Locken ordnend. Da hörte sie Heckliffs Wägelchen in den Hof rollen. Sie lief vom Spiegel weg und begann das Kleid hastig aufzuknöpfen. Plötzlich hielt sie inne, blickte eine Weile mit gesenktem Kopf vor sich hin, richtete sich in raschem Entschluß auf und knöpfte das Kleid wieder zu. Als sie sich von neuem im Spiegel betrachtete, sah sie ein aufgeregtes Gesicht, dessen trotziges Lächeln nicht recht sicher war.
Kurz darauf war es Zeit, zum Essen hinunterzugehen. Ihr Herz klopfte heftig. Sie hörte, wie Heckliff in die Küche rief: »Haben Sie das Fräulein geholt, Katharina?« Ohne die Antwort abzuwarten, betrat Juliane das Eßzimmer. Heckliff war wie immer dabei, in einer medizinischen Zeitschrift zu lesen. Ohne aufzublicken, erwiderte er ihren Gruß. Einen Augenblick lang fühlte sie eine brennende Neugierde. Sie hörte herzklopfend, wie die Seide ihres Kleides bei jedem Schritt knisterte und rauschte. Mit einem Male aber war die köstlich vibrierende Spannung vergangen, und sie kam sich lächerlich vor. In diesem Augenblick blickte er auf, kniff die Augen zusammen wie jemand, der schlecht sieht, und beugte sich gleich darauf wieder über seine Zeitschrift. Juliane setzte sich mit gespielter Lässigkeit an ihren Platz, aber sie mußte bemerken, daß sich ihre Stirn mit kleinen kalten Schweißperlen bedeckte, und sie wagte nicht sie abzuwischen, aus Angst, Heckliff könne aufmerksam werden. So würgte sie, das Gesicht über den Teller geneigt, noch mühsamer als

sonst den dicken Haferbrei hinunter. Als Heckliff gegangen war, blieb sie noch eine Weile sitzen, kaute nachdenklich an ihrer Oberlippe und stand dann langsam auf. Da öffnete sich die Tür, und Katharina streckte ihren Kopf herein, um nachzuschauen, ob sie abräumen könne. Ihr Blick fiel auf Juliane, die, einer Laune folgend, stehenblieb und erstaunt beobachtete, wie Katharinas farblose Augen starr wurden, und wie ihr Mund sich langsam öffnete.
»Das Kleid...« sagte Katharina entsetzt, so daß Juliane selbst bestürzt wurde.
»Was ist denn mit dem Kleid?«
»Das Kleid...« Sie schüttelte langsam den Kopf.
»Nun, was ist denn?« fragte Juliane ungeduldig.
Katharina schien sich zu fassen: »Woher haben das Fräulein das Kleid?«
»Woher? Ich weiß es nicht... Es war, glaub' ich, bei den Sachen, die ich von meiner Mutter erbte, als sie starb.«
Sie sagte es widerwillig und fast ängstlich.
»Das Fräulein sollen dieses Kleid nicht mehr tragen.«
»Wieso?«
»Es paßt nicht in unser Dorf.«
Es war zu spüren, daß sie etwas anderes sagen wollte.
»Warum nicht? Reden Sie doch!«
Während Katharina den Tisch abzuräumen begann, sagte sie wie obenhin, doch mit absichtlicher Schärfe: »Das wird dem Herrn Doktor nicht gefallen.«
»So, meinen Sie?« fragte Juliane mit der nämlichen Schärfe, aber Katharina tat, als hätte sie nichts gehört.
»Sagen Sie, Katharina, wieso kümmern Sie sich darum, was ich anziehe, was ich tun und nicht tun soll und was dem Herrn Doktor an mir gefällt oder nicht?«

Katharina trug das Tablett in die Küche und schloß die Tür hinter sich. Juliane sah ein, daß sie von ihr nichts erfahren würde.

Als sie am nächsten Vormittag das Haus verließ, sah sie zum erstenmal mit Bewußtsein und nicht mit Augen, die von langen Nachtwachen ermüdet waren, daß es Frühling geworden war auf der Hochebene. Sie hätte nicht sagen können, ob die Bäume schon länger blühten oder ob die Knospen erst an diesem Morgen aufgebrochen waren. Der plötzliche Frühling überraschte und bestürzte sie, und ihrem Entzücken war Unbehagen und Schwermut beigemischt. Langsam schlenderte sie zwischen den Obstgärten hindurch, die das Dorf umgaben. Der Duft der unzähligen Pflaumen- und Birnbäume unter einem windstillen, sommerlich warmen Himmel bedrängte ihren Atem. Es ist so schön, dachte sie, und mit einer erregten Trauer setzte sie hinzu: Es ist unerträglich schön. Sie wünschte sich Herbst und Blätterfall oder die frostige Leere des Winters, und sie schalt sich launisch und überreizt. Wo ist Heckliff? dachte sie plötzlich mit einer Erregung, als wäre ihm etwas zugestoßen. Sie blieb stehen, an einen Zaun gelehnt, um zu lauschen, ob nicht irgendwoher das Rollen seines Wägelchens zu hören war. Aber die Bienen lärmten so überlaut in den blühenden Kronen, daß nichts zu hören war als dieses gleichmäßige und eifrige Summen, das ihr nach anstrengenden Wochen und langen Nachtwachen heftige Kopfschmerzen bereitete. Es war noch nicht Zeit, zum Mittagessen nach Hause zu gehen. Plötzlich fiel ihr das Schloß wieder ein, und sie schlenderte, die schattigen Dorfgassen wählend, zu der hohen Mauer, die keinen Einlaß gewährte. Zwischen den rostigen Gitterstäben hindurch sah sie nichts als ein wildes Gewirr von blühendem Gesträuch, das gegen

das Tor andrängte. Aus der Tiefe des Parks stürzte das lebhafte, süße Gelärm der Vögel. Juliane wurde von einer schwermütigen Sehnsucht ergriffen, in den Park einzudringen. Sie blickte um sich, ob niemand in der Nähe sei, der sie beobachten könnte, dann versuchte sie, an den Gitterstäben hochzuklettern. Aber es war unmöglich, sich an den vom Rost zerfressenen rauhen Stäben festzuhalten. Mit einem kleinen Schmerzenslaut glitt sie ab und betrachtete ihre zerkratzten Hände. Der Widerstand, den ihr Tor und Parkmauer entgegensetzten, reizte sie. Sie begann an der Mauer entlangzuwandern. Eine Uhr schlug zwölfmal, aber Juliane kümmerte sich nicht um das Mittagessen. Eine halbe Stunde später stand sie wieder am Tor, erhitzt und enttäuscht. Es gab keinen anderen Eingang als den vom Dorf aus, es gab keine niedere Mauerstelle, über die man hätte steigen, keinen tiefhängenden Ast, an dem man hätte hochklimmen können.
Ihr Gedeck stand noch auf dem Tisch, als sie nach Hause kam, doch Katharina war nicht da. Der Rest vom Mittagessen stand in einem Topf auf dem Herd, in dem das Feuer fast erloschen war. Juliane hob den Deckel vom Topf und roch an der dicken Suppe, die für sie bestimmt war. Dann schaute sie ins Schürloch, stocherte in der Glut, schloß das Türchen wieder, nahm eine Schnitte Brot und ging. Im Hausflur begegnete ihr Heckliff.
»Schon gegessen?«
Sie schüttelte den Kopf. Er deutete auf das Stück Brot in ihrer Hand: »Ist das alles?« Sie nickte kauend.
»Wieso? Ist nichts mehr da? Ich habe doch Katharina gesagt...«
»Doch, doch. Aber kalt.«
»Kalt? Nun, das kann man doch wärmen.«

»Oh, es ist nicht nötig«, sagte sie und wollte an ihm vorüber zur Stiege.
Er vertrat ihr den Weg. »Unfug!« sagte er, »mit einem Stück Brot hat man nicht genug. Wo ist Katharina?«
Er ging in die Küche und zuckte die Achseln, als er sich dort allein sah, dann schaute er, wie es einige Minuten vorher Juliane getan hatte, in den Topf und ins Schürloch. Juliane mußte lachen. Er wandte sich überrascht nach ihr um.
»Ach nichts«, sagte sie verlegen.
Er stocherte in der Glut und legte Holz darauf. Bald knisterte das Feuer. »So«, sagte er, indem er sich aufrichtete, »und nun essen Sie. Es wäre natürlich besser, wenn wir beide immer pünktlich wären zum Mittagessen.«
»Wir beide. Er sagte wir beide«, dachte sie, und sie erschrak auf eine sonderbare Weise. Verwirrt sagte sie: »Ich wollte in den Park. Aber das Tor war verschlossen. Und da dachte ich... Da bin ich um den Park gelaufen. Ein endloser Weg ist das!«
»Ja, ja«, sagte er, »der Park ist groß.«
»Waren Sie schon einmal im Schloß?«
»Ich? Natürlich. Früher... Es ist schon lange her.«
»Und da wohnte noch der Besitzer darin?«
»Ja«.
»Wie lange ist er weg?«
»Sie sollen jetzt essen, sonst wird die Suppe wieder kalt.«
Er ging rasch aus der Küche, öffnete aber noch einmal die Tür und sagte: »Sie können mich nachmittags auf der Fahrt begleiten. Übrigens, ich hörte Sie spielen. Es gibt viele Kranke, die gern einmal Musik hören würden.« Er schloß die Tür. Juliane setzte sich an den Küchentisch und schöpfte einen Teller voll Suppe aus. Der Gedanke, den Kranken vorzuspielen,

beschäftigte sie sehr. Nein, dachte sie schließlich erzürnt, das geht zu weit. Darum hätte er mich nicht bitten dürfen, ich werde das nicht tun. Es genügt, daß ich ihm pflegen helfe.
Doch sie mußte empfinden, daß ihr bei diesem Entschluß keineswegs wohl zumute wurde. Mißlaunig aß sie den Teller leer und schob ihn unsanft von sich weg, blieb aber noch eine Weile mit aufgestützten Armen sitzen. Ich brauche ihm wirklich nicht jeden Wunsch zu erfüllen, sagte sie sich trotzig. Er meint, er sei der Herr über mich. Ich finde, ich habe ihm schon genug Macht eingeräumt. Er soll sich nicht einbilden, daß ich voll Demut und Bewunderung zu ihm aufschaue. Überhaupt mag ich seine despotische Art nicht. Nie eine Bitte, nie ein Dank. Nur »Sie können«, »Sie sollten«. Nein, ich mag nicht. Mit dieser sie vorläufig befriedigenden Feststellung stand sie auf, um bald darauf Heckliffs Wägelchen zu besteigen und über Land zu fahren.
In der Nacht erwachte Juliane plötzlich von lautem Lärm. Sie setzte sich erschrocken im Bett hoch und lauschte. Der Lärm kam aus dem Dorf. Man rief etwas sehr laut und immer wieder, aber sie konnte es nicht verstehen. Dazwischen war bald näher, bald ferner der dumpfe Ton eines Kuhhorns zu hören. Es brennt! dachte sie erschrocken und sprang aus dem Bett. Das Gitter vor ihrem Fenster erlaubte ihr nicht, den Kopf soweit hinauszustrecken, daß sie etwas hätte sehen können. Sie zog sich eilends an und lief über die Stiege. Die Haustür war geöffnet. Also mußten Heckliff und Katharina schon hinausgegangen sein. Es war Vollmond und so hell, daß man die Uhr auf dem Kirchturm wie bei Tag erkannte. Es ging gegen Mitternacht. Die grauen Schindeldächer glänzten, und die Schatten lagen hart auf den Mauern und in den Gassen. Es war so windstill, daß kein Blatt an den Holunderbü-

schen vor dem Haus sich rührte, aber es war kalt wie im Winter. Leute liefen durch die Gassen, dunkle Bündel im Arm. Juliane rief einen an: »Was ist denn? Brennt es denn?« Aber sie bekam keine Antwort. Nachdem sie eine Weile frierend, die Schultern hochgezogen, auf den steinernen Stufen vor dem Haus gestanden war, mischte sie sich unter die Leute und lief mit ihnen. Schließlich erwischte sie jemand am Arm. »Ist ein Unglück passiert?«
»Frost fällt!« rief man ihr zu. Sie begriff nichts und folgte ihnen, bis sie in die Obstgärten vor dem Dorf kamen. Dort liefen die Leute in großer Aufregung umher, sinnlos, wie es schien, bis sie entdeckte, daß sie damit beschäftigt waren, große Haufen von Holz und Reisig zwischen den Bäumen aufzuschichten. Immer wieder eilten sie ins Dorf und kehrten zurück, neue Bündel von dürren Ästen schleppend. Juliane lehnte sich an den Zaun und wartete, was geschehen würde. Der Lärm hatte sich gelegt. Die Leute kamen und gingen fast schweigend, und die großen Hunde strichen dazwischen umher. Die blühenden Baumkronen standen weiß und starr im hellen Mondlicht. Einmal ging ein Mann so nah an ihr vorüber, daß das große Reisigbündel, das er trug, ihren Arm streifte. Sie erschrak, denn es war Heckliff. Sie beugte sich vor, um ihn zu sehen, bis er unter den Leuten, die einen großen Reisighaufen umstanden, verschwunden war. Sie war so sehr damit beschäftigt, ihn unter den dunklen Gestalten herauszufinden, daß sie nicht auf das Geräusch achtete, das schon seit langer Zeit dicht neben ihr zu hören war. Schließlich aber wurde sie aufmerksam und wandte sich um. Da schob sich ein Knabe aus den Sträuchern. Es war Sebastian. Er blieb stehen, wo er war. Juliane konnte sehen, wie seine Augen glänzten.

»Komm her!« sagte sie. Er schüttelte den Kopf, machte aber keinen Versuch zu fliehen.
»Geh nach Hause«, sagte sie, »du gehörst ins Bett.« Er schüttelte wieder nur schweigend den Kopf.
»Aber du wirst wieder krank werden, und dann weiß ich nicht, ob dich der Doktor wieder gesund machen kann.«
Er zuckte die Achseln. Er war während der Krankheitswochen stark gewachsen, und wie er nun so vor ihr stand, groß, mager und eigenwillig, schien er ihr plötzlich kein Kind mehr, so daß sie eine Weile zögerte, ehe sie ihm befahl, unter ihren Mantel zu kommen. »Ich friere nicht«, sagte er. »So? Du frierst nicht, dabei zitterst du vor Kälte. Komm her, dummer Bub!« Zögernd gehorchte er. Sie schlug ihren weiten Umhang um ihn. Allmählich war es ruhiger geworden in den Gärten. Die Leute standen in dichten Haufen um die hohen Holzstöße. Bald näherten sich vom Dorf her Leute mit brennenden Fackeln, mit denen sie die Holzstöße anzündeten. Überall flammten die Feuer auf. »Nicht so, das ist nicht richtig!« rief der Knabe aufgeregt.
»Wie denn?« fragte Juliane.
»Es darf nicht brennen, es darf nur rauchen«, flüsterte er, und sie konnte spüren, wie ungeduldig er war und wie es ihn lockte, zu den Feuern zu laufen. Aber schon wurden dort überall die Flammen erstickt. Man besprengte das Holz mit Wasser und warf grüne Weidenzweige, nasses Gras und feuchte Erde darauf. Die Feuer glommen leise weiter. Bald stieg dicker Qualm auf. Sebastian seufzte befriedigt. Der Qualm, der von der kalten Luft niedergedrückt wurde, legte sich dicht und schwer über die Gärten. Es war vollkommen windstill. So blieben die Schwaden in den Bäumen hängen. Eifrig sagte Sebastian: »Das muß so sein, sonst verbrennt der

Reif die Blüten.« Langsam kehrten die Leute ins Dorf zurück, unkenntlich in dem dichten Qualm, der den Mond verdeckte. Plötzlich stand jemand vor Juliane. Sie erkannte ihn erst an der Stimme. Es war Adam.

»Was tust du denn hier?« sagte er, indem er den Umhang von Sebastian zurückstreifte. »Geh heim, du! Kinder haben hier nichts zu suchen.« Er versuchte, Sebastian am Arm hervorzuziehen. Aber der Knabe setzte ihm einen so heftigen Widerstand entgegen, daß er Gewalt anwenden mußte. Plötzlich ließ er die Arme des Jungen mit einem Schmerzensschrei fahren. »Verdammter Bengel!« rief er und rieb sich die Hand, der Sebastian eine Kratzwunde versetzt hatte.

»Er soll heimgehen«, sagte Adam zu Juliane, die daneben stand, den Arm um Sebastians Schulter gelegt.

»Ich werde ihn heimbringen«, sagte sie. »Komm, Sebastian.«

»Ich will nicht nach Hause, wenn er es will!« Sebastian stampfte zornig den taunassen Boden.

»Komm!« wiederholte Juliane und versuchte, ihn fortzuziehen.

»Geh!« rief Adam nun wütend, »oder ich werde dir zeigen...«

»Gar nichts wirst du mir zeigen, du! Ich gehe, wenn ich will, hörst du!« Sebastian hatte sich von Juliane freigemacht und stand nun vor Adam, ohne Furcht, doch bebend vor Zorn. Plötzlich begann Adam zu lachen. »Sieh an, so ein Kind! Tapfer! Tapfer! Aber mit Kindern raufe ich nicht, merk dir das, Kleiner! Und nun marsch ins Bett! Ich habe mit dem Fräulein zu reden!«

Juliane griff nach Sebastians Arm: »Komm, wir gehen.« Zu

Adam gewandt, sagte sie: »Es ist kalt. Ich werde den Buben nach Hause bringen.«

»Nein«, rief Adam, »bleiben Sie, ich muß mit Ihnen reden, Fräulein Juliane...«

Das ist eine ernstliche Bitte, dachte Juliane bestürzt, und sie sagte zögernd zu Sebastian: »Geh heim, ich besuch dich morgen und schaue nach, ob du nicht wieder krank geworden bist.«

Der Knabe warf einen wütenden Blick auf Adam und zog sich dann schweigend zurück. Juliane wartete, bis das leise Knirschen der Kräuter am Wegrand, das die Schritte des Knaben verriet, in einiger Entfernung verstummt war, dann fragte sie: »Nun? Was ist denn?«

Adam sagte, indem er dicht vor ihr stehenblieb:

»Ich habe jetzt den Hof und die Wirtschaft. Beides verlottert und verkommen. Ich verkauf's!«

»Ja, ja«, sagte Juliane. »Aber was geht das mich an?«

»Ich will weg von hier.«

Juliane schwieg.

Nach einem kurzen Zögern sagte er: »Geh mit!«

Juliane lachte kurz auf: »Ich? Wohin denn?«

»Weiß nicht. Nach Amerika vielleicht.«

Er starrte sie mit so eigentümlich glitzernden Augen an, daß sie unwillkürlich zurückwich.

Düster sagte er: »Also du willst nicht?«

»Nein, Adam, ich will nicht.«

»Ich bin stark«, sagte er, »ich kann arbeiten! Ich werde gut sein zu dir. Geh mit mir.«

Juliane blickte angestrengt in den vom Mondlicht nur schwach durchhellten Qualm, durch den sie die dunkle Gestalt Heckliffs kommen sah. Zerstreut hörte sie auf Adam.

»Ja«, sagte sie, »das weiß ich, daß du stark bist. Aber trotzdem, ich kann nicht.«
»Keine außer dir...«
»Nein, Adam, hör nun auf. Ich muß nach Hause. Gute Nacht!« Sie eilte auf Heckliff zu, der auf einem schmalen Wiesenweg durch den Garten kam.
Er ging langsam und nachdenklich, eine Hand in der Manteltasche, mit der anderen die Büsche am Wegrand streifend, und erkannte Juliane erst, als sie ihn anrief. Er zeigte nicht das geringste Erstaunen, sie zu sehen, erwiderte kurz ihren Gruß und ging weiter. Nichts deutete darauf hin, daß er ihre Begleitung wünschte. Das Gespräch mit Adam hatte sie verstört, und es half ihr nichts, daß sie sich sagte, es sei bedeutungslos für sie. Sie blieb unschlüssig stehen und schaute Heckliff nach, der langsam davonging. Dann wandte sie sich zögernd um und lief weg. Sie vermied es, an Hecken und hohe Kräuterbüsche zu stoßen, und das Geräusch ihrer Schritte und vorsichtigen Sprünge wurde von dem weichen Wiesenboden verschluckt. So sehr damit beschäftigt, wegzueilen und jeden verräterischen Laut zu vermeiden, merkte sie nicht eher, daß sie die Gärten durchquert hatte, bis sie vor dem Zaun stand, der die Obstgärten gegen das Dorf abgrenzte. Mit einem leisen, erschrockenen Ruf erkannte sie plötzlich Heckliff, der dort stand, so dicht vor ihr, daß sie nicht mehr vor ihm fliehen konnte.
Verwirrt suchte sie nach einem Wort, nach einer Redewendung, die der Begegnung etwas Harmloses hätte geben können, aber es fiel ihr nichts ein, und da Heckliff nicht gesonnen schien, ihr zu helfen, standen sie sich eine Weile stumm und regungslos gegenüber. Juliane fühlte sekundenlang eine völlige Leere in ihrem Gehirn, bis ihr plötzlich mit sonderba-

rem Brausen das Blut zu Kopf stieg und sie von einem leichten Schwindel erfaßt wurde, der ihr eine Art von schmerzhaftem Entzücken bereitete. Sie kämpfte verzweifelt gegen das Verlangen an, dieser Empfindung festzuhalten, und endlich gelang es ihr, sich zu fassen. »Ich bin so erschrocken«, sagte sie mit einem Lächeln, das Heckliff nicht sehen konnte, »ich hatte Sie gar nicht bemerkt.« Als er nicht antwortete, fuhr sie hastig fort, dankbar einen kleinen Einfall ausnutzend: »Die Kinder sind alle auf, jetzt in der kalten Nacht. Hoffentlich bekommen wir keine Rückfälle.«
»Wir können nicht auch noch Kindermädchen spielen«, sagte er. Seine Stimme verriet weder Anteilnahme noch den gewohnten Groll gegen die Unvernunft seiner Dorfbewohner, sondern einen hohen Grad von Spannung, der Juliane bestürzte. Sie vermied es, eine Pause im Gespräch eintreten zu lassen. »Sebastian war natürlich auch da«, sagte sie.
»Sebastian? Der vom Wirt, den wir mit so knapper Not über den Berg gebracht haben?«
»Ja, der. Und nun läuft er in der Kälte umher. Ich wollte ihn nach Hause führen, aber er ging nicht.«
Heckliff schwieg. Sie befand sich plötzlich in einer so tiefen Verwirrung, daß sie ihre Lage als unerträglich empfand und sie um jeden Preis zu beenden trachtete: »Ich friere«, sagte sie, »ich gehe nach Hause.«
»Ja«, sagte er, »gehen wir.«
Sie begann rasch wegzugehen, ohne sich nach ihm umzusehen. Das leise Knirschen des Wegsands verriet ihr, daß er ihr folgte. Der Qualm aus den Obstgärten wurde dünner und durchsichtiger, je weiter sie sich von ihnen entfernten, bis schließlich nur mehr ein leichter Schleier über den Wiesen lag und der Mond wieder den Weg beschien. Nach einiger

Zeit merkte Juliane, daß sie, irregeleitet im dichten Qualm, einen falschen Weg eingeschlagen hatte, und statt nach Hause zu kommen, auf die dem Dorf abgewandte Seite des Schloßparks geraten war. Verwirrt blickte sie sich nun nach Heckliff um, der dicht hinter ihr ging.
»Wir haben uns verirrt«, sagte sie.
»Wir kommen schon nach Hause«, antwortete er. »Gehen Sie nur.« Sie ging gehorsam und benommen weiter. Der Weg, den sie vom Tag her kannte, führte dicht an der hohen Mauer entlang, über die stellenweise die dicht belaubten Äste so tief herabhingen, daß Heckliff und Juliane nur gebückt unter ihnen gehen konnten. Die Mauer, bei Tage grau, schien nun blendend weiß, und die Äste malten tiefschwarze harte Schatten darauf. Die Landschaft war im Mondschein erstarrt, und es war kein Laut mehr zu hören außer dem dumpfen Geräusch der Schritte. Juliane fühlte Heckliffs Blick auf ihrem Rücken. Sie begann rascher und rascher zu gehen, so daß Heckliff einmal für kürzere Zeit zurückblieb. Juliane atmete auf, als sie ihn nicht mehr so nahe wußte. Doch er holte sie wieder ein und ging nun dicht neben ihr. Juliane stolperte über Wurzeln und Steine, während sie vorwärts hastete, von dem Verlangen getrieben, aus Heckliffs Nähe wegzukommen. Sie atmete auf, als die Häuser des Dorfes auftauchten.
»Nun, da sind wir ja wieder«, sagte sie mit gespielter Munterkeit, während sie sich scheu nach Heckliff umsah. Er antwortete nicht. Ihre Schritte hallten in den Gassen des schlafenden Dorfes, das noch von leichten, nach Brand riechenden Nebelschwaden durchzogen war. Als Juliane die Hand auf die Klinke der Haustüre legte, fühlte sie, daß sie steif vor Kälte war.

»Ich friere«, sagte Juliane, indem ein Frostschauer sie schüttelte.
»Warten Sie«, sagte Heckliff und ging in sein Sprechzimmer, die Tür hinter sich offen lassend, so daß ein breiter Lichtstreif in den dunklen Hausflur fiel. Juliane sah ihn einen Schrank öffnen, ihm eine Flasche entnehmen und ein Glas füllen. Sie verfolgte jede seiner Bewegungen, und sie wurde erneut von jenem verwirrenden Schmerzgefühl befallen, das sie schon kannte und das sie verzweifelt und vergeblich zu unterdrücken suchte. Endlich kam Heckliff und reichte ihr das Glas. »Trinken Sie in einem Zug!« Es war starker Branntwein, der sie augenblicklich erwärmte.
»Danke«, sagte sie und gab das Glas zurück.
»Gute Nacht«, sagte er, ging ins Sprechzimmer zurück und schloß hinter sich die Tür. Langsam tastete sich Juliane, ohne Licht zu machen, in ihr Zimmer.
Sie erwachte spät am Morgen, und die offene Remisentür, der ihr erster Blick galt, zeigte, daß Heckliff schon weggefahren war. Sie atmete erleichtert auf. Während sie ihr Haar vor dem kleinen Spiegel kämmte, dachte sie über den sonderbaren Nachtspaziergang nach, aber je mehr sie sich anstrengte, Heckliffs Verhalten und ihre eigene Verwirrung zu verstehen, desto tiefer geriet sie in Unsicherheit.
So kalt die Nacht gewesen war, so heiß war der Tag. Der Wind, der monatelang über die Hochebene hingestrichen war, schwieg, und die Sonne brütete in den Gassen. Eine drückende Schwüle hielt den Straßenstaub und den Geruch von welkenden Blüten so dicht zusammen, daß es den Atem bedrängte. Vor dem Wirtshaus tauchte Juliane ihre Arme bis zu den Ellbogen in den Brunnen. Plötzlich fiel ihr ein, daß sie nach Sebastian sehen mußte. Im nämlichen Augenblick

fühlte sie eine unerklärliche Bangigkeit. Vielleicht liegt er krank und niemand kümmert sich um ihn, dachte sie, und sie nahm sich nicht mehr Zeit, ihre Arme in der Sonne trocknen zu lassen. Rasch eilte sie ins Wirtshaus, überall eine nasse Tropfenspur hinterlassend. Sie rief laut nach Sebastian, aber niemand antwortete. Sie stürzte in die Küche: »Wo ist Sebastian?« Aber die Küche war leer, im Herd kein Feuer, das Essen halb gekocht in den Töpfen. Die Katze sprang vom Tisch, ein Stück Fleisch im Maul. Auch die Gaststube war leer. Auf einem Tisch stand ein leerer Bierkrug. Die Bank war zurückgezogen und lehnte halb umgefallen an der Wand, als sei jemand in großer Eile aufgesprungen. Juliane lief durchs Haus, unablässig nach Sebastian rufend. Der Ruf hallte in den langen gewölbten Gängen wider. Juliane eilte in den Stall. Die Kühe waren auf der Weide. Nur die Hühner waren da, kratzten im Stroh und in den Futterhaufen und flatterten aufgeregt durch die Stalltür, als Juliane kam. Schließlich kehrte sie verängstigt in die Gaststube zurück. Da sah sie in einer dunklen Ecke hinter dem Schanktisch Adam lehnen. Er hielt ein Weinglas in der Hand, und der scharfe Geruch der hellen Flüssigkeit verriet, daß es Zwetschgenschnaps war, was er trank. Er sah noch verwilderter aus als sonst und rührte sich nicht, als Juliane zu ihm hinging. »Wo ist Sebastian?« rief sie aufgeregt und verängstigt.

Er gab keine Antwort, sondern starrte sie über das abgestoßene Glas hin trüb und abwesend an. »Wo ist Sebastian?« fragte sie noch einmal.

»Weiß nicht.« Er schenkte das Glas von neuem voll.

»Was ist denn bei euch los? Ist niemand da?«

Er trank das Glas, ohne abzusetzen, leer, dann stellte er es auf den nassen, klebrigen Schanktisch, auf dem die Fliegen in Scharen herumkrochen. »Komm!« sagte er rauh. Als er nach ihrem Arm fassen wollte, griff er daneben und schwankte.

»Sie sind ja betrunken«, sagte Juliane angewidert und wich zurück. Doch nun hatte er ihren Arm erwischt, hielt ihn krampfhaft fest und kümmerte sich nicht um ihren verzweifelten Widerstand. Er schob sie aus dem Gastzimmer durch die Küche in den langen Hausflur. »Was ist denn Adam, was haben Sie denn vor?« fragte sie endlich mühsam beherrscht. Doch er antwortete nicht. Noch nie war ihr das Verfallene des Wirtshauses so deutlich geworden wie auf diesem endlosen Gang durch den Flur, den Stall, die Remise und über die Tenne. Überall waren große nasse Fäulnisflecken an den Wänden, von denen der Verputz abblätterte, überall dicke Spinnweben mit jahrealtem Staub darauf, die Fußbodenbretter morsch und voll dunkler Flecke, in den Ritzen allerlei Ungeziefer und darüber der Geruch nach Fäulnis, Moder, saurem Bier und nach Jauche, die im Hof einen kleinen dunkelbraunen Teich gebildet hatte. Zuletzt führte Adam sie in die Scheune. Dort war es halbdunkel, und sie stolperten über Körbe, Säcke und Strohhaufen. Plötzlich ließ Adam Julianes Arm los. Da sah sie auf dem Boden die Wirtin liegen.

»Was ist denn«, flüsterte sie voller Angst, »ist sie tot?« Adam gab keine Antwort. Ein schrecklicher Verdacht stieg in ihr auf. Sie schaute nach Adam, um den Ausdruck seines Gesichts zu sehen. In diesem Augenblick sah sie fast gerade über sich im Gebälk in einer Schlinge den schweren Körper des Wirts hängen. Sie schrie auf und lief weg, doch an der Tür blieb sie stehen, zögerte eine Weile und ging dann zu dem Erhängten zurück. Sie zitterte so sehr, daß sie kaum stehen konnte.

»Ich muß den Doktor holen«, sagte sie mehr zu sich als zu Adam. Da sah sie, wie der Körper in der Schlinge sich rührte. Es mochte ein Luftzug sein, der ihn bewegte.
»Hol ihn herunter!« befahl Juliane.
Adam schüttelte den Kopf: »Er ist doch schon tot.«
»Hol ihn sofort herunter!« schrie sie und stampfte mit dem Fuß. »Du siehst doch, daß er sich noch bewegt.«
Adam starrte sie an und ging dann schwankend weg, eine Leiter zu holen. Bis er zurückkehrte, beschäftigte sie sich mit der Alten. Sie war bereits kalt. Der Tod schien beim Anblick des Erhängten eingetreten zu sein. Inzwischen war Adam mit der Leiter zurückgekommen. Er lehnte sie an den Balken, machte aber keine Miene hinaufzusteigen.
»Eil dich doch!« rief Juliane wütend.
»Ich tu's nicht«, sagte er finster. Da gab sie ihm eine Ohrfeige und rief: »Feigling.«
Aber er rührte sich nicht.
»Er ist dein Vater«, sagte sie.
Er brachte ein dumpfes Gelächter hervor, wich aber einen Schritt zurück. Er sah, daß Juliane zum Äußersten entschlossen war, wußte aber nicht, was sie tun wollte. Sie stieß einen Laut aus, der alle Verachtung ausdrückte, die sie für den Burschen aufbrachte. Dann ließ sie ihre Blicke suchend umhergehen, fand plötzlich eine Sichel an einem Haken, ergriff sie, stieg auf die Leiter und hieb in den zähen Strick, der ihr lange widerstand, bis endlich der schwere dicke Körper zu Boden fiel, dort einen Augenblick auf den Beinen stehen blieb, und dann zusammensackte, die Arme auf den Beinen der Alten. Als sie dies getan hatte, fühlte sie, daß sie ohnmächtig würde, bliebe sie noch

länger. Sie stieg von der Leiter herunter, warf die Sichel weg und lief aus der Scheune. Vor dem Hause mußte sie sich erst eine Weile setzen, ehe sie weitergehen konnte. Auf dem Weg begegneten ihr mehrere Leute, aber sie wollte niemand etwas sagen, ehe Heckliff es wußte.

Im Hausflur stand Katharina, die die graugrünen Pflastersteine schrubbte. »Ist der Herr Doktor da?« rief Juliane. Katharina deutete mit dem Schrubber auf die Sprechzimmertür. »Es ist jemand drinnen beim Herrn Doktor.«

Juliane klopfte, und Heckliff erschien an der Tür. Sie war so aufgeregt, daß sie kaum sprechen konnte.

»Was ist denn?« frage er, ärgerlich über die Störung.

»Der Wirt hat sich erhängt. Kommen Sie sofort!« rief sie.

»Wo ist er?«

»In der Scheune. Ich bring Sie hin.«

»Warten Sie. Lebt er noch?«

»Ich weiß nicht. Ich glaube ja.«

Die Tür zum Sprechzimmer schloß sich. Katharina kam wie absichtslos näher und, ohne im Putzen innezuhalten, fragte sie: »Haben das Fräulein es selber gesehen?«

»Ja.«

Katharina kam noch näher: »Hing er am Strick?«

»Natürlich! Wo sonst?«

Gekränkt zog sich Katharina zurück, allerlei vor sich hinmurmelnd. Endlich kam Heckliff, und sie eilten zum Wirtshaus. Die Hitze war noch drückender geworden. Wolken von Fliegen stoben von der Straße auf. Ein Gewitter braute sich über der Hochebene zusammen.

Als sie in die Scheune kamen, trafen sie an der Tür Sebastian. Er lehnte am Türpfosten und spähte mit weit vorgestrecktem Hals in den halbdunklen Raum.

»Er hängt nicht mehr!« sagte Heckliff verwundert, das zersägte, zerfranste Seil in den Händen. »Wer hat das getan?«
»Ich«, sagte Juliane, »mit einer Sichel.«
»Sie?... Ach...« Er stieß ein kaum hörbares, kurzes Gelächter aus, faßte Juliane an der Schulter und rüttelte sie: »Sie haben das getan? Mit einer Sichel?«
»Durfte ich es nicht?« fragte sie verwirrt und erschrocken.
Er lachte wieder, und es schien ihr angesichts der Toten unfaßbar, daß er es tat.
»Warum lachen Sie?« fragte sie verstört.
»Juliane«, sagte er mit sonderbar veränderter Stimme, während er sich mit der Alten beschäftigte, »gehen Sie jetzt heim. Nehmen Sie aber das Kind mit, den Sebastian.«
Gehorsam und bereitwillig verließ sie die Scheune.
»Komm!« sagte sie zu dem Knaben, der sich hinter einem vollen Mehlsack verbarg. Zögernd kroch er hervor. »Komm mit mir.« Sie gingen schweigend durchs leere Haus. Auf dem Weg fragte Juliane: »Weißt du denn, was geschehen ist?«
»Ja«, antwortete er.
»Hat Adam es dir gesagt?«
»Der? Nein, der hat Angst.«
»Und du?«
Er zuckte die Achseln.
Sie gingen nach Hause. Sie setzte sich mit Sebastian ins Wohnzimmer und gab ihm Zeitschriften zum Anschauen.
»Nein«, sagte er, nachdem er eine Weile darin geblättert und die Landschaftsphotographien gelangweilt betrachtet hatte.
»Nicht so was.« Er schob sie auf den Tisch zurück.
»Was möchtest du denn?«
»Etwas von Krankheiten und Doktorsachen.«

Sie suchte eine Weile und gab ihm zögernd ein Handbuch der Kinderkrankheiten. Er begann darin zu lesen und war bald so vertieft, daß er kaum aufblickte, als Juliane aufstand und hinausging. Sie hatte Heckliff nach Hause kommen hören.
»Ist er tot?« fragte sie ihn.
Er nickte. »Beide.«
»Was geschieht jetzt?«
»Der Bub bleibt vorläufig bei uns. Ist er drin?«
»Ja. Er liest Doktorsachen.«
»Doktorsachen?«
»Er wollte etwas zu lesen, da gab ich ihm das Handbuch für Kinderkrankheiten.«
»Das ist keine Lektüre für ein Kind.«
Juliane zuckte die Achseln. »Er hat ein so sonderbares Interesse für alles Medizinische. Als ich ihn pflegte, wollte er immer genau wissen, was ich ihm gab und wie es ihm ging.«
»So? Schade um den Buben. Ist gut, daß die Alten... Na, lassen wir sie ruhen. Der Bub da kommt mir nicht in das Wirtshaus zurück. Hat er schon gegessen? Natürlich nicht. Katharina!«
Sie erschien augenblicklich und verriet damit, daß sie an der Tür gelauscht hatte. »Katharina, der Wirtsbub bleibt jetzt bei uns. Seine Sachen holen wir am Abend herüber. Decken Sie für uns drei.«
»Uns drei?« wiederholte sie und stand mit offenem Mund da.
»Nun?« fragte Heckliff.
»Aber doch nicht für immer?« fragte sie verstört.
»Was heißt schon: ›für immer‹! Können wir essen?«
Sie stand noch eine Weile regungslos da, schüttelte mehrmals schwach den Kopf und ging fast schleichend in die Kü-

che zurück. Juliane und Heckliff schauten ihr belustigt nach und brachen dann gleichzeitig in Gelächter aus.

Plötzlich aber verstummte Juliane, und aus ihrem Lachen wurde ohne Übergang ein heftiges Schluchzen.

Heckliff legte seine Hand auf ihre Schulter. »Nun, das war auch ein bißchen viel«, sagte er, »kommen Sie.« Er führte sie ins Sprechzimmer, legte sie aufs Sofa, zog ihr die Schuhe aus und deckte sie zu. Nachdem er ihr ein Beruhigungsmittel gegeben hatte, schloß er die Fenster, denn das Gewitter hatte sich über der Hochebene zusammengezogen, und die ersten schweren Regentropfen fielen.

ZWEITER TEIL

Juliane stand allein im Sprechzimmer und legte die Instrumente, die sie ausgekocht hatte, in das Glasschränkchen zurück. Während sie an dem Fenster vorüber zu Heckliffs Schreibtisch ging, sah sie, daß das schlechte Wetter vorüber war, das länger als eine Woche mit heftigen Herbststürmen und Regenböen die Rothöhen bedrängt hatte. Juliane öffnete das Fenster und setzte sich an den Schreibtisch, um Namen und Krankheiten der Patienten, die Heckliff während der Sprechstunde nur rasch auf einen Zettel notiert hatte, in die Kartothek einzutragen, die sie für ihn angelegt hatte. Während der Arbeit ließ sie einige Male ihre Blicke durch den Raum gehen, in dem das Metall der Instrumente, das Glas der Schränkchen und das Weiß der Möbel in tadelloser Sauberkeit glänzten, ein Anblick, der ihr zusammen mit dem Geruch von Lysol und Spiritus und dem Duft der feuchten Gärten ein angenehmes Gefühl von Vertrautheit bereitete.
Nach einiger Zeit hörte sie die Haustür gehen, und gleich darauf öffnete sich die Tür des Sprechzimmers. »Fräulein Juliane! Der Baum hat die Mauer eingeschlagen!«
Sebastian war außer Atem, die Haare hingen ihm feucht und wirr ins Gesicht. »Welcher Baum, welche Mauer?« fragte Juliane.
»Die Mauer um den Schloßpark!«
»Na, komm rein. Du bist ja ganz naß.«
»Ja, weil das Laub so getropft hat, wie ich auf den Baum geklettert bin.«
»Komm herein.«

Er kam gehorsam näher, betrachtete aber, über die Schulter zurückblickend, voller Unbehagen die feuchten Spuren, die seine Füße auf dem Linoleum hinterließen.
»Hab keine Sorge«, sagte Juliane belustigt, »hier drinnen mache ich sauber, nicht Katharina. Aber sag einmal: mußt du eigentlich jeden Tag mit einem neuen Loch in der Hose heimkommen?«
Er schaute verwundert an sich herunter und entdeckte schließlich den ziemlich großen Riß im rechten Hosenbein.
»Ach«, sagte er, »da bin ich an einem Ast hängengeblieben, wie ich in den Schloßpark gesprungen bin.«
»Du warst im Schloßpark?«
Er nickte eifrig, während er vor ihr stehenblieb, den Riß in der Hose mit der Hand zuhaltend.
»Ich bin gesprungen und wußte nicht recht, wie tief es ist. Da bin ich in lauter Brennesseln gefallen.« Er zeigte ihr die roten Male auf seinen nackten Armen und Waden. »Und dann ist nichts als Wiese bis zum Schloß. Und als ich so weit war, fiel mir ein, daß ich's Ihnen sagen müßte, weil wir doch schon so lange gern in den Park gegangen wären. Da lief ich her, um es Ihnen zu sagen.«
»Und jetzt soll ich mitkommen? Warte. Setz dich da hin.« Er setzte sich gehorsam und vorsichtig auf die äußerste Kante eines Stuhls und ließ die langen, braunen Beine baumeln, während er begierig nach dem Instrumentenkasten spähte und ganz behutsam versuchte, ob die Tür geschlossen war. Sie öffnete sich zu seinem Schrecken, und er wagte erst nach einer Weile, während er mißtrauisch die ruhig schreibende Juliane betrachtete, eine der blitzenden Zangen zu berühren. Juliane beobachtete ihn in dem spiegelnden Fensterflügel und ließ ihn gewähren.

»So«, sagte sie, die Kartothek zurückschiebend, »nun gehen wir.«

»Sebastian«, rief Katharina, als sie ihn mit Juliane weggehen hörte, »du hast deine Schularbeiten noch nicht gemacht!«

Er blickte beunruhigt zu Juliane auf.

»Sebastian wird sie machen, wenn wir zurück sind«, sagte Juliane.

»Die hat immer was zu nörgeln«, murrte er.

»Ach, laß sie doch, sie hat Kummer.«

»Die? Was für einen Kummer?«

»Das weiß ich auch nicht.«

»Ich glaube, es ist ihr nicht recht, daß ich da bin«, sagte er.

»Es ist ihr auch nicht recht, daß ich da bin.«

Er schaute verwundert zu ihr auf: »Aber Sie nehmen ihr doch so viel Arbeit ab.«

»Eben das ist es, was sie ärgert.«

»Das versteh' ich nicht.« Nach einer Weile sagte er: »Aber der Herr Doktor ist froh darüber, daß Sie da sind.«

»Woher willst du das wissen?«

»Er hat es mir doch selbst gesagt.«

»Er hat es dir selber gesagt?«

»Er hat gesagt: Ist gut, daß Fräulein Juliane da ist. Ohne ihre Pflege wärst du tot. Und viele andere Kinder auch. Sie ist sehr tüchtig. So hat er gesagt.«

»Nun ja, das ist doch nichts Besonderes.«

»Jetzt sind Sie ganz rot geworden, Fräulein Juliane.«

»Ach, Unsinn«, sagte sie ärgerlich und verwirrt. »Komm, wir wollen rasch gehen.«

»Aber der Herr Doktor...«

»Halt den Mund, Sebastian. Ich will jetzt nichts mehr davon hören.«

Er seufzte und hieb mit einer Gerte in die Büsche am Wegrand.
Es war sehr still im Park, denn die Zugvögel waren schon weggeflogen. Hinter einem Wäldchen von Kastanien, deren Blätter anfingen, gelb zu werden, lag das Schloß mit drei Reihen halbblinder Fenster in den dicken verwitterten Mauern, die bis zum ersten Stock mit abgestorbenen Ranken von Kletterrosen und wildem Wein bedeckt waren. Ein Fenster im zweiten Stock stand offen, wohl vom Wind aufgesprengt. Die leeren Fensterrahmen hingen schief in den Angeln, das Glas lag in Scherben auf dem überwucherten Kiesplatz, der mit morschen Dachschindeln und faulendem Weinlaub übersät war.
»Komm«, sagte Juliane. »Da sieht es traurig aus.«
»Aber das ist doch nur die Rückseite«, erwiderte Sebastian.
Juliane mochte es ihm nicht sagen, daß sie das heftige Verlangen hatte, allein zu sein, wenn sie weiter in den Park eindrang.
»Komm, ich mag nicht mehr hier sein. Es wird dämmerig. Sieh mal, eine Fledermaus!«
»Die macht doch nichts. Gerade am Abend ist es schön.«
»Du hast auch deine Schulaufgaben nicht gemacht.«
»Ach, die!«
»Gar nicht, ach die«, sagte sie und zog ihn scherzhaft an den Haaren.
Mit enttäuschtem Gesicht trottete er neben ihr zur Mauer zurück.
In der Sprechstunde am nächsten Morgen war Juliane so zerstreut, daß Heckliff sie verwundert und besorgt beobachtete. Sie merkte es und nahm sich sehr zusammen, so daß sie sich selbst einem kleinen eifrigen Schulmädchen ähnlich fand,

eine Beobachtung, die sie so ärgerlich stimmte, daß sie schließlich kaum mehr das Ende der Sprechstunde abwarten konnte. »Fahren Sie mit?« fragte Heckliff, als er die Mappe für seine Krankenbesuche packte.
»Nein«, sagte sie, während sie ihm eine Schachtel Chinin reichte, die er vergessen hatte. »Ich möchte heute nicht.«
»Sind Sie krank?«
»Ach was! Ich und krank!« Sie lachte.
Er ging so langsam aus dem Sprechzimmer, als wartete er darauf, daß sie ihm doch noch folgen würde. Als er endlich die Tür hinter sich geschlossen hatte, atmete sie auf. Eilig räumte sie die Schränkchen ein, wischte über die weißen Wachstuchdecken, machte das Fenster auf und verließ das Zimmer. Draußen empfing sie ein klarer, warmer Herbsttag.
Auf den Treppenstufen dehnte sie sich einen Augenblick lang wohlig in der Sonne und lief dann, ohne anzuhalten, zu der eingestürzten Stelle der Parkmauer, durchquerte rasch die Wiese, deren Gras ihr bis an die Hüften reichte, blieb eine Weile vor der grauen Rückfront des Schlosses stehen, betrachtete die leeren, schiefen Fensterflügel, die im Vormittagswind sich bewegten, und begann nach einem Weg zu suchen, der am Schloß vorbei in die vordere Parkhälfte führte. Schließlich fand sie sich auf einer Terrasse vor einem Garten mit unzähligen Blumen, mit ganzen Blumenfeldern, über denen so viele Schmetterlinge tanzten, daß die Luft zu flimmern schien. Juliane stand verwirrt und benommen an der steinernen Brüstung und stieg dann die Treppe hinunter, die von roten und gelben Blüten der Kapuzinerkresse überflutet war. Schritt für Schritt ging sie, um keine Blume zu zertreten, aber bald mußte sie sehen, daß es unmöglich war, und so

lief sie blindlings durch die Blumenwildnis, die keine Wege mehr erkennen ließ. Schwärme von Trauermänteln und Distelfaltern, Wolken von Bienen erhoben sich aus den blühenden Feldern, durch die Juliane lief. Mitten im Gemüsegarten lag ein großes Gewächshaus mit zerbrochenen Glasdächern. Die Bretter und Rohrmatten, die sie hätten schützen sollen, lagen vermodert auf einem Haufen. Juliane kletterte hinein und fand Kübel mit hohen fremden Gewächsen, die zu Mumien verdorrt waren, Blumenkisten mit Gras und die leichenhaften, noch an morschen Bastfäden aufgebundenen Ranken von Speisekürbissen und Gurken. Offenbar hatten die Bewohner Haus und Garten so eilig verlassen, daß sie sich nicht Zeit genommen hatten, Ordnung zu schaffen.
Hinter einem Wäldchen von Liguster, wildem Schneeball und Holunder lag eine Art Landhaus, vermutlich das Dienerschaftsgebäude, das sich in einem weitaus besseren Zustand befand als das Schloß. Die Fensterläden waren geschlossen, die Türen versperrt, und es half nichts, daß Juliane sich auf die Zehenspitzen stellte, um durch eine Ritze zu spähen. Langsam schlenderte sie durch den Park zurück, verwirrt von ihren Entdeckungen.
Nach dem Mittagessen setzte sich Juliane an das Fenster ihres Zimmers und flickte Sebastians Hose, die auf ihren Knien lag und durch deren harten Stoff die Nadel nur mit Mühe zu ziehen war. Als der Faden zu Ende war, blickte sie auf die Hochebene hinaus. Auf den Hügeln weideten die Schafe. Der Wind trug klagendes Geblöke herüber. Juliane war plötzlich voll von Unrast und Unzufriedenheit. Sie sprang vom Stuhl auf, warf die Hose auf den Tisch und blickte aus dem kleinen vergitterten Fenster, die Arme aufgestützt, das Gesicht auf die Fäuste gelegt. Wenn doch im

Schloß jemand wohnen würde, dachte sie, ich muß einmal im Dorf herumfragen bei den Leuten, vielleicht kann mir jemand etwas erzählen von dem Schloß und dem Mann, dem es gehört.
Sie begann in ihrem Zimmer unruhig auf und ab zu wandern. Dabei fiel ihr Blick auf den hellen ovalen Fleck über ihrem Bett: »Welches Bild hatte da gehangen? Warum hatte man es abgenommen? Und wieso hat Heckliff Bilder meiner Mutter? Ach wie sonderbar und dunkel das alles ist«, dachte sie verwirrt und begriff nicht mehr, wie sie einen Sommer hindurch ruhig hier hatte leben können. Plötzlich stieg der alte Groll gegen Heckliff wieder in ihr auf. Sie sagte sich, daß es ihr heute unmöglich sein würde, Heckliff im Sprechzimmer zu helfen, und sie beschloß, in den Park zu gehen. Als sie aber zur Haustür hinausschlüpfen wollte, kamen die ersten Patienten zur Nachmittagssprechstunde; ein alter Mann, den die Gicht quälte, eine junge Arbeiterfrau mit einem Säugling im Umschlagtuch und ein Bursche mit einem durchbluteten Verband um die Hand. Er nickte Juliane zu und sagte, mit dem Kopf auf seinen Verband deutend: »Das schaut bös aus diesmal. Heute wird das Fräulein Doktor mich wohl nicht verbinden wollen, wo es so arg blutet?«
»Warum denn nicht? Denkst du, ich fürchte Blut?«
»Kann schon sein«, meinte er neckend.
»Ich werde dich schon verbinden. Geh nur hinein.«
Sie blieb eine Weile auf der Stufe stehen, zupfte an einem Grashalm, ging rasch über die Treppe und bog in die kleine Gasse in, die zum Schloß führte. Nach einigen Schritten blieb sie stehen, brach gedankenlos einen Zweig von einem Holunder, der über den Weg hing, und ging langsam ins Haus zurück.

Während sie im Sprechzimmer Karteikarten, Watte und Verbandzeug zurechtlegte, hörte sie Sebastians Stimme aus dem Wartezimmer, dessen Doppeltür nicht ganz geschlossen war.

»Ja«, sagte er mit einer etwas aufgeregten und überredenden Stimme: »Bei Gicht hilft nichts als Wärme, heiße Umschläge und ein paar Tage ins Bett.«

Er ahmte genau die Sprechweise Heckliffs nach.

»So, so«, sagte der alte Bauer, »du bist ja sehr gescheit. Medizin gibst du mir gar keine?«

»Alle zwei Stunden einen Löffel... einen Löffel... warte mal, ich frag' Fräulein Juliane.«

»Halt!« rief der Bursche, »und was soll man denn bei Kindbettfieber tun?«

Die junge Arbeiterfrau kicherte.

Ein langes Schweigen deutete darauf hin, daß Sebastian angestrengt nachdachte und die Zuhörer gespannt warteten.

»Bei Kindbettfieber muß man auch ins Bett und dann Essigumschläge auf die Brust und...«

Ein schallendes Gelächter unterbrach ihn.

Seine helle Stimme durchdrang es: »Was lacht Ihr denn? Ihr versteht doch gar nichts davon. Ich lerne das beim Doktor. Ich werde auch ein Doktor!«

»So, so! Du lernst das.« Wieder fiel ihr Gelächter über ihn her.

Juliane machte die Tür auf. »Sebastian!« Er blickte mit gespielter Sicherheit auf sie. »Komm«, sagte sie, »das Wartezimmer ist für Kranke. Geh in dein Zimmer.«

Eilig machte er sich mit seiner Schultasche aus dem Staub.

»Das ist doch der Wirtsbub, wie?« fragte der alte Bauer, »er will jetzt auch doktern, sagt er.«

»Ja«, sagte Juliane ernsthaft, »er ist recht gescheit, es wird wohl so werden, wie er sagt.«
»Hat den der Doktor jetzt für immer?«
»Ja, ich denke für immer.«
»Ach, da legt sich der Doktor aber eine Last auf.«
Juliane zuckte die Achseln. Dann warf sie einen Blick ins Sprechzimmer. Als sie gesehen hatte, daß Heckliff noch nicht da war, setzte sie sich auf eine Bank und begann ein Gespräch mit dem Alten.
»Wie alt sind Sie?« Und ohne eine Antwort abzuwarten, fuhr sie fort: »Sie müßten sich doch noch gut an die Zeit erinnern, in der das Schloß bewohnt war.«
»Natürlich erinnere ich mich. So lang ist das noch nicht her. So ungefähr fünfzehn Jahre wird das sein.«
»Und wer wohnte da?«
»Die alte Frau Matrey und ihr Sohn. Der war damals noch ziemlich jung. Er war immer mit dem Doktor beisammen. Der Doktor war auch noch jung. Wir wollten damals alle nicht recht zu ihm, weil er so jung war, und liefen lieber den weiten Weg in die Stadt.«
Er lachte mit seiner alten heiseren Stimme.
»Und dann? Warum ist Herr Matrey fortgezogen?«
»Ja, warum ist er fortgezogen? Das weiß kein Mensch. Eines Tages fuhr er auf und davon, und seitdem kam kein Mensch mehr in das Schloß.«
»Sie meinen, es ist irgend etwas vorgefallen, was die beiden so rasch vertrieb?«
Er zuckte die Achseln. »Das weiß niemand.«
Juliane sah, daß sie von ihm nichts Genaueres erfahren konnte. Mit einem kleinen ungeduldigen Seufzer erhob sie sich und ging ins Sprechzimmer. Kurz nach ihr trat auch

Heckliff ein. Während er die Hände wusch, berichtete sie ihm von den Patienten im Wartezimmer.

Als erster kam der alte Bauer herein. Während ihm Heckliff eine neue Arznei verschrieb, sagte der Alte kichernd: »Der Wirtsbub hat gesagt: Nichts als Wärme und heiße Umschläge.«

Heckliff hörte mit halbem Ohr hin: »So, so!«

»Ja, der Bub ist schon ein halber Doktor.« Der Alte prustete vor sich hin. »Und gegen das Kindbettfieber weiß er auch ein Mittel!«

»Wer?«

»Der Wirtsbub, den Sie ins Haus genommen haben.«

Heckliff trocknete das Rezept ab. »Der Sebastian?«

»Ja, der saß im Wartezimmer und gab uns gute Ratschläge. Er lernt das beim Doktor, sagt er.«

»So, sagt er das? Juliane, rufen Sie den Nächsten!«

Der Alte kicherte noch, als er zur Tür hinausging. Juliane war, die Hand auf der Klinke des Sprechzimmers, stehengeblieben. Zögernd sagte sie: »Ja... Sebastians Leidenschaft für Medizin ist auffallend. Er interessiert sich eigentlich für nichts anderes.«

»Möglich«, sagte Heckliff kühl, »ich habe mich in seinem Alter nur für Musik interessiert.«

»Ach! Und später nicht mehr?«

»Solche Leidenschaften verlieren sich.«

»Aber er möchte, glaube ich, wirklich gern Arzt werden.«

»So? Möchte er? Sagt er das selbst?«

»Nicht geradezu, aber ich weiß es.«

»Dann fragen Sie ihn einmal, wer das Schulgeld bezahlen soll.«

Juliane biß sich auf die Lippen.

»Bitte der Nächste!«
Juliane öffnete die Tür, um den Nächsten einzulassen. Heckliff überließ es ihr, die Hand zu verbinden, während er, ihre Handgriffe beobachtend, danebenstand. Als der Bursche gegangen war, sagte sie: »Wenn Adam die Wirtschaft bekommt, muß er dem Sebastian sein Erbteil auszahlen. Und davon könnte er studieren.«
»Wo nichts ist, kann man nichts stehlen«, sagte er kurz.
»Warum kümmern Sie sich eigentlich so um den Buben?«
»Ich? Warum... Sie kümmern sich doch auch um ihn.«
»Na, ich bin hier Arzt.«
»Und ich bin nichts als eine Fremde, die sich nicht in Dinge einmischen soll, die sie nichts angehen. Oh, ich weiß!«
Sie war blaß geworden. Er betrachtete sie erstaunt.
»Was ist denn in Sie gefahren?«
»Nichts, nichts.« Sie öffnete die Tür so rasch, daß er keine Zeit mehr hatte, ihr zu erwidern, und sie vermied es die ganze Sprechstunde hindurch, ihn anzuschauen. Es schien, als habe er das Gespräch längst vergessen, denn als er endlich mit ihr allein war, erwähnte er es mit keinem Wort. Hastig räumte Juliane auf und verließ noch vor ihm das Zimmer. Der Weg zum Schloß war ihr noch nie so weit erschienen. Schließlich begann sie zu laufen, hin und wieder sich umblickend, als befinde sie sich auf der Flucht. Als sie die Mauer überklettert hatte, blieb sie auf der Wiese aufatmend und zitternd stehen. Dann lief sie durch den Park, setzte sich auf die oberste Treppenstufe, faltete die Hände über den Knien und blickte unglücklich über den Garten, ohne etwas zu sehen. Plötzlich begann sie zu weinen, aber noch ehe sie ihren Tränen freien Lauf gelassen hatte, warf sie unwillig den Kopf zurück, wischte die Augen und lief über die Treppe. Langsam schlen-

derte sie weiter, bis sie auf einen breiten Weg traf. Gedankenlos ging sie auf ihm fort. Plötzlich bemerkte sie in dem moosigen Kies eine Radspur. Sie beugte sich darüber und berührte sie mit dem Finger. Eine frische, noch feuchte Autospur. Sie führte bis zu dem Wirtschaftsgebäude, machte dort eine Schleife und lief wieder zurück in den Park. Juliane folgte ihr aufgeregt bis zu dem großen eisernen Tor, das wieder fest verschlossen war. Ganz langsam ging sie zurück bis zum Schloß. Irgend jemand muß doch den Wagen gesehen haben, als er durchs Dorf fuhr. Vielleicht weiß es Sebastian. Sie drängte sich mit solcher Hast durch die Hecke, daß sie hängenblieb und ihr Kleid zerriß. Bestürzt betrachtete sie den Schaden. »Ach was«, sagte sie laut, indem sie weiterging, »es ist mir gleichgültig, alles ist mir gleichgültig. Mag hier gewesen sein, wer will, was geht es mich an.« In einer Art verzweifelter Ergebung ging sie nach Hause.

Sebastian wußte nichts von einem Auto. Juliane zuckte die Achseln. Es fiel ihr schwer, in dieser Nacht Schlaf zu finden. Unaufhörlich beschäftigte die frische Wagenspur ihre Gedanken, bis es ihr schließlich zur Sicherheit wurde, daß der geheimnisvolle Besitzer dagewesen war. Vielleicht weiß Heckliff etwas, dachte sie und wunderte sich, nicht früher daran gedacht zu haben. Sie beschloß, ihn am Morgen danach zu fragen, wußte aber sogleich, daß sie es nicht tun würde. Sie würde die Beobachtung für sich behalten, diese kleine Beobachtung, die ihr nun unendlich wichtig schien.

Es vergingen mehrere Tage, stille warme Septembertage, ohne daß irgend etwas sich ereignet hätte. Juliane lebte in einer unablässigen Spannung. Sie war so sehr in ihre Gedanken vertieft, daß sie in der Sprechstunde zerstreut war

und die gewohnten Handgriffe nicht mehr beherrschte. Heckliff beobachtete sie düster und schweigend.
Eines Tages fand sie unter den Patienten im Wartezimmer Sebastian. Er saß stumm und blaß in einer Ecke, als Juliane die Tür zum Sprechzimmer öffnete. »Aber Sebastian, ich habe dir doch gesagt, du sollst nicht mehr ins Wartezimmer kommen.« Er wies wortlos und vorwurfsvoll auf seine Hand, die mit einem schmutzigen Taschentuch verbunden war.
»Na, was ist denn mit dir? Komm mal herein!«
»Ich bin nicht an der Reihe«, sagte er, während er auf seine nackten Füße blickte.
»Komm trotzdem.«
»Nun, was ist denn? Wer kommt denn dran?« rief Heckliff etwas ungeduldig.
Juliane schob Sebastian hinein.
»Was willst denn du?«
»Ich habe... mich hat...«
»Na, was denn?«
Er wies schweigend seine geschickt verbundene Hand vor.
»Gefallen? Geschnitten? Tödlich verletzt?« fragte Heckliff.
Sebastian schüttelte den Kopf und begann den Verband abzunehmen.
Juliane und Heckliff beugten sich gespannt darüber. Es kam eine tiefe Fleischwunde zum Vorschein.
»Nanu, das ist ja eine Bißwunde!«
Sebastian nickte eifrig.
Heckliff betrachtete neugierig die Hand, deren Ballen deutliche Spuren von Zähnen aufwies. »Aber das ist doch kein Hundebiß?«
»Nein«, sagte Sebastian plötzlich überlaut, »das ist ein

Fuchsbiß!« Er schaute herausfordernd zuerst Juliane und dann Heckliff an.

»Ein Fuchsbiß? Wie kommst du denn dazu?«

Heckliff betrachtete die Wunde mit der Lupe. Plötzlich kniff er die Augen zusammen: »Sag einmal, mein Lieber, was für Geschichten sind denn das?«

Sebastian errötete bis unter die Haare, aber er warf den Kopf zurück und sagte laut: »Ein Fuchs war es. Ich bin eben durch einen Busch geschlüpft, da saß ein Fuchs, den hab' ich wohl erschreckt, und da schnappte er nach mir.«

»Ach! Was für sonderbare Zähne dieser Fuchs hatte!«

Heckliff gab Juliane die Lupe.

»Aber das sind ja Menschenzähne, Kinderzähne«, sagte sie erstaunt.

»Na ja.«

»Ach so!« Juliane brach in ein lustiges Gelächter aus. Heckliff biß sich auf die Lippen.

»Na komm, das müssen wir tüchtig auswaschen. Fuchszähne sind nicht ungefährlich.« Er wusch die Wunde, die das bloße Fleisch zeigte, mit Arnikatinktur. Sebastian zuckte zusammen, als die scharfe Flüssigkeit in die Wunde eindrang, aber dann verzog er keine Miene mehr.

»Was ist das?« fragte er.

»Arnika.«

»Heilt das?«

»Es desinfiziert.«

»Und was ist das?«

»Wundsalbe.«

»Und das?«

»Was denn?«

»Das dort auf dem Tischchen.«

»Das ist nicht für deine Wunde bestimmt.«
»Aber ich möchte doch wissen...«
Heckliff schob ihn Juliane zu: »Verbinden Sie ihn.«
»Kann ich selber«, sagte Sebastian und schlang den Verband kunstgerecht um die Hand und band die beiden Enden über dem Handgelenk mit einer Hand und mit den Zähnen. »So«, sagte er, »und wann muß ich wiederkommen?«
Heckliff blickte zum Fenster hinaus. »Morgen«, sagte er endlich, »morgen, und dann nicht wieder, verdammter Schlingel.«
»Ach!«
»Geh jetzt. Andere Leute sind auch noch da.«
Juliane schob ihn zur Tür hinaus. »Lausejunge!« sagte sie und zog ihn an den Haaren.
»Wie heißt das, was der Arnika tut?« fragte er hastig und leise.
»Desinfizieren. Und nun geh.«
Heckliff stand noch immer am Fenster. »Verdammter Bengel, beißt sich in die Hand, nur um hierherkommen zu können.« Er lachte kurz.
»Schade, daß kein Geld da ist«, sagte Juliane.
»Der Nächste!« befahl Heckliff.
Juliane seufzte leise. Auf dem kurzen Weg vom Schreibtisch zur Sprechzimmertür beschloß sie, Sebastian Geigenstunden zu geben. Während Heckliff einen Patienten behandelte, ging sie in das kleine Laboratorium nebenan, um eine Harnuntersuchung zu machen. Ob wohl seine Arme lang genug sind, meine Geige zu halten? Man müßte ihm eine Dreiviertelgeige kaufen, dachte sie. Sie ist doch wohl nicht sehr teuer. Vielleicht reicht das Geld noch. Es müssen noch etwa fünfundachtzig Mark sein, die ich habe.

Fünfundachtzig Mark, sann sie weiter, während sie das Reagenzglas gegen das Fenster hob, das ist alles, was ich habe, dann bin ich so arm, daß ich um ein Stück Brot betteln müßte, wenn Heckliff mich vor die Tür setzen würde. Aber sie hatte sich im Laufe der Monate schon an diesen Gedanken gewöhnt, wenigstens soweit, daß er sie nicht mehr ernstlich zur Flucht verleitete.
Als sie, von Heckliff gerufen, wieder ins Sprechzimmer kam, fragte er: »Wie alt ist Sebastian?«
»Elf wird er.«
»Ist er in der Schule gut?«
»Das weiß ich nicht genau. Aber ich könnte einmal fragen.«
»Ja, tun Sie das.«
Während der Woche, die dieser Unterredung folgte, war Juliane nicht in den Park gegangen. Eines Vormittags jedoch, als Heckliff über Land gefahren und Sebastian in der Schule war, hielt sie es nicht mehr aus. Wäre sie an diesem Tag den gewohnten Weg gegangen, so hätte sie gesehen, daß die schwere Eisenstange vom Tor abgenommen worden war, ebenso die Kette mit dem mächtigen rostzerfressenen Schloß. Sie ging jedoch einen schmalen Weg, der hinter dem Wirtshaus vorbei zur Rückseite des Parks führte. Der Garten war viel herbstlicher geworden während dieser einen Woche. Viel Gelb und Rot hatte sich in das grüne Laub gemischt, und auf dem beschatteten Rasenplatz hinter dem Schloß lag noch starker Morgentau, der schon an Reif erinnerte. Aber der Blumengarten, der nach Süden lag, war noch bunt und heiß, fast wie im Sommer. Juliane blieb, ehe sie über die Treppe stieg, eine Weile auf der Terrasse stehen, legte ihr Gesicht an den sonnenwarmen Sandstein der

Brüstung und sagte sich, es sei viel schöner, daß niemand Schloß und Park bewohne; so gehöre das alles ihr.
Auf einmal fiel ihr die Wagenspur ein. Zögernd und mit einer gewissen Bangigkeit durchquerte sie den Gemüsegarten. Plötzlich stieß sie einen kleinen Schrei der Überraschung aus: der Kiesweg zeigte neben der noch deutlich sichtbaren ersten eine frische Spur, die nicht mehr zurückführte. Juliane schlüpfte ins Gebüsch und blieb dort, von verdorrtem Jasminlaub verborgen, eine Weile mit Herzklopfen kauern, bis sie sich ein albernes Kind schalt. Doch hielt sie es für besser, sich im Schutz der Gebüsche leise zurückzuziehen. Zuletzt war noch der große freie Platz vor der Terrasse zu überqueren, der keinen anderen Schutz bot als den der niedrigen Blumen. Ich kann doch nicht kriechen, sagte sie sich zugleich belustigt und ärgerlich über sich selbst und zornig über die irgendwo lauernde Störung. So trat sie also aufrecht aus den Sträuchern in die Sonne. Da sah sie ganz in ihrer Nähe auf einem kleinen Klappstuhl einen Mann sitzen. Er trug einen hellgrauen Anzug und einen großen weißen Hut, der sein Gesicht verdeckte. Auf einem Tuch, das er über seine Knie gebreitet hatte, lagen mehre Steine. Einen davon betrachtete er durch eine große Lupe. Als er das Rauschen des Laubes hörte, blickte er auf. Es war zu spät für Juliane, sich zu verbergen. So blieb sie, wo sie war. Er starrte Juliane an, dann strich er sich mit seiner magern Hand unsicher über das Gesicht und zuckte die Achseln. Während er sich wieder über seine Steine beugte, lächelte er fast verlegen.
Juliane sagte verwirrt und in plötzlichem Entschluß: »Verzeihen Sie, daß ich hier bin.«
Er stand rasch auf und ließ die Steine auf den Boden fallen. »Wer sind Sie?« fragte er schroff.

»Juliane Brenton«, sagte sie hastig und sah bestürzt, wie er blaß wurde. »Und Sie«, fuhr sie erregt fort, »sind der Besitzer der Marmorbrüche und Ihnen gehört dieses Schloß. Aber warum sehen Sie mich so an, als wäre ich ein Gespenst?« Als er noch immer schwieg, fügte sie leise und ungeduldig hinzu: »Es hat mich hier schon einmal jemand so angesehen.«
»Und wer war das?« fragte er ebenso leise und drängend.
»Ach, Sie werden sie nicht kennen. Es ist Katharina, Doktor Heckliffs Haushälterin.« Sie behielt ihn scharf im Auge, während sie Heckliffs Namen aussprach.
Seine Bestürzung wuchs, und seine Erregung raubte ihm fast die Sprache.
»Sind Sie bei ihm?« fragte er, und als sie nickte, zog er die Schultern hoch, als fröre ihn. »Warum?« fügte er schneidend laut hinzu.
Juliane schrak zusammen. »Er ist mein Vormund«, antwortete sie kaum hörbar. Aber mit fester Stimme fuhr sie fort: »Meine Eltern sind beide tot.«
Plötzlich entfiel die große Lupe seiner Hand und zerbrach in kleine Scherben. Er schob sie mit dem Fuß beiseite. Dann schien er sich zu fassen. Er lächelte fast hilflos, dann ging er auf sie zu und sagte: »Verzeihen Sie, daß ich mich noch nicht einmal vorgestellt habe. Aber Sie haben mich allzusehr überrascht. Mein Name ist Matrey.«
Juliane zog in scharfem Nachdenken die Brauen zusammen, sie erinnerte sich dieses Namens, konnte sich aber nicht entsinnen, von wem sie ihn gehört hatte. Plötzlich fragte sie lauernd: »Kannten Sie meine Mutter?«
Er zögerte einen Augenblick, ehe er antwortete: »Ja, ich kannte sie.«

»Und Sie wissen auch, ob Doktor Heckliff meine Mutter kannte?« Sie ließ kein Auge von ihm.

»Ja«, sagte er, »er kannte sie auch.« Erstaunt fügte er hinzu: »Das wissen Sie nicht?«

»Kannten Sie beide meinen Vater auch?« fragte sie weiter. Doch ehe er antworten konnte, rief sie, zitternd vor Erregung: »Was für ein Geheimnis ist dabei? Wollen Sie es mir nicht endlich sagen? Alle starren mich an wie den Geist meiner Mutter, man verbirgt etwas vor mir. Katharina stiehlt mir das Bild. Sie kennen meine Mutter und sehen aus, als wüßten Sie das Geheimnis, aber Sie sagen nichts. Sehen Sie nicht ein, daß ich das nicht länger ertrage?«

Er war noch blasser geworden, und kleine Schweißperlen standen auf seiner Stirn. Seine Stimme war heiser, als er antwortete: »Sie suchen zuviel dahinter. Es ist kein Geheimnis. Ihre Mutter war eine gemeinsame Bekannte von Heckliff und mir. Sie sehen Ihrer Mutter sehr ähnlich. Das ist alles.«

»Nein«, sagte Juliane und schaute ihn zornig an, »das ist nicht alles.«

Er zuckte bedauernd die Achseln. Ohne sich zu verabschieden, lief sie quer durch die Beete davon. Tränen der Scham und Wut standen in ihren Augen. Als sie nach Hause kam, atemlos vom Laufen, versicherte sie sich, daß Heckliffs Wagen nicht in der Remise war. Dann erst wagte sie ins Haus zu gehen.

Als sie über die Stiege schlich, schoß Sebastian aus seinem Zimmer. Juliane sagte mühsam: »Warum bist du denn zu Hause?«

»Ich hab' auf Sie gewartet.«

»So, du hast gewartet. Hat der Herr Doktor nach mir gefragt?«

»Ja, er hat gefragt. Aber ich hab' nichts gesagt.«
Juliane schaute ihn verblüfft an. »Warum nicht?«
Er scharrte mit den nackten Füßen auf dem Boden. »Er war böse.«
»Böse?«
»Ja, weil ich ihm erzählt habe, daß ich mit dem Mann vom Schloß geredet habe. Und da hat er gesagt: War Fräulein Juliane auch dort? Nein, hab ich gesagt.«
»Hast du denn das gewußt?«
Er warf ihr einen schiefen Blick zu.
»Und dann?« fragte sie weiter.
»Dann? Dann hat er gesagt: geh nicht mehr dorthin, hörst du?«
Sie biß sich auf die Unterlippe, dann fragte sie: »Möchtest du Geige spielen lernen?«
»Ich weiß nicht.«
»Warum nicht?«
»Ich hab doch keine Zeit.«
»Keine Zeit?«
»Ja, wenn ich doch dem Doktor in der Sprechstunde helfen darf.«
Sie war erstaunt: »Darfst du das? Hat er es gesagt?«
Er schaute sie verwundert an. »Sie wollten es ihm doch sagen!«
»Ach Sebastian, der Herr Doktor meint, du bist zu jung.«
»Ich darf nicht?« Seine Augen wurden dunkel vor Schmerz.
Sie schüttelte den Kopf.
»Dann will ich auch nicht Geige lernen.« Er stürzte an ihr vorbei über die Stiege, und nach einer Weile sah sie ihn auf einem Feldweg davonlaufen.
»Armer Kerl«, sagte sie. Plötzlich durchfuhr sie ein Ge-

danke: Matrey hat viel Geld. Wenn er für Sebastian sich interessieren würde? Ihr Herz klopfte laut, während sie sich ausmalte, wie sie Heckliff es erzählen würde. Als sie zum Abendessen hinunterging, verspürte sie eine heftige Lust, es Heckliff zu sagen, aber seine finstere Miene lähmte sie. Sebastian saß mürrisch und steif vor Trotz am Tisch. So aßen sie alle drei schweigsam und ohne Appetit.
Da läutete die Glocke an der Haustüre. Katharina schlurfte durch den Gang. Heckliff aß hastig den letzten Bissen von seinem Teller und lauschte gespannt nach der Tür. Sie hörten Katharina sagen: »Der Doktor ist bei Tisch. Bitte einstweilen hier einzutreten.«
Gleich darauf stürzte sie ins Eßzimmer. »Herr Doktor!« Sie schnappte nach Atem.
»Was ist passiert?«
»Herr Matrey!« Sie zerknüllte die Zipfel ihrer Schürze in beiden Händen. Heckliff fegte die Brotkrumen von der Tischplatte, nahm seinen Löffel in die Hand und legte ihn wieder weg. Juliane beobachtete ihn gespannt. Endlich sagte er: »Herr Matrey soll hereinkommen.«
Katharina blieb stehen und zerrte an ihren Schürzenbändern.
»Geh schon!« sagte Heckliff ungeduldig.
»Aber doch nicht...«
»Geh und dann komm und deck ab.«
Sie ging widerstrebend, fast schleichend, während sie etwas Unverständliches flüsterte. Als sie gegangen war, trat eine tiefe Stille ein. Dann ging die Tür auf.
»Bitte«, sagte Katharina tonlos.
Sebastian stieß Juliane an und flüsterte: »Das ist der Mann...«

»Still«, sagte sie leise.

Heckliff stand auf und ging dem Gast entgegen. »Wieder im Land, Matrey?«

Katharina machte einen weiten Bogen um Matrey, als sie den Tisch abräumte.

Juliane stand auf: »Darf ich mich zurückziehen?«

»Bleiben Sie«, sagte Heckliff kurz und stellte Juliane vor. Dann schob er Matrey einen Stuhl hin: »Nimm Platz! Sebastian, nimm deinen Apfel und geh. Hast du deine Schulaufgaben schon?« Sebastian nickte nicht ganz überzeugend, während er den halben Apfel auf einmal in den Mund steckte und verschwand.

»Netter Schlingel«, sagte Matrey, »ist er aus dem Dorf?«

»Ja. Vom Wirt. Der Alte hat sich erhängt, und die Mutter ist an Herzschlag gestorben. Da habe ich ihn zu mir genommen.«

Heckliff zündete seine Pfeife an und reichte das Streichholz dem Gast, der sich eine Zigarette gedreht hatte. Das brennende Streichholz fiel zu Boden. Heckliff trat es aus.

»Und du willst jetzt hierbleiben?« fragte Heckliff.

»Ja. Ich habe genug vom Reisen. Ich will den Betrieb hier wieder selbst in die Hand nehmen. Es ist alles ziemlich verkommen. Ich richte mir das Nebenhaus ein. Und du, Heckliff? Willst du ewig hier sitzen? Ich bin deinem Namen oft in Zeitschriften begegnet.«

Juliane horchte auf, aber Heckliff schnitt dem Gast das Wort ab, indem er plötzlich schroff sagte: »Juliane Brenton ist jetzt bei mir. Man hat mich zu ihrem Vormund gemacht.«

»Ich weiß«, sagte Matrey.

»Du weißt es?«

»Fräulein Brenton erzählte es mir.«
Heckliff betrachtete sie finster. »Ach so. Ihr kennt euch schon. Da hätte ich mir die Vorstellung ersparen können.«
Juliane biß sich auf die Lippen und blickte mit trotziger Anstrengung in Heckliffs Gesicht.
Statt ihrer antwortete Matrey: »Wir haben uns heute im Park getroffen.«
»So?« erwiderte Heckliff kurz und rauh. Dann stand er auf und sagte: »Ich habe noch eine Flasche Burgunder im Keller! Nichts Großartiges. Du bist Besseres gewöhnt. Aber er läßt sich trinken.«
Ehe Matrey widersprechen konnte, hatte er eine Kerze angezündet und war gegangen. Als er die Tür hinter sich geschlossen hatte, herrschte einige Augenblicke lang eine so tiefe Stille, daß Katharina annehmen konnte, es befinde sich niemand mehr im Zimmer. Sie steckte ihren Kopf zur Tür herein, fuhr aber sofort wieder zurück, als sie Matrey sah.
»Das war Katharina«, sagte Juliane. »Sie mag mich nicht.«
Als Matrey sie fragend ansah, fuhr sie fort: »Sie ist eifersüchtig.« Sie lachte kurz auf. Matrey betrachtete sie erstaunt, dann fragte er: »Sind Sie gern hier?«
Sie zog die Brauen zusammen: »Ich weiß nicht.«
Er zündete sich eine frische Zigarette an und sagte zögernd: »Warum sind Sie hier?«
In dem plötzlichen Entschluß, Klarheit zu schaffen, sagte sie einfach: »Mein Vater hat alles Geld verloren. Ich habe nichts mehr. Da hat Doktor Heckliff mich zu sich genommen. Ich helfe ihm dafür in seiner Praxis. Anfangs habe ich mich gesträubt. Aber jetzt...« Sie machte eine kleine gelassene Handbewegung.
Nach einer Pause, während der man Heckliff die Kellertür

schließen hörte, fragte Matrey: »Werden Sie mich besuchen?«
Sie sagte rasch: »Ich habe viel Arbeit.«
Sie hörten Heckliff die Kellertreppe heraufkommen.
»Aber Sonntagnachmittag?« fragte Matrey drängend. Heckliff näherte sich der Tür. Man hörte ihn die Kerzenflamme ausblasen. »Um vier Uhr zum Tee«, sagte Matrey. Juliane blickte ihn ratlos an. Heckliff blieb auf der Schwelle stehen, geblendet vom hellen Lampenlicht, ehe er eintrat, die staubige Flasche in der Hand. Juliane benutzte den Augenblick, um aufzustehen. Diesmal hielt niemand sie auf, und sie ging rasch hinaus.
Aus Sebastians Zimmerchen fiel ein Lichtstreif. Sie öffnete leise die Tür. Er saß am Tisch, die Arme auf einem Buch, tief und fest schlafend. Sie zog das Buch behutsam unter seinem Kopfe weg. Es war ein Lehrbuch über Infektionskrankheiten und zeigte die Ränder vollgeschrieben mit Notizen in Heckliffs kleiner unleserlicher Schrift. Sie empfand einen kurzen Schmerz bei diesem Anblick. Plötzlich schlug Sebastian die Augen auf und tastete nach dem Buch. Als er es in Julianes Händen sah, griff er hastig danach. Die hielt es hoch: »Du sollst aus dem Sprechzimmer keine Bücher holen, das weißt du doch.«
Er schaute sie verzweifelt an. In plötzlichem Entschluß sagte sie: »Wenn du Geduld hast, dann darfst du doch Arzt werden.«
Er sprang auf und warf dabei den Stuhl um. »Ja?« schrie er. »Darf ich?« Juliane brachte es nicht fertig, seinen Jubel zu dämpfen. »Ja«, sagte sie, »aber du muß noch ein wenig warten. Geh jetzt schlafen.«
Juliane warf sich in den Kleidern auf ihr Bett, ohne Licht zu

machen. Wenn sie den Atem anhielt, konnte sie die Stimmen der beiden Männer aus dem Eßzimmer hören. Sie verschränkte die Arme unter dem Kopf und blickte in die Dunkelheit. Ihre Gedanken irrten durcheinander. Matrey hatte sie eingeladen. Sollte sie folgen? Sollte sie Heckliff davon erzählen? Was mochten die beiden Männer dort unten reden? Ob sie von ihr sprachen und von ihrer Mutter, der sie so glich? Dieser Gedanke war ihr unbehaglich. Sie stand auf, machte Licht und holte ein Buch. Aber sie begriff keinen Satz. Schließlich gab sie es auf zu lesen, drehte das Licht aus, ging ans Fenster und blickte in die Nacht hinaus. Sie begann die beiden Männer zu vergleichen. Es schien ihr fast unglaubhaft, daß sie ein und dieselbe Frau geliebt haben sollten; Heckliff, breit, dunkel, schwer, schweigsam, fast linkisch, ein finsterer Einsiedler, und Matrey so hell, schlank, gewandt und kühl, ein Weltmann, ein Unternehmer, ein reicher Mann. Sie versuchte sich vorzustellen, welchen von ihnen die Mutter vorgezogen hatte. Aber doch gar keinen, sagte sie sich bestürzt, da sie doch meinen Vater geheiratet hat. Aber, so grübelte sie weiter, sie hat meinen Vater nie geliebt. Vielleicht hat sie ihn aus irgendeinem Grund heiraten müssen, während sie einen von den beiden andern liebte. Juliane riß das Fenster auf und atmete gierig die kühle Nachtluft ein. Ihre Gedanken wurden immer schneller und eindringlicher: Matrey will vor mir alles zu einer Bagatelle machen. Aber Heckliff nimmt es noch immer wichtig. Wie er mir das Bild meiner Mutter entriß!

Mit einer Heftigkeit, vor der jeder Gedanke hilflos war, sprang ein Gefühl von Zugehörigkeit zu Heckliff in ihr auf, das ihr den Atem benahm. Sie spürte, daß dieser Augenblick wichtig war, daß sie ihn nie vergesssen würde, was immer auch geschehen sollte. Sie schloß die Augen und legte in der Dunkelheit noch in einer unbewußten Bewegung ihre Hände darüber. Mein Gott, dachte sie, ich werde krank; ich zittere ja. Ohne die Hände von den Augen zu nehmen und ohne anzustoßen, ging sie zur Tür. Nachdem sie eine Weile dort gestanden war, ließ sie die Hände sinken und schob den Riegel vor. Als sie das getan hatte, kam sie wieder zu sich. Ihr war, als tauchte sie aus einem See auf, aus einem dunklen Wasser. Sie blickte verwundert um sich und sah das Zimmer in dem schwachen Licht des Sternenhimmels, an dem der Mond noch nicht aufgestiegen war. Das Gespräch unter ihr war verstummt. Sie hatte nicht gehört, daß der Gast fortgegangen war. Leise öffnete sie ihre Tür und schlich zum Treppengeländer. Außer dem Ticken der Uhr im Hausflur war nichts zu hören. Lange wagte Juliane nicht, den Fuß auf die Stiege zu setzen. Das alte Holz knarrte, aber wenn man dicht an der Mauer ging, war das Geräusch fast unhörbar. Endlich stand sie vor dem Eßzimmer und spähte durch den Riß in der Türfüllung. Sie sah nichts als Schwärze. So schlich sie, die losen Pflastersteine, die sie kannte, ängstlich meidend, bis zur Tür vor Heckliffs Arbeitszimmer. Hier war noch Licht. Sie legte ihr Auge ans Schlüsselloch. Heckliff saß am Schreibtisch. An der Bewegung seiner rechten Schulter sah sie, daß er schrieb. Ihr Herz klopfte so laut, daß sie fürchtete, er könnte es hören. Aber es wäre ihr in diesem Augenblick gleichgültig gewesen, hätte er sie bemerkt. Sie schloß die Augen und blieb so stehen, bis sie zu frieren begann.

Als sie Heckliff am nächsten Morgen beim Frühstück sah, fühlte sie einen Augenblick lang einen sonderbaren süßen Schrecken. Sie versuchte neugierig und gespannt, sich die Empfindungen der Nacht zurückzurufen, aber es gelang ihr nicht mehr. Ohne Anteilnahme stellte sie fest, daß Heckliff bleich und übernächtigt aussah und noch nicht rasiert war. Seine Bewegungen, mit denen er die Zeitung umblätterte oder ein Stück Brot nahm, verrieten neben müder Zerstreutheit eine fast wilde Entschlossenheit. Juliane betrachtete ihn mit kühler Verwunderung und fragte sich, ob das mit Matreys Besuch zusammenhänge. Plötzlich fühlte sie Unbehagen, eine lebhafte Unzufriedenheit mit Heckliff, mit dem dicken Haferbrei, mit allem, am meisten mit sich selbst, ohne daß sie diese Laune zu durchschauen vermochte. Unglücklich beendete sie ihr Frühstück. In der Sprechstunde fuhr sie einige Male zusammen, wenn Heckliff sie plötzlich ansprach. Er warf sorgenvolle Blicke auf sie, wenn er sicher war, daß sie nicht darauf achtete. Aber sie bemerkte es. Seine Nähe bereitete ihr Qualen, aber wenn sie sich vorstellte, daß sie ihn eine Stunde später nicht mehr neben sich sehen würde, spürte sie eine verwirrende Angst. Heckliff hatte etwas zu ihr gesagt, und sie hatte es nicht gehört.

»Juliane«, rief er, »hören Sie nicht? Stellen Sie das Glas ins Laboratorium!« Er hatte sie nur ein- oder zweimal vorher Juliane genannt. Es erschreckte sie. Ehe er ihr das Glas reichte, schaute er sie kurz und eindringlich an, dann schob er es ihr so heftig in die Hände, daß er sie dabei fast zurückstieß. Sie blickte bestürzt zu ihm auf, aber er drehte sich um. Während sie langsam aus dem Zimmer ging, rief sie sich seinen Blick ins Gedächtnis zurück, diesen Blick, der eine Drohung zu enthalten schien.

Im Laboratorium waren von der Nacht her noch die Läden geschlossen. Die Dunkelheit war unendlich wohltuend. Juliane legte ihren Kopf an die kalte Glaswand eines Schränkchens. Für einige Augenblicke gelang es ihr, alle Gedanken

aufzugeben. Sie fühlte jene erlösende Bewußtlosigkeit herannahen, die sie sonst nur kurz vor dem Einschlafen empfunden hatte. Dann stieß sie die Läden auf. Die helle Vormittagssonne brach in den kleinen Raum ein, und der Duft der herbstlichen Obstgärten mischte sich mit dem scharfen Geruch der Medikamente und Säuren. Juliane bemerkte nicht, daß hinter ihr die Tür aufging, und sie fuhr so heftig zusammen, als Heckliff sie ansprach, daß sie eine Schale von der Fensterbank stieß. Sie blickte bestürzt auf die Scherben.
»Warum so nervös? Ich werden Ihnen Brom geben müssen.«
Er sagte es mit einem Versuch zu scherzen, aber sein Gesicht war düster.
»Sie sollten mir doch Watte bringen.«
»Das haben Sie aber nicht gesagt.«
»Nicht? Na, auch gut.«
Sie begann, die Scherben aufzulesen. »Entschuldigen Sie«, sagte sie, ohne aufzublicken, während sie die Scherben in den Abfalleimer fallen ließ. Heckliff ging hinaus. Sie schaute ihm ratlos nach. Dann nahm sie das Glas mit Watte und brachte es ihm. Nach Schluß der Sprechstunde stand es noch immer verschlossen und prall gefüllt am selben Platz.
Jeder Tag dieser Woche schien ihr doppelt so lang; die Woche war endlos. Als sich Juliane am Sonntag morgen im Spiegel betrachtete, stellte sie ärgerlich fest, daß sie blaß und abgespannt aussah, gerade an dem Tag, an dem sie zu Matrey gehen wollte. »Ich bin überhaupt nicht hübsch«, dachte sie, »mein Mund ist zu groß, die Backenknochen sind zu betont und die Haare zu wild.« Sie seufzte ärgerlich über sich selbst.
»Dummes Zeug«, sagte sie laut und begann, ihre Haare zu kämmen. Plötzlich erinnerte sie sich daran, wie Heckliff sie »Juliane« genannt hatte. Sie ließ die Bürste sinken und

starrte ins Leere. Sie begann sich auszumalen, wie es sein würde, mit Matrey beim Tee zu sitzen, und sie mußte sich sagen, daß sie lieber daheim geblieben wäre. »Heckliff weiß nichts davon«, dachte sie und wurde rot. »Warum sage ich es ihm nicht?« Sie genoß einige Stunden das süße, dunkle Vergnügen, ein Geheimnis vor ihm zu haben, etwas zu tun, das sich seiner Macht entzog und ihm mißfallen würde. Aber als sie zum Mittagessen hinunterging, sagte sie sich entschlossen und beschämt: »Natürlich werde ich es ihm jetzt sagen.« Als sie mit Heckliff am Tisch saß, an dem Sebastian noch fehlte, kostete es sie eine unbeschreibliche Überwindung, davon zu sprechen. Endlich sagte sie, heiser vor Erregung: »Herr Matrey hat mich für heute zum Tee eingeladen.« Sie fühlte, wie sie blaß wurde, und ärgerte sich darüber.
»So?« sagte er mit ungewohnt leiser Stimme.
Juliane blickte auf ihren Teller und wartete darauf, daß er weitersprechen würde. Aber sie hörte nichts als das gleichmäßige Geräusch, mit dem er seine Suppe auslöffelte, und sie empfand eine heftige Enttäuschung, die sie nicht durchschaute. »Ich bin nervös«, sagte sie sich. »Ich muß möglichst rasch zur Vernunft kommen. Am besten, ich gehe nicht ins Schloß.« Als sie diesen Entschluß gefaßt hatte, fühlte sie sich wunderbar befreit. Sie hob ihren Kopf, um Heckliff anzuschauen, aber er starrte auf seinen Teller, obwohl er ihn schon geleert hatte. Da verging ihre Lust, auf den Besuch im Schloß zu verzichten, und sie aß rasch und verdüstert zu Ende. Endlich kam Sebastian. Noch unter der Tür rief er, sein Taschentuch, das er zum Bündel verknotet hatte, schwingend: »Ich habe Kuchen bekommen.« Niemand fragte ihn, von wem. Enttäuscht ließ er sich auf den Stuhl fallen und legte das Bündel neben seinen Teller.

»Nimm es herunter«, sagte Juliane leise.
»Warum?«
»Nimm's herunter.«
Er gehorchte trotzig. Als sie nach dem Essen aufstanden, folgte er Juliane auf dem Fuß. »Du sollst nicht vergessen: Um vier Uhr oder wenn du willst, früher, hat der Mann gesagt.« Er sprach so leise, als handle es sich um eine Verschwörung. Juliane ging rasch in ihr Zimmer. Sie setzte sich auf das Fenstersims, die Stirn an das kalte Eisengitter gelegt, und starrte hinaus, ratlos wie nie zuvor. Aber als es Zeit war, begann sie sich sorgfältig zurechtzumachen. Ohne zu zaudern, zog sie das graurote Seidenkleid an, das Katharina so in Aufregung versetzt hatte.
Als sie kurz vor vier an Heckliffs Arbeitszimmer vorbeiging, empfand sie einen kurzen Schmerz, und sie fühlte mit aller Schärfe, daß sie ihn kränkte, wenngleich sie nicht wirklich verstand, wieso es eine Kränkung für ihn war, was sie tat. Sie verhielt einen Augenblick lang ihren Atem. In der sonntäglich tiefen Stille des Hauses hörte sie seine Feder kratzend über Papier gehen.
Als sie die Haustür hinter sich geschlossen hatte, atmete sie auf. Sie beeilte sich nicht, ins Schloß zu kommen. Die Uhr schlug vier. Sie strich mit der Hand an den Ligusterhecken hin, die den Weg vom Dorf zum Schloß säumten, und sie fühlte sich für kurze Zeit ohne jede Verantwortung. Die Seide ihres Kleides knisterte leicht, und sie empfand sie weich an ihrem Körper. Ein leichter Herbstwind wehte. Sie hielt ihm ihr Gesicht entgegen und spürte mit Entzücken, wie er in ihren Haaren spielte und ihr Kleid bauschte; »als wäre ich ein Segelschiff«, dachte sie, »ein Segelschiff, das getrieben wird.« Nachdenklich wiederholte sie diesen Satz und

empfand dabei ein störendes Unbehagen, und sie überlegte ernsthaft, ob sie nicht lieber umkehren sollte. Aber am Parktor stand Matrey und sah ihr entgegen. Sie beschloß, ganz aufrichtig gegen ihn zu sein, wenngleich sie nicht wußte, worin diese Aufrichtigkeit bestehen und wozu sie nötig sein würde. Aber er plauderte so gewandt und fast vergnügt, daß sie ihren Widerstand dahinschwinden sah, ehe sie ihn recht aufgerichtet hatte.

Sie gingen in das kleine weiße Haus neben dem Schloß. Ein älterer Mann nahm ihr stumm den Mantel ab, den sie über dem Arm trug. Als sein Blick auf ihr Gesicht fiel, zog er erstaunt die Brauen hoch. Aber dies alles ging so schnell vor sich, daß es ihr im Augenblick kaum zum Bewußtsein kam. Dann traten sie in ein Zimmer zu ebener Erde. Auf einem Sofa saß eine alte Frau in einen schwarzen Seidenkleid vor einem kleinen polierten Tisch, auf dem sie eine Patience legte. Als Matrey mit Juliane eintrat, rief sie eifrig, ohne aufzuschauen: »Wartet, ich bin gleich fertig, sie wird aufgehen.« Matrey schob Juliane einen Sessel zu und sagte: »Das ist meine Mutter.« Juliane unterdrückte einen Ruf des Erstaunens. Es erschien ihr unglaubhaft, daß diese alte Dame, derb wie eine Bäuerin, die Mutter dieses schmalen und eleganten blassen Mannes sein sollte.

»So«, sagte die alte Frau mit einem lauten, zufriedenen Seufzer, »sie ist aufgegangen.« Sie schob die Karten in den Lederbehälter und blickte auf. Plötzlich kniff sie die Augen zusammen und beugte sich weit vor. Dann schüttelte sie den Kopf und murmelte. »Das ist doch unmöglich. Macht keine Späße mit mir alter Frau.«

»Das sind keine Späße«, sagte Matrey, »es ist meine Überraschung.«

Die alte Frau war fassungslos. »Aber zum Teufel, wer ist sie denn?« rief sie.
Juliane stand verwirrt auf und sagte, schroff vor Bestürzung: »Ich bin Juliane Brenton.« Die alte Frau starrte sie an, als erwartete sie, daß diese Erscheinung sich wieder in Rauch auflösen würde. Dann fragte sie leise: »Aber woher kommen Sie denn?«
Matrey antwortete: »Sie ist bei Heckliff.«
»Bei Heckliff?« rief sie, dann schlug sie mit der flachen Hand auf den Tisch und schrie: »Willst du mir jetzt nicht sofort erzählen, was das alles zu bedeuten hat?« Als sie sah, daß Juliane blaß wurde, legte sie ihr die große, kräftige Hand auf den Arm und sagte grollend: »Sie werden entschuldigen, aber wie soll ich mich anders benehmen, wenn man mir ein solches Geheimnis auf den Kopf stülpt.«
»Es ist ja kein Geheimnis«, rief Juliane zitternd, und hastig fuhr sie fort wie ein Schulkind, das eine Lektion aufsagt: »Meine Eltern sind gestorben, und da hat man Doktor Heckliff zum Vormund für mich gemacht.«
Die alte Frau stieß einen Laut aus, gemischt aus Erstaunen und Zorn. »Doktor Heckliff«, murmelte sie. »So, ihn also.« Plötzlich fragte sie scharf: »Und warum sind Sie hier bei ihm?«
Juliane sagte mit trotzigem Nachdruck: »Mein Vater hat alles Geld verloren. Ich bin arm wie ...« Es fiel ihr kein passender Vergleich ein, und sie sprach ärgerlich weiter: »Nun ja, eben arm. Was soll ich da andres tun?«
Die alte Frau fuhr eindringlich forschend fort: »Und was tun Sie hier?«
Juliane antwortete kurz: »Ich helfe ihm bei seiner Praxis.«
»So, Sie arbeiten also?« Die alte Frau betrachtete sie plötzlich

mit Interesse und Wohlwollen, dann sagte sie nachdenklich: »So also ist das. Nun, setzen Sie sich hierher, nein, hier, dicht neben mich. Sie müssen verstehen, daß ich Sie so anfuhr. Aber diese Geheimniskrämerei kann ich um die Welt nicht ausstehen. Das Leben ist doch kein Theater. Aber jetzt trinken wir den Tee.« Sie legte Juliane das schönste Stück Kuchen vor und sagte besänftigend: »Na, Sie können ja nichts dafür.«

»Nein«, sagte Juliane kurz und nachdrücklich, »mir liegt nichts an Geheimnissen.« Ihre Augen begegneten dem Blick der alten Frau, der nun voller Gutmütigkeit war, und sie fühlte, daß sie diese Frau lieben würde.

Während der Mann, der ihr im Flur den Mantel abgenommen hatte, den Tee brachte, gab sie sich ganz dem Gefühl des Wohlbehagens hin, das sie seit langem nicht mehr empfunden hatte. »Ach«, sagte sie plötzlich mit einem kleinen Seufzer, »wie schön es hier ist.«

»Es freut uns«, sagte Matrey, »wenn es Ihnen gefällt bei uns. Kommen Sie nur recht oft.«

Die alte Frau warf ihm einen schiefen und erstaunten Blick zu, aber er entzog sich ihm.

Juliane sagte: »Dazu werde ich keine Zeit haben.« Rasch, als wollte sie seinen Gedanken zuvorkommen, setzte sie hinzu: »Ich helfe Doktor Heckliff in der Sprechstunde, und ich fahre mit, wenn er die Kranken besucht. Doktor Heckliff hat eine so große Praxis, und die Häuser liegen so weit über die Hochebene verstreut.«

Es bereitete ihr eine jähe Freude, über Heckliff zu sprechen, eine Freude, die einen weiten und tiefen Abstand zwischen ihr und der kleinen Teegesellschaft schuf. Die alte Frau hörte ihr interessiert zu. Matrey verhielt sich schweigsam. Plötzlich sagte er: »Würde es Ihnen Vergnügen machen, das Schloß zu sehen?« Die alte Frau warf ihm wieder einen warnenden Blick zu, dem er auswich.

»O ja«, sagte Juliane, »das Schloß möchte ich sehen. Haben Sie es denn früher bewohnt?«

»Es ist ziemlich lange her«, antwortete er. Während er den Schlüssel holte, ging Juliane langsam voraus durch den Garten. Sie war unruhig. Mit Grauen dachte sie an Heckliffs einfaches, nüchternes Haus, an das billige Geschirr, das dort auf dem Tisch stand, an die groben Speisen, und nach langer Zeit sehnte sie sich zum erstenmal wieder mit Heftigkeit zurück nach dem Leben, aus dem man sie vertrieben hatte, als sie arm geworden war. Ohne es zu wollen, verglich sie die beiden Männer und sah sich für einige Augenblicke ganz auf seiten Matreys, aber das schlechte Gewissen, das sie dabei empfand, belehrte sie darüber, daß sie dieser Entscheidung mißtrauen mußte. Weiter kam sie nicht in ihren Gedanken, denn Matrey hatte sie eingeholt. In ratloser Verstocktheit ging sie neben ihm her. Plötzlich fragte sie ihn: »Was machen Sie eigentlich hier in Steinfeld?«

»Ich? Nun, ich leite die Arbeit in den Marmorbrüchen.«

»Aber Sie waren doch so lange fort, und in dieser Zeit ist die Arbeit auch getan worden.«

Er schaute sie erstaunt an. »Natürlich geht die Arbeit auch ohne mich vor sich. Aber sie wird noch besser vorwärtsgehen, wenn ich dabei bin.«

»Wieso?«

»Die Leute arbeiten mehr, wenn sie den Herrn in der Nähe wissen. Es ist ein nachlässiges Volk hier auf den Rothöhen.«

Sie blickte herausfordernd zu ihm auf: »Die Leute sind arm.«
»Nun, und?«
»Sie sind immer arm gewesen und werden arm bleiben.«
Der Klang ihrer Stimme machte ihn betroffen. »Sie wollen es nicht besser haben«, sagte er kühl. Sie ging eine Weile stumm neben ihm, dann sagte sie: »Doktor Heckliff hat auch Ärger mit ihnen. Aber er kann die Leute gut leiden.«
»So?« erwiderte er kurz. »Und Sie?«
»Ich auch«, sagte sie bestimmt und mit großem Nachdruck. Er zog es vor zu schweigen. Sie waren am Schloß angelangt. Das Knacken des Schlüssels widerhallte im Innern. Das Türschloß war vom Rost angefressen, und es bedurfte großer Kraft und Vorsicht, es zu bewegen. Endlich konnten sie das Tor öffnen, und sie traten in Dämmerung und kalte Moderluft. Juliane folgte Matrey zögernd durch eine niedere gewölbte Halle, an deren Wänden alte Waffen hingen. Die Schritte klangen so hart auf dem Pflaster, daß Juliane unwillkürlich auf den Zehenspitzen ging. Matrey bemerkte es.
»Fürchten Sie, jemand aufzuwecken?«
»Jemand aufwecken? Wie meinen Sie das?«
»Nun, weil Sie so leise gehen, als schliefe hier jemand.«
Das Wort ließ einen leisen Schauder über Juliane rinnen. Das ganze Treppenhaus war voll von ausgestopften Raubvögeln mit ausgespreizten großen Flügeln, in denen es leise raschelte, wenn sie von einem Luftzug berührt wurden. Das Treppenhaus öffnete sich in eine Halle. Sie war von einem trüben gelblichen Licht erfüllt, das durch ein großes staubiges Fenster fiel. Auch hier standen zwischen schwarzen geschnitzten Schränken die toten Vögel umher, die einen dumpfen Geruch ausströmten. Hohe dunkle Türen führten

aus der Halle. Matrey öffnete eine davon. Sie kamen in einen Saal, dessen eingeschlossene Luft den Atem beengte. Matrey versuchte das Fenster zu öffnen, doch der wilde Wein hatte es von außen überwuchert und hielt es mit zähen Ranken fest. Juliane betrachtete mit Unbehagen den festlich steifen Raum mit den hohen stockfleckigen Wandspiegeln in schwärzlichen Goldrahmen. Sie gingen durch eine Reihe von Zimmern. Alle waren von demselben beklemmenden Geruch nach Staub und Moder erfüllt. Der Brokat der Stühle war verblichen, und als Juliane einen der schweren Vorhänge berührte, fühlte er sich brüchig an.

»Es riecht hier nach Mäusen«, sagte sie. »Was die hier nur finden mögen?« Schaudernd fügte sie hinzu: »Und hier haben Sie gewohnt?«

»Nein«, sagte er, »hier eigentlich nicht. Ein Stockwerk höher.« Lächelnd fügte er hinzu: »Hierher haben wir nicht gepaßt. Vergessen Sie nicht, meine Vorfahren waren Bauern. Mein Vater hat dieses Schloß gekauft, weil er eine Fabrik daraus machen wollte. Aber er starb, ehe er es tun konnte.«

»Aber Sie«, sagte Juliane rasch und leise, »Sie passen ganz gut hier herein.«

Er erwiderte nichts, und sie wußte nicht, ob er es gehört habe.

»Was ist denn da drinnen?« fragte sie neugierig, als Matrey an einer Tür vorbeiging.

»Hier? Ach, nichts Besonderes«, sagte er rasch, »ein Zimmer wie alle anderen. Gehen wir nach oben, dort ist es freundlicher.«

»Kann ich dieses Zimmer nicht sehen?« fragte sie hartnäckig und argwöhnisch. Er überhörte die Frage und ging ihr voran ins obere Stockwerk. Hier waren hübsche kleine Räume mit hellen Möbeln und leichten Gardinen.

»Hier könnte man wohnen«, sagte Juliane.
»Ja, glauben Sie das?« Sein drängender Ton erstaunte sie.
»Natürlich. Warum nicht? Wollen Sie es denn?«
»Ich weiß nicht.« Er sagte es leise und zögernd. Als sie ihn ansah, bemerkte sie ein nervöses Zucken in seinem Gesicht, und sie fragte sich bestürzt, was ihn plötzlich so erregt haben mochte. Da fiel ihr Blick auf ein Bild, das an der Wand hing.
»Das ist meine Mutter«, rief sie. »Es ist dasselbe Oval, das in Heckliffs Haus über meinem Bett hing. Aber dort ist es abgenommen worden.«
»So«, sagte er leichthin. »Ich wußte nicht, daß er es auch besitzt.«
Juliane schaute ihn haßerfüllt an.
»Jetzt muß ich nach Hause«, sagte sie rasch.
Seine Stimme klang enttäuscht, als er sagte: »Oh, ich dachte, Sie würden zum Abendessen hierbleiben.«
»Nein, nein«, rief sie, »ich kann nicht wegbleiben, ohne daß Doktor Heckliff etwas davon weiß.«
»Sie sind sehr rücksichtsvoll gegen ihn.« Er sagte es kalt und schneidend. Sie vermochte nichts darauf zu erwidern.
Das Treppenhaus war schon fast dunkel geworden. Die großen toten Vögel schienen ihre Flügel zu rühren. Die dicken Mauern strömten Kälte aus. Juliane atmete auf, als das Tor hinter ihnen zufiel, und ohne abzuwarten, bis Matrey abgeschlossen hatte, eilte sie über die Terrasse. Der Park duftete nach Herbst, nach Alter und Abend, eindringlich und schwermütig.
Das alte rostige Türschloß schien Schwierigkeiten zu machen, denn Matrey kam lange nicht nach. Juliane setzte sich auf einen Baumstumpf, nahe dem Wohnhaus, dessen Mauern weiß durchs Gebüsch leuchteten. Sie hörte Stimmen

von irgendwoher, und als sie sich ein wenig anstrengte, vermochte sie zu verstehen, was gesprochen wurde. Eine Frau, es war nicht Matreys Mutter, sagte: »Aber sie wird ihn nicht wollen. Jugend will zu Jugend.«
Ein Mann antwortete: »Lassen wir der Geschichte ihren Lauf.«
»Du Narr«, wurde ihm erwidert, »natürlich lassen wir der Geschichte ihren Lauf. Als ob wir etwas daran ändern könnten!« Die Stimme wurde leiser, aber auch schärfer. »Ich sage dir aber: das nimmt ebensowenig ein gutes Ende wie damals mit der Mutter. Es ist kein Glück dabei.«
Eine Tür schlug zu, das Gespräch war zu Ende. Juliane begriff blitzartig, wovon die Rede war. Sie blieb wie betäubt sitzen. Aber nach und nach steigerte sich ihre Erregung bis zur Unerträglichkeit, und plötzlich sprang sie auf und lief ins Haus. Die alte Frau saß noch immer auf ihrem Sofa. Sie klappte ein Buch zu, als Juliane eintrat, und schaute ihr erstaunt entgegen.
»Sie kommen zu mir?« fragte sie verwundert. »Wo ist mein Sohn?«
Juliane konnte nicht sprechen.
»Was ist denn?« fragte die alte Frau bestürzt. »Sie sind ja ganz weiß. Oder ist es das Abendlicht?« Sie knipste die Lampe an, aber Juliane rückte aus dem Lichtkreis fort.
»Hat mein Sohn Sie gekränkt?«
Juliane schüttelte den Kopf. »Nein, nein«, sagte sie mühsam, »nur: ich halte das nicht mehr aus.«
Die alte Frau schaute sie aufmerksam an. »Was halten Sie nicht mehr aus?«
»Dies alles«, rief Juliane, ihre Fassung verlierend. »Dieses ganze Geheimnis.«

»Mein Gott«, sagte die alte Frau, »wollen Sie mir denn nicht erklären, wovon Sie sprechen?«

»Ja«, erwiderte Juliane, und ihre Stimme war plötzlich kalt und ruhig, »das will ich. Haben Sie meine Mutter gekannt?«

»Ach so«, sagte die alte Frau und seufzte. »Ja, das habe ich.«

»Sehr gut?«

»Das kann man sagen.«

»Und?«

»Nun: was wollen Sie wissen?«

Mit einer ablehnenden Bewegung des Kopfes deutete Juliane ihren Widerwillen an, davon zu sprechen. Sie suchte nach Worten, um den Namen Heckliffs zu umgehen. Stockend sagte sie endlich: »Ich fand einmal ein Bild meiner Mutter im Haus des Doktors. Ein Jugendbild. Man hat es mir weggenommen, so als dürfte ich nichts davon wissen.«

»Und weiter?« Die alte Frau schaute sie interessiert an.

Juliane fuhr fort: » Und eben fand ich auch im Schloß ein Bild meiner Mutter in einem ovalen Rahmen. Über meinem Bett im Haus des Doktors hing dieses selbe Bild. Es wurde abgenommen und vor mir versteckt.«

»Ach?! Und weiter?«

»Und weiter: Ihr Sohn sagte mir, daß... daß Doktor Heckliff und er, alle beide, meine Mutter... Nun, ich weiß nicht, sagen wir: geliebt haben, ehe sie meinen Vater geheiratet hat. Und Ihr Sohn sagte, es sei nur eine Bagatelle oder so etwas Ähnliches gewesen.«

»Sagt er das?«

»Aber Doktor Heckliff nimmt es ernst«, rief Juliane, »und andere Leute nehmen es auch ernst.«

Die alte Frau sagte gelassen: »Liebesgeschichten kann man

ernst nehmen oder auch nicht. Sie sind ernst und auch nicht ernst, wie man's ansieht.«

Juliane stieß einen Laut der Ungeduld aus. »Also gut; Sie wollen mir nichts sagen? Dann muß ich wohl in Ihre Küche gehen, um von Ihren Dienstboten etwas zu erfahren.«

Die alte Frau schlug mit der Hand auf den Tisch, daß alle Gläser im Raum klirrten. »Das werden Sie nicht tun.«

»Gut«, sagte Juliane kalt, »dann werden Sie es mir sagen.«

»Ach was«, rief die alte Frau aufgebracht, »muß man denn so eine Räubergeschichte draus machen?«

Juliane biß sich auf die Lippen und wurde rot. Dann fragte sie leise: »Hat meine Mutter die beiden geliebt?«

»Kind«, sagte die alte Frau, »man soll die Toten ruhen lassen, und wer kennt sich aus mit dem eigenen Herzen, und wer kennt sich aus mit dem Herzen anderer Leute?«

»Sie wissen es«, sagte Juliane hartnäckig. »Sie hat Heckliff geliebt, nicht wahr?«

Als sie nicht sofort Antwort bekam, fuhr sie fort: »Aber warum, warum kamen sie nicht zusammen? Hat er sie nicht wiedergeliebt?«

Lebhaft rief die alte Frau aus: »Oh, er hat sie geliebt. Weiß der Kuckuck, warum es damals so kam.«

»Was kam?«

»Nun, er hat sie eben nicht geheiratet.«

Juliane fragte rasch: »Hat Ihr Sohn meine Mutter auch geliebt?«

Die alte Frau zuckte die Achseln: »Mütter erfahren so etwas nicht.«

Juliane warf ihr einen mißtrauischen Blick zu, als sie sagte: »Und der Doktor und Ihr Sohn waren gute Freunde? Waren sie das?«

»Ja, das waren sie. Unzertrennlich seit ihrer Schulzeit.«
Triumphierend rief Juliane: »Dann hat also Heckliff auf meine Mutter verzichtet, um sie Ihrem Sohn zu überlassen!«
»Ah! Ah! Der und verzichten! Duelliert haben sie sich hier im Park.«
»Und wer siegte?
»Das weiß ich nicht.«
»Aber sie haben doch geschossen?«
»Heckliff hat nicht geschossen.«
Juliane schwieg. Die alte Frau fuhr fort: »Er hat einen Schuß abbekommen. Er hat noch die Narbe am Handgelenk. Haben Sie sie noch nicht gesehen?«
»Doch.«
Nach einer Pause, während der eine kleine Standuhr sieben Schläge abschnurrte, fragte Juliane leise: »Und dann?«
»Dann? Nun, dann kam die Heirat Ihrer Mutter.«
»Und dann?« Juliane lehnte sich an den Schrank und hielt sich an ihm fest. »Und dann?« wiederholte sie leise.
»Nichts weiter. Das wissen Sie doch selber.«
»Nein«, flüsterte Juliane, »nein. Gar nichts weiß ich. Ich weiß nicht, woran meine Mutter starb.«
»An Herzschlag, das müssen Sie doch wissen.«
»Frau Matrey«, sagte Juliane verzweifelt, »ich werde es erfahren, wenn nicht von Ihnen, dann von anderer Seite. Wäre es nicht besser, Sie würden es mir sagen? Ihre Dienstboten sprechen davon, daß es kein gutes Ende nahm. Was bedeutet das?«
»Blödes Geschwätz«, rief die alte Frau zornig, »eine Schauergeschichte, die sie sich um ein ganz einfaches Ereignis gemacht haben. Also hören Sie: Ihre Mutter kam nach der

Heirat oft hierher. Sie wohnte bei uns im Schloß. Mein Sohn und sie musizierten viel zusammen. Und eines Tages traf sie der Herzschlag.«

Juliane fuhr zusammen. »Hier im Schloß? Mir sagte man: im Sanatorium.« Sie faßte sich sofort wieder. »In welchem Zimmer? Bitte, sagen Sie, war es das Eckzimmer im ersten Stock?«

»Waren Sie da drin?«

»Nein. Aber warum starb sie? Das muß doch einen Anlaß gehabt haben, irgendeine schreckliche Aufregung. Was war es?«

Die alte Frau stand auf und legte ihr die Hand auf die Schulter, schwer wie die einer Bäuerin. »Was ich Ihnen jetzt sage, werden Sie dazu benützen, die Schauergeschichte weiterzuspinnen. Aber Sie ruhen nicht, bis Sie es wissen. Ihre Mutter starb in dem Augenblick, in dem der Doktor ins Zimmer kam.«

Juliane stieß einen leichten Schrei aus, dann flüsterte sie: «Sie hatte ihn elf Jahre nicht mehr gesehen. Ist es so?«

Die alte Frau schwieg und betrachtete sie gespannt und teilnahmsvoll. Juliane verließ ihren Platz am Schrank.

»Danke«, sagte sie und ging hinaus wie eine Schlafwandelnde.

Von niemand gesehen, gelangte sie aus dem Haus. Es war völlig dunkel geworden. Sie irrte zwischen schwarzen Sträuchern umher, ohne den Weg zum Tor zu finden. Wie behext kehrte sie immer wieder auf den Platz vor dem Haus zurück. Plötzlich hörte sie Schritte auf dem Kies, und das Licht einer Laterne fiel durch das Gebüsch auf sie. Da begann sie blindlings in die Finsternis hineinzulaufen, aber sie stolperte über Baumwurzeln, verfing sich in Dornen und mußte erkennen,

daß sie nach der falschen Seite floh. Der Lichtschein geisterte durch den Park, und sie hörte sich mit Namen gerufen. Sie antwortete nicht, aber sie ging dem Licht entgegen, geradewegs und entschlossen. An einer Wegbiegung traf sie mit Matrey zusammen. Es schien, als wollte er ihr die Arme entgegenstrecken, aber er hob nur die Laterne und hielt sie hinter sich, damit Juliane nicht geblendet würde.
So standen sie sich im Dunkeln gegenüber, während der Park hinter ihnen in dem unruhigen Lichtschein erwachte.
»Warum haben Sie das getan?« fragte Matrey endlich, und seine Stimme drückte verhaltenen Ärger aus. Juliane schaute ihn schweigend an und voller Kälte.
Er fuhr fort, leise und eindringlich: »Was hat Ihnen meine Mutter erzählt?«
»Das, was ich wissen wollte«, sagte Juliane schneidend.
»Juliane«, sagte er, »alte Frauen lieben es, sich interessante Geschichten auszudenken, wenn sie sich langweilen. Ziehen Sie ihre Phantasien meiner Auskunft vor?«
Sie warf ihm einen verächtlichen Blick zu. »Ihre Mutter ist eine nüchterne Frau, und was sie sagt, ist keine Phantasie.«
Leise fragte er: »Was wollen Sie erreichen mit all Ihren Fragen nach dem, was so weit zurückliegt?«
Ihr Blick drückte einen Augenblick Erstaunen aus, das einer tiefen Ratlosigkeit wich, aber ihre Stimme klang schroff, als sie fragte: »Haben Sie eine bessere Erklärung für den Tod meiner Mutter als ich?« Und als er nicht sofort antwortete, fuhr sie mit höhnischer Grausamkeit fort: »Warum erzählen Sie mir die Geschichte nicht, wenn es sich nur um eine Bagatelle handelt?«
»Juliane«, antwortete er, »ich weiß so wenig wie Sie. Warum glauben Sie mir nicht?«

Sie schwieg, überzeugt davon, nichts weiter von ihm zu erfahren, aber ebenso überzeugt davon, daß er der einzige war, der alles wußte. Sie fühlte sich plötzlich müde und fiebrig wie kurz vor einer Krankheit.

»Es ist spät«, sagte sie erschöpft, »und niemand weiß, wo ich solange bin.«

Er warf ihr einen Blick zu, der sie erschreckte. Sie blieb stehen und sagte mit aller Bestimmtheit: »Ich möchte das Zimmer sehen, in dem sie starb, Sie haben mich daran vorbeigeführt.«

Er sagte, ohne irgendeinen Ausdruck in seine Stimme zu legen: »Wir wollen es uns morgen ansehen.«

»Nein«, sagte sie, »ich will es jetzt sehen.«

»Aber jetzt ist es dunkel dort.«

»Wir haben die Laterne. Geben Sie mir die Laterne. Ich möchte allein hingehen.«

»Sie werden sich fürchten.«

»Vielleicht werde ich mich fürchten. Haben Sie den Schlüssel hier?«

»Ich werde Sie bis zur Tür begleiten.«

Schweigend gingen sie nebeneinander auf dem moosigen Weg, der ihre Schritte verschluckte. Der Weg schien endlos zu sein. Manchmal dachte Juliane, sie würde absichtlich in die Irre geführt. Endlich fiel das Licht auf die Terrassentreppe. Matrey reichte Juliane die Laterne, während er aufschloß. Er blieb zurück. Juliane ging, ohne nach rechts und links zu schauen. Der Schatten des Laternengehäuses tanzte an den Wänden, und ihre Schritte hallten laut. Der lange Korridor war mit schwarzer Finsternis angefüllt, und das schwache Licht reichte nicht aus, ihn auch nur zur Hälfte zu erhellen. Ohne zu zögern, steckte sie den Schlüssel in die

Tür, an der sie wenige Stunden vorher vorbeigeführt worden war.
Als das Licht in den kleinen Raum fiel, setzte ihr Herz einige Atemzüge lang aus. Der Flügel in der Mitte des Zimmers stand noch offen. Die Noten lagen, aufgeschlagen, auf dem Ständer, der Stuhl aber war umgestürzt. An einem zweiten Stuhl lehnte ein Cello, dessen Saiten alle, bis auf die tiefste, gerissen waren und in Spiralen herabhingen. Der Teppich war bedeckt mit losen Notenblättern. Die Kerzen auf zwei hohen Leuchtern waren heruntergebrannt. Man hatte damals wohl vergessen, sie zu löschen. Aus einer Vase starrten nackte Zweige, und überall lage dürre Blüten verstreut. Plötzlich flackerte das Licht der Laterne, und im selben Augenblick bewegte sich der dunkle Fensterflügel. Juliane fuhr zusammen, aber sie wich nicht zurück. Sie hob die Laterne und sah, daß das Fenster offen stand. In einem Flügel fehlten die Scheiben. Das Licht der Laterne, das sie durch den Raum streifen ließ, zeigte deutlich große schwarze Flecken von Fäulnis an der Wand und auf dem Fußboden. Es hatte hereingeregnet, Jahr und Jahr, ohne daß etwas dagegen geschehen war. Der Polstersessel, der neben dem Fenster stand, war dunkel von Nässe und Verwesung. Juliane blickte schweigend darauf, dann senkte sie die Laterne, bis nur mehr ein kleiner schwankender Lichtkreis auf dem Boden lag und das Zimmer wieder in Dunkelheit versank. Dann schloß sie die Tür und ging langsam über die Treppe. Vor dem Tor wartete Matrey

»Nun?« fragte er leise. »Es ist nicht sehr gemütlich da oben, nicht wahr?«

»Nein«, sagte sie schroff.

Sie gingen stumm durch den Park. Juliane übersah, daß sie

das Tor passiert hatten, und sie kam erst zu sich, als Matrey sagte: »Sie sind zu Hause, Juliane.«
Ohne ihm die Hand zu geben, lief sie über die Stufen. Ehe sie die Türklinke berührte, zögerte sie und schaute zurück. Matrey stand noch da, vom Licht seiner Laterne unruhig und ungewiß beleuchtet. Sie hörte ihn sagen: »Werde ich Sie wiedersehen?« Und sie hörte sich selbst eine Antwort geben, die sie nicht geben wollte: »Ja, natürlich werden Sie mich wiedersehen.« Sie erschrak über die schneidende und triumphierende Kälte ihrer Stimme, eine Kälte, die von ihrem ganzen Wesen Besitz ergriffen hatte und die sie selbst noch nicht ganz verstand.
Die Tür war bereits abgeschlossen, und sie mußte läuten. In der kurzen Zeit, während der sie allein im Dunkeln stand und wartete, schien sie um Jahre älter zu werden. Sie fühlte eine große Last auf ihrem Leben, weit schwerer zu ertragen als die Armut, die Verlassenheit und die Nähe Heckliffs.
Sebastian öffnete. »Na endlich«, sagte er vorwurfsvoll. »Ich bin halb verhungert.«
»Habt ihr denn nicht längst gegessen?«
Statt einer Antwort deutete er auf den Tisch im Eßzimmer, auf dem die Abendmahlzeit noch unberührt stand.
»Wo ist denn der Herr Doktor?«
Er wies mit dem Kopf nach dem Nebenzimmer.
»Hol ihn«, sagte Juliane.
Sebastian zuckte die Achseln. »Lieber nicht.«
»Wieso?«
Er zog nachahmend eine finstere Grimasse. Juliane fühlte, wie ihr das Blut ins Gesicht stieg. »Na geh schon«, sagte sie. »Er wird dich nicht auffressen.«
»Mich nicht«, murmelte er und ging widerwillig.

Sie mußte lächeln über seine Keckheit und seine Beobachtungsgabe. Dann aber kehrte ihre Qual erneut zurück, und sie starrte mit klopfendem Herzen auf die Tür, durch die Heckliff kommen würde. Als sie geöffnet wurde, zitterten ihre Knie. Aber es war nur Sebastian.
»Er kommt nicht«, sagte er, sichtlich erleichtert, seine Mission überstanden zu haben.
»Er kommt nicht?« Sie war zornig vor Enttäuschung, und sie merkte erst in diesem Augenblick, wie brennend sie darauf gewartet hatte, ihm ihr neues Wissen zu zeigen.
»Nein. Eßt ihr nur, hat er gesagt«, erzählte Sebastian, während er sich auf seinen Stuhl warf und nach dem Brot griff. Juliane fühlte sich versucht auszurufen: »Dann will ich auch nichts essen.« Aber sie überwand ihre Regung und begann zu essen. Während sie ihre Schüssel Milch auslöffelte, überkam sie zu ihrem Erstaunen ein Gefühl von Geborgenheit. Sie blickte mehrmals nach Heckliffs leerem Stuhl und versuchte, sich sein breites dunkles und zuverlässiges Gesicht vorzustellen, und plötzlich erschien es ihr undenkbar, daß er irgendeine Schuld am Tod ihrer Mutter haben sollte; wahrscheinlich, so sagte sie sich, ist er ebenso in das Geheimnis verstrickt worden wie ich. Sie wünschte in diesem Augenblick mit aller Kraft, er möchte eintreten und ihren Blick erwidern, ihren Blick, in dem nichts als Vertrauen und Abbitte zu lesen sein würde. Aber er kam nicht.
»Sebastian, schlürf doch nicht so«, sagte sie gereizt. Es bedurfte nur dieser winzigen Störung, um ihre Vernunft von neuem zu verdunkeln. Aber in demselben Maß, in dem die Verwirrung ihrer Gedanken anstieg, wuchs ihr Ahnungsvermögen, und plötzlich war es ihr mit aller Schärfe klar geworden, daß Matrey der Schuldige war, wenngleich sie nicht

wußte, worin diese Schuld bestand. Aber ganz frei von Schuld schien ihr auch Heckliff nicht zu sein.
Sebastians Stimme zerriß den Faden ihrer Überlegungen. »Warum ißt du nicht?« sagte er. »Jetzt hältst du schon die ganze Zeit den Löffel und ißt nichts.«
»Kümmere dich um dich selbst.« Sie wurde rot und schämte sich ihrer Heftigkeit.
Ungerührt fragte Sebastian: »Warum seid ihr so bös aufeinander?«
»Wer?« Sie schaute ihn verblüfft an.
»Der Doktor und du.«
»Ach was. Iß fertig.«
»Ich bin ja längst fertig.«
»Dann geh in dein Zimmer.«
Ehe er die Tür öffnete, sagte er leiser als sonst: »Du! Der Doktor hat auf dich gewartet. Um sieben Uhr ist er vor dem Haus gestanden und hat immer den Weg entlang geschaut. Und dann ist er nicht zum Essen gekommen.«
»Geh nach oben. Gute Nacht.«
Er schlich fast aus dem Zimmer. Juliane blieb zurück, auf eine neue, quälende Weise bestürzt. Sie schob den halb geleerten Teller beiseite, stützte die Ellbogen auf den Tisch, legte die Stirn auf ihre verschlungenen Hände und versuchte Ordnung in ihre Gedanken und Empfindungen zu bringen. Aber sie liefen unaufhörlich im Kreise: er hat auf mich gewartet. Warum hat er gewartet? Er will nicht, daß ich mit Matrey zusammen bin. Warum nicht? Hat er Angst, daß ich dort zuviel erfahren könnte von dem, was er mir verheimlicht? Warum erzählt er selbst nichts darüber? Warum, warum? Ihr Kopf schmerzte.
Plötzlich sprang sie auf, und ein paar Augenblicke später

stand sie in Heckliffs Zimmer. Ohne umzuschauen und ohne im Schreiben innezuhalten, fragte er: »Was gibt's?«
Ihre Kehle war zugeschnürt. Als ihm niemand antwortete, drehte er sich um. Er zeigte nicht das leiseste Erstaunen, sie zu sehen.
»Ja, bitte?« sagte er und wies auf einen Stuhl neben dem Schreibtisch, genau so, wie er seine Patienten ansprach. Juliane blieb stehen und begann sofort zu reden. »Ich komme eben aus dem Schloß. Ich habe einiges erfahren über den Tod meiner Mutter.«
Er schien weder verwundert noch betroffen. Sein ruhiger Blick stürzte Juliane in Verwirrung, aber sie sprach hartnäckig weiter. »Man hat mir auch einiges über die Vorgeschichte dazu erzählt.«
»So?«
Seine düstere Gelassenheit empörte sie, und ihre Beherrschung brach zusammen. Sie rief: »Sie sagen nichts als ›so‹. Glauben Sie denn . . .« Sie unterbrach sich, weil ihre Stimme versagte. Er schraubte langsam sein Tintenglas zu. Dann stand er auf. Ihre brennenden Augen verfolgten jede seiner Bewegungen. Er schob die Bücher im Regal zurecht, indem er mit der flachen Hand auf die Bücherrücken klopfte. Als er auf diese Weise eine Reihe geordnet hatte, nahm er die nächstobere daran. Plötzlich fragte er langsam und ruhig: »Warum erzählen Sie mir das?«
»Warum?« wiederholte sie leise und heiser. »Das sollten Sie wissen, denke ich.«
Er fuhr fort, die Bücher in Reih und Glied zu schieben, und antwortete nicht.
Da fragte sie entschlossen: »Woran ist meine Mutter gestorben?«

»An Herzschlag.«
»Und warum trat der Herzschlag gerade in dem Augenblick ein, in dem Sie ins Zimmer traten?« Er gab keine Antwort. Sie fühlte, wie Zorn in ihr aufstieg und zu einer Wildheit anwuchs, die sie beinahe ohnmächtig werden ließ. »Sie haben meine Mutter geliebt, nicht wahr?«
Er begann in einem Buch zu blättern, als hätte er ihre Frage nicht gehört.
»Finden Sie nicht, Doktor Heckliff, daß dieses Gespräch wichtig genug ist, um darauf zu hören und zu antworten?«
Er schob den Band ins Fach zurück und stellte sich mit dem Rücken gegen die Bücher gelehnt vor sie, die Arme verschränkt.
Sie fuhr fort, indem sie ihm ins Gesicht sah: »Sie haben sie geliebt, Sie haben sich ihretwegen mit Matrey duelliert. Warum haben Sie sie nicht geheiratet?«
Langsam erwiderte er: »Was wollen Sie mit diesen Fragen?«
Sie fühlte, daß es ihr nun nicht mehr nur darum ging, die Wahrheit zu erfahren, sondern ihn zu quälen. »Ich will es wissen«, sagte sie laut.
»Was wollen Sie wissen?«
Sie fragte sich bestürzt: »Ja, was eigentlich will ich wissen?« Laut aber sagte sie: »Warum erzählen Sie mir nicht alles?«
»Weil es Dinge gibt, über die man nicht spricht, das sollten Sie begreifen, Juliane.« Er hatte es ohne eine Spur von Ungeduld und Vorwurf gesagt, aber so, daß damit das Gespräch unwiderruflich beendet war. Das Blut schoß ihr ins Gesicht. Sie hatte eine Niederlage erlitten und war ehrlich genug, sich zu sagen, daß sie verdient war. Aber die einmal aufgebrochene Leidenschaft war stärker als ihre Einsicht, und sie

blickte Heckliff finster und kalt an, als sie sagte: »Dann werde ich also von Matreys Dienstboten mehr darüber erfahren.«
Er zog die Stirn in dunkle Falten. »Wie das?«
»Nun, sie klatschten darüber. Ich habe es gehört. Vermutlich wissen sie die ganze Geschichte.«
Er schaute sie mit einem Ausdruck von Widerwillen an, der sie beschämte, aber dieser Ausdruck wich sofort wieder von seinem Gesicht, als er sagte: »Nein, das tun Sie nicht. Sie nicht.«
In diesem Augenblick klopfte es an der Tür, ohne daß man Schritte hatte kommen hören. Katharina streckte den Kopf ins Zimmer.
»Soll ich für Herrn Doktor noch gedeckt lassen?«
Heckliff sagte ungeduldig: »Räumen Sie ab! Ich will nichts mehr.«
Katharina verschwand murmelnd. Juliane verspürte für kurze Zeit eine heftige Befriedigung, die aber sofort dahinschwand, als sie einen Blick auf Heckliffs Schreibtisch warf, der übersät war von dicht beschriebenen Blättern mit kleinen Zeichnungen und graphischen Darstellungen. Zu sehen, daß er ruhig arbeitete, während sie seinetwegen sich in verzweifelte Verwirrung verstrickte, die durch ein Wort von ihm gelöst werden könnte, verschärfte ihren heißen Zorn gegen ihn.
»Von Ihnen werde ich also nichts erfahren?« fragte sie.
»Juliane!«
Nun schien er endlich wirklich gequält. Seine Stirn war feucht geworden. Dies zu sehen, bereitete ihr einen heftigen quälenden Triumph.
»Gute Nacht«, sagte sie gelassen und ging. Er hatte ihren

Gruß nicht erwidert. Als sie an Sebastians Zimmer vorbeiging, streckte er den Kopf heraus. »Ist er noch böse?«
»Ach laß mich in Frieden.«
Er stieß einen verwunderten Laut aus und blickte ihr nach, bis sich die Tür hinter ihr geschlossen hatte. Sie setzte sich im Dunkeln auf den Bettrand und begann sich langsam für die Nacht zu entkleiden, obwohl es noch zu früh war zum Schlafengehen. Während sie sich das Gespräch mit Heckliff zurückrief, wurde sie sich der Hoffnungslosigkeit ihrer Lage bewußt. Sie war entschlossen gewesen, das, was sie »Geheimnis« nannte, zu enthüllen. Sie stieß auf einen Widerstand, der unüberwindlich schien, und sie sagte sich, daß sie die Bedeutung des »Geheimnisses« übertrieb. Aber hatte man ihr denn nicht schon alles gesagt? War da noch irgend etwas geheim? Sie schaltete das Licht aus und lag im Dunkeln, die Decke über das Gesicht gezogen, und sie mußte sich sagen, daß sie weniger wußte als je zuvor. Sie hatte die quälende Empfindung, in einem Netz zu hängen, das längst für sie bereit gewesen war, in einem Netz, das auch Heckliff und Matrey gefangenhielt, und sie begann beide zu hassen, unterschiedslos und mit aller Kraft. Tränen des Zorns schossen in ihre Augen.
Plötzlich fuhr sie hoch, gestochen von einem bösen Gedanken. Hatte sie nicht die Kraft, sich und die Mutter zu rächen? Wie konnte sie beide, Heckliff und Matrey, gegeneinander ausspielen? Ein dunkles Gefühl, stärker als jeder Gedanke, sagte ihr, daß es ein Leichtes sein würde, beide glauben zu machen, sie habe sich in Matrey verliebt, und dasselbe Gefühl sagte ihr, daß sie beide damit quälen konnte, beide, aber Heckliff mehr noch als Matrey. Mit einem schlimmen Lächeln im Gesicht warf sie sich ins Bett zurück. Als sie sich

eben der Schlaftrunkenheit überlassen wollte, wurde sie noch einmal völlig wach. Ihr Plan erforderte eine längere Zeit, aber die Rache vertrug keine Verzögerung. Gab es nichts, womit Heckliff augenblicklich bestraft werden konnte, beschämt für seinen Hochmut? Wenn sie Matrey bitten würde, Sebastian auf eine höhere Schule zu schicken? Matrey war reich, sehr reich sogar; er würde es tun. Der gleiche Instinkt, der ihr eingegeben hatte, Heckliff eifersüchtig zu machen, verriet ihr, daß er darunter leiden würde, wenn ihm auch Sebastian verlorenginge. Wilde Entschlossenheit fraß sich tief in sie ein und hielt ihr den Schlaf fern, bis lange nach Mitternacht Heckliff in sein Zimmer gegangen war.

Der Morgen nach dieser Nacht war klar und warm, als wäre der Sommer wiedergekehrt. Juliane verstand ihre Nachtgedanken nicht mehr ganz; dennoch hielt sie trotzig an ihrem Vorhaben fest. Aber mit Erstaunen bemerkte sie, daß sie nach dem Übermaß der Empfindungen vom Tag zuvor wie ausgebrannt war, müde und gleichgültig. Sie konnte den Vormittag über neben Heckliff arbeiten, ohne irgend etwas für oder gegen ihn zu spüren. Manchmal betrachtete sie ihn mit flüchtigem Interesse. Er war wie immer und verriet mit keiner Miene und keinem Wort, ob er sich des Gesprächs erinnerte.

Der Tag verging übermäßig langsam, aber Juliane war ganz ruhig. Endlich war der letzte Patient der nachmittäglichen Sprechstunde gegangen. Es war vier Uhr vorbei, und die Sonne lag noch sanft und warm auf den Rasenflächen, als Juliane sich dem Schloß näherte. Obwohl sie noch unerfahren war, wußte sie, daß sie nichts übereilen durfte.

An einer Wegbiegung stieß sie unvermutet auf Matrey. Er stand vor einer Eiche und photographierte ein Stück des rissigen Stammes. Als er Juliane sah, blitzten seine Augen in einer Weise, die sie verwirrte. Aber seine Stimme war kühl wie immer, als er ihr zu erklären begann, welche Flechten, Moose und Pilze auf dieser uralten Rinde hausten. Sie versuchte ihm zu folgen, doch ihre Gedanken schweiften unaufhörlich ab. Ihr Plan erschien ihr unmöglich und lächerlich. Sie betrachtete Matrey sachlich und eingehend; sie ließ ihren Blick über den schmalen Kopf und die eckigen Schultern wandern, und sie beobachtete die ruckartigen Bewegungen seines langen sehnigen Halses, und es waren keine angenehmen Empfindungen, die dieser Anblick in ihr erweckte. Wie aus weiter Ferne hörte sie ihn sagen: »Diese beiden Bäume haben ein Schicksal«, und sie hörte sich darauf antworten: »Das ist doch nur ein einziger Baum, denke ich.« »Nein«, fuhr er fort, »es sind zwei Bäume, aber sie stehen so dicht beisammen, daß sie sich aneinander rieben, wenn der Wind ging. Das Geräusch hörte ich durch meine ganze Kinderzeit hindurch; es hat mich nachts nicht schlafen lassen. Ich nahm mir vor, einen davon heimlich abzusägen, aber meine Kraft reichte nicht aus. Der Zwischenraum wurde immer enger, und so rieben sie sich aneinander wund. Ich erinnere mich noch deutlich der breiten, offenen Wundstellen, die so angenehm dufteten. Und heute komme ich zu den beiden Bäumen, und die Wunde ist nicht mehr da! Die Bäume haben sich endlich geeinigt: sie sind zusammengewachsen.«

»Ja, sind sie das?« fragte Juliane abwesend. Plötzlich fiel ihr Blick auf das Schloß, und sie stieß einen Ruf der Überraschung aus. Alle Fenster standen weit offen, die Vorhänge waren abgenommen, in den Zimmern sah man Handwerker und Putzfrauen hantieren.

»Werden Sie denn wirklich ins Schloß ziehen?« fragte Juliane erstaunt.

Er antwortete kurz: »Ich weiß nicht.«

Sie blickte ihn von der Seite an. »Ja, aber wofür ließen Sie es denn sonst herrichten? Das ist doch eine ziemlich große Arbeit, die Sie da beginnen.«

Er sagte wie beiläufig: »Wissen Sie denn nicht, daß die einzige rechte Freude jene ist, die im Vorbereiten liegt?«

Sie schaute ihn verwundert, ja bestürzt an. Aber mit einer bestimmten, heftigen Handbewegung schnitt er das Gespräch darüber ab, dann klappte er die Lupe zusammen, steckte den Photoapparat in die Tasche und schüttelte die Ameisen von seinen Ärmeln.

»Gehen wir«, sagte er. »Sie trinken doch Tee mit uns?«

»Nein, danke«, antwortete sie rasch. »Ich bin nur gekommen, um Sie zu bitten, mir zu helfen.«

Er schaute sie interessiert an. Sie wurde rot, als sie entschlossen sagte: »Es handelt sich um eine Geldsache.«

Er wandte keinen Blick von ihr, als sie hastig fortfuhr: »Sie kennen Heckliffs Pflegekind Sebastian. Er will Arzt werden.«

»So?« fragte Matrey. Juliane ärgerte sich, daß er nicht sofort begriff, welche Rolle ihm dabei zugedacht war. Leicht gereizt fuhr sie fort: »Es ist kein Geld da. Die Wirtschaft ist verschuldet und... und Doktor Heckliff würde ihn sicher studieren lassen, aber...« Sie schwieg und schaute ihn feindselig an, dann fügte sie fast überstürzt hinzu: »Seine Praxis trägt nichts ein. Lauter arme Leute. Bei den meisten verlangt er keinen Pfennig. Ich weiß das, denn ich mache seine Buchführung.«

Sie wurde dunkelrot, als sie sich dessen bewußt wurde, mit

welch unnötiger Heftigkeit sie ihn verteidigte. Laut fuhr sie fort: »Und da dachte ich, Sie könnten...«
»Ja, gerne«, erwiderte er langsam, »aber wie kann ich mich in diese Angelegenheit mischen? Es ist Doktor Heckliffs Pflegekind.«
Hastig sagte sie: »Ach, Sie brauchen nur mit dem Doktor darüber zu sprechen. Ich bin überzeugt, daß er froh ist, wenn man ihm diese Sorge abnimmt.«
Matrey drehte sich eine Zigarette. Sie schaute ihm ungeduldig zu. »Ich bin nicht davon überzeugt«, sagte er endlich.
Je schärfer sich Juliane sagte, wie recht er hatte, desto heftiger beharrte sie bei ihrem Plan. »Doch, sicherlich«, rief sie. »Er hat es selbst bedauert, daß kein Geld da ist für den Buben.«
Er blickte sie forschend an. »Liegt Ihnen so viel daran, Juliane?«
Heiser und hastig erwiderte sie: »Ja, ziemlich viel.«
»Gut. Ich werde es für Sie tun.«
Sie fuhr hastig auf. »Für mich? Wieso denn für mich? Für Sebastian doch.« Sie fragte sich entsetzt, ob er sie durchschaut hatte, aber sie hatte sich völlig in der Gewalt, als sie fragte: »Sie werden also mit Doktor Heckliff darüber sprechen?«
»Ja; ich sagte es Ihnen.«
»Und wann? Bitte, tun Sie es bald!«
Er schaute sie eindringlich an, betroffen von ihrer Heftigkeit.
»Heute noch?«
»Ja.« Sie war ganz blaß geworden.
»Wann ist Heckliff zu Hause?«
»Nach dem Abendessen. Um acht Uhr etwa.«
»Weiß er, daß Sie mich darum bitten?«

»Nein, nein.«
»Und ich soll mit ihm sprechen, auf jede Gefahr hin?«
Sie fuhr zusammen und zögerte einen Augenblick, dann sagte sie laut: »Auf jede.«
Er zuckte die Achseln. »Juliane«, fragte er plötzlich, »was versprechen Sie sich davon?«
Sie riß Blätter von der Hecke, an der sie vorübergingen, und zerdrückte sie in ihrer Hand. »Nun, daß Sebastian studieren kann. Wieso fragen Sie das?«
Während sie weiterging, sagte er: »Wenn Ihnen nicht soviel daran läge, Juliane, ich würde nichts tun in dieser Angelegenheit.«
»Warum nicht?«
Statt einer Antwort warf er ihr einen raschen Blick zu, dessen triumphierende Kälte sie erschreckte. In diesem Augenblick war sie nahe daran auszurufen: »Nein, nein, sprechen Sie nicht mit Heckliff, und lassen Sie uns wieder Freunde sein.« Aber eine verzweifelte Gleichgültigkeit bemächtigte sich ihrer und lähmte sie.
Die Remisentür stand offen, als sie nach Hause kam. Es dämmerte bereits, und sie konnte nicht sehen, ob Heckliff in dem Schuppen war. Plötzlich empfand sie ein ungestümes Verlangen, sich mit ihm zu vertragen, und alles Böse, das sie zu tun begonnen hatte, zu widerrufen. In diesem Augenblick trat er aus der Remise. Sie drückte sich an die Mauer, in den Schatten eines Holunderstrauchs. Auf halbem Weg zum Haus blieb er stehen, als hätte er vergessen, wohin er wollte. Er machte den Eindruck tiefer Müdigkeit. Seine Arme hingen schlaff herab. Juliane fühlte sich unwiderstehlich getrieben, zu ihm zu gehen, und sie tat es, ohne zu wissen, was sie ihm sagen würde. Ihr Herz klopfte stark.

Das Geräusch ihrer Schritte schien ihm nicht sogleich ins Bewußtsein zu kommen. Plötzlich fuhr er zusammen wie jemand, den man aus dem tiefsten Schlaf geweckt hat.
»Was gibt's?« fragte er fast schroff. Er sah erschöpft aus; die Haare hingen ihm ins Gesicht.
»Nichts«, sagte Juliane und starrte ihn an, unfähig, ein Wort mehr zu sagen. Da ging er langsam an ihr vorüber ins Haus. Als er schon die Treppe hinaufstieg, rief sie ihm nach: »Ich wollte Ihnen nur sagen, daß ich jemand gefunden habe, der für Sebastian das Schulgeld bezahlen will.«
Er blieb stehen und sah fragend über die Schulter zurück.
»Matrey will es tun«, sagte sie mit Nachdruck.
Als er nicht antwortete, fuhr sie hastig fort: »Sie haben mir doch gesagt, daß kein Geld da ist, und da dachte ich...«
Er unterbrach sie: »Ja, ja, ist schon gut.«
Sie schaute noch lange auf die Tür, die er hinter sich geschlossen hatte, und sie fragte sich verwundert, ob es ihn gleichgültig gelassen hatte. Sie versuchte sich den Ton seiner Stimme zurückzurufen. »Ich habe ihn verletzt«, dachte sie, und als sie sich entschlossen hatte, es zu glauben, wurde sie von einem Gefühl überfallen, das sie noch tiefer verwirrte, als sie es je zuvor gewesen war. War es Reue oder Triumph, oder beides, oder auch etwas ganz anderes, Neues? Ganz benommen davon ging sie ins Haus. Kaum war sie in ihrem Zimmer, hörte sie, wie Heckliff das Pferd anschirrte und aus dem Hof fuhr. Zum Abendessen war er noch nicht zurück. Sie und Sebastian aßen schweigend und waren so rasch fertig wie nie sonst. Ehe sie in ihre Zimmer gingen, rief Juliane in die Küche: »Zu wem ist denn der Herr Doktor gefahren, Katharina?«

»Weiß ich nicht. Das pflegen der Herr Doktor doch nicht mir zu sagen.«

Juliane seufzte ärgerlich. Sie ließ ihre Zimmertür einen Spalt weit offen und setzte sich mit einem Buch an den Tisch. Aber sie las nicht. Nach einer Weile hörte sie Sebastian über die Treppe hinunterschleichen. Sie rief: »Wohin denn?«

Er gab keine Antwort. Aber er war stehengeblieben.

»Du kannst nicht mehr auf die Straße«, sagte sie. »Es ist schon Nacht.« Er kehrte widerwillig um, Unverständliches murmelnd. »Ja, ja«, sagte Juliane, »aber es nützt nichts. Er kommt nicht früher, wenn du im Dunkeln draußen stehst.«

Er verschwand lautlos in seinem Zimmer. Mißgestimmt sagte sie sich: »Wie der Bub an ihm hängt! Sonderbar. Und dabei beschäftigt sich Heckliff gar nicht mit ihm.« Sie versuchte zu lesen, aber ihre Augen irrten immer wieder ab, um auf die Uhr zu schauen, und jedesmal war kaum eine Minute vergangen. Es wurde acht Uhr und es schlug Viertel, und weder Matrey noch Heckliff waren gekommen. Plötzlich wußte sie, daß Matrey nicht kommen würde. Eine flüchtige Erleichterung sagte ihr, daß sie ihm dankbar dafür war, aber das Gefühl, von ihm im Stich gelassen worden zu sein, war stärker als jede vernünftige Überlegung, und sie überließ sich blindlings der Empfindung eiskalter Verachtung. Sie hatte Lust, in Tränen auszubrechen, aber sie gestattete es sich nicht zu weinen. Sie setzte sich an den Tisch und begann nachzudenken.

Als lange nach zehn Uhr Heckliffs Wägelchen in den Hof einrollte, war sie in ihren Gedanken so weit gekommen, daß es ihr klar war, wie schwer es ihr fallen würde, ihren Plan wirklich durchzuführen, wenn dieser erste Versuch dazu bereits mißlungen war. Sie ging zu Bett und flüsterte in die Dunkelheit hinein: »Ich weiß ja nicht, ich weiß ja nicht, was ich will.« Mit dem Schluchzen eines Kindes wühlte sie sich in die Kissen, deren Rauheit sie längst nicht mehr spürte.

Während der Sprechstunde am nächsten Morgen war Heckliff noch wortkarger als sonst zu ihr und zu den Patienten. Fast schweigend vollzog sich die Arbeit, und das Aufschlagen der Metallinstrumente auf den Glasplatten klang überlaut. Die alten Patienten blickten ratlos und verschüchtert auf den Doktor, dessen ungewöhnlich finsteres Gesicht ihnen Rätsel aufgab.

Als sie mittags in ihr Zimmer ging, lag dort ein Brief. Sie riß ihn hastig auf und las: »Liebe Juliane, Sie haben mir gezürnt, ich weiß es, aber Sie taten es zu Unrecht, ich habe mit Doktor Heckliff gesprochen Sebastians wegen. Doktor Heckliff sagte, er habe beschlossen, den Jungen studieren zu lassen; die Geldmittel würden – so drückte er sich aus – zu gegebener Zeit vorhanden sein. Wann sehe ich Sie wieder? Ich wünsche es mir sehr. Ihr B. M.«

Juliane zerriß den Brief langsam in winzige Fetzen. Sie begriff, daß Heckliff sich ihrem Schlag entzogen hatte, und sie wurde blaß. Hastig warf sie die Papierfetzen in den Ofen und zündete sie an. Dann schloß sie die Ofentür, lief ans Fenster und öffnete es weit; aber auch die frische Luft brachte ihr keine Erleichterung. Plötzlich fielen ihr die Schlußsätze des Briefes ein, und einen Augenblick lang war sie überflutet von Freude darüber, daß es einen Menschen gab, der sie erwartete. Aber diese Freude wurde fast sofort wieder getrübt durch ein Gefühl des Mißbehagens, ja Grauens, das sie jedesmal empfand, wenn sie an Matrey dachte; ein Gefühl, das ihr durch nichts gerechtfertigt erschien, und gegen das sie doch machtlos war.

Beim Abendessen sagte Heckliff zögernd und ohne sie anzusehen, während er in einer Zeitung blätterte: »Ich brauche Sie, aber ich weiß nicht, ob Sie tun wollen, was ich plane.«
Sie schaute ihn bestürzt an. »Was ist es?«
»In Steinfeld-Nord sind zehn Kinder scharlachkrank. Nicht ganz harmlos. Die Leute haben noch weniger Ahnung von Krankenpflege als die hier.«
Er schwieg. Sie spürte, wie gierig er darauf wartete, daß sie von sich aus zusagen würde hinzugehn. Aber ihre Zunge war gelähmt.
Sie aßen weiter.
Sebastian fragte neugierig: »Gehst du hin?«
Sie warf ihm einen zornigen Blick zu, aber er hielt ihn unerschüttert aus.
Endlich sagte Heckliff wie beiläufig: »Es handelt sich um ein paar Wochen. Ein Zimmer ist da für die Pflegerin.«
Plötzlich schaute er sie voll an und sagte mit einer Stimme, die sie nicht kannte und die sie bestürzte: »Ich habe niemand außer Ihnen.«
Sie würgte das Brot hinunter und ging nach dem Abendessen sofort in ihr Zimmer, aber sie fand keinen Schlaf.
Während der Sprechstunde am nächsten Tag wartete sie mit Spannung darauf, ob Heckliff sie noch einmal fragen würde. Aber er sagte nichts mehr, und es schien ihr, als habe er sich damit abgefunden, daß sie nicht gehen würde. Sie beobachtete ihn heimlich. Seitdem er die halbe Nacht hindurch arbeitete, wurden die Schatten um seine Augen immer dunkler. Er sieht müde aus, dachte sie und empfand ein mitleidiges Unbehagen dabei. Endlich war der letzte Patient gegangen. Heckliff packte seine Tasche für die Krankenbesuche. Während sich Juliane die Hände wusch, kämpfte sie einen stum-

men und heftigen Kampf mit sich selbst, und je länger sie zögerte zu reden, desto unmöglicher schien es ihr, überhaupt zu reden. Plötzlich aber sagte sie schroff: »Gibt es etwas Besonderes zu beachten drüben in Steinfeld-Nord?«
Heckliff hielt im Packen inne, aber er antwortete nicht, so daß sie glaubte, er habe sie nicht gehört. Sie schloß die Augen, überwältigt von der großen und schweren Müdigkeit, die ein verschmähtes Angebot hinterläßt. Aber in diesem Augenblick sagte er: »Sie gehen also hinüber?« Er sagte es in einem fast ungläubigen und so dankbaren Ton, daß ihr das Blut ins Gesicht schoß. Es folgte eine tiefe Stille, in der das Tropfen des Wasserhahns der einzige Laut war. Juliane drehte ihn zu. Heckliff sagte im Hinausgehen rasch: »Dann werde ich Sie am Nachmittag hinüberbringen.«
Während Juliane langsam fertig aufräumte, versuchte sie vergeblich, die quälende Empfindung von Beschämung zu überwinden, die sein dankbarer Ausruf in ihr geweckt hatte.
Vor dem Mittagessen noch schrieb sie ein Briefchen an Matrey, in dem sie ihm kurz mitteilte, daß sie ihn besuchen wolle, wenn sie von Steinfeld-Nord zurück sein würde. Es kostete sie große Überwindung, eine herzliche Schlußwendung zu finden. Nach dem Mittagessen gab sie diesen Brief Sebastian so, daß Heckliff es sah. »Hier, bring den Brief ins Schloß hinüber.« Sebastian schaute fragend zu ihr und dann zu Heckliff, aber der Doktor war mit seiner Zeitung beschäftigt. »Geh schon«, sagte Juliane. Sebastian schob sich unschlüssig aus dem Zimmer. Juliane wußte, daß Heckliff den Vorgang beobachtet hatte, und sie

fragte sich, ob er verstimmt darüber war. Es bereitete ihr plötzlich Unbehagen, ihn zu verletzen, obgleich sie sich trotzig sagte, daß ihm recht geschehe.
Nach der nachmittäglichen Sprechstunde fragte Heckliff: »Können wir fahren?«
Als sie nickte, fügte er hinzu: »Lassen Sie sich Brote zurechtmachen für den ersten Abend.«
Juliane packte ihr Köfferchen fertig und ging dann in die Küche.
Sie fand Heckliff neben Katharina stehend, die mit erbittertem Gesicht Kaffee mahlte. Er schüttete aus einer großen Glasdose Bohnen in die Mühle. »Sie ist schon voll«, sagte Katharina und wollte den Deckel der Mühle schließen, aber Heckliff schüttete noch weiter. Auf dem Tisch stand ein großer Korb. Mit einem flüchtigen Blick sah Juliane mehrere Marmeladegläser und eine lange geräucherte Wurst.
»Vergessen Sie den Kocher nicht«, sagte Heckliff; »Spiritus können Sie drüben kaufen.«
Endlich saß Juliane neben Heckliff im Wagen, Korb und Köfferchen hinter sich verstaut. Es war ein trüber Tag. Ein feuchter Wind trieb die Wolken tief über die Hochebene hin. Juliane fröstelte. Sie fuhren, das Gesicht im Wollschal verborgen, in scharfem Trab. Hin und wieder scheute das Pferd vor einem Schwarm Krähen, der aus den Gräben aufstob. Der Weg schien endlos. Eine Weile, während die Straße eben dahinlief, schlief Juliane kurz und tief. Als sie von einem scharfen Ruck geweckt wurde, fand sie sich an Heckliffs Schulter gelehnt. Sie zog sich hastig zurück und redete sich verzweifelt ein, er habe es nicht bemerkt durch seinen dicken Mantel hindurch. Langsam und unaufhaltsam verbreitete sich ein sonderbares Gefühl in ihr, eine Art von rieselndem

Schrecken, den sie bis in die Fingerspitzen fühlte. Sie beobachtete dieses neue Gefühl mit Erstaunen. »Ach«, sagte sie sich schließlich, als ihr Herz unerträglich heftig klopfte, »ich bin übermüdet nach der schlaflosen Nacht, das ist alles.« Sie beugte sich aus dem Wägelchen und ließ den Wind um ihr heißes Gesicht sausen.

»Sie werden sich erkälten«, rief Heckliff, aber sie schüttelte den Kopf. Der Nebel wurde so dicht, daß der Weg kaum mehr zu sehen war. Eine trübe Dämmerung breitete sich aus, und es begann dünn und eindringlich zu regnen. Endlich schimmerte ein Licht durch die graue Finsternis, und bald darauf hielten sie vor einem kleinen Wirtshaus. Eine Frau eilte aus dem Haus. »Gott sei Dank, Herr Doktor, daß Sie kommen, die Agathe ist am Sterben.«

»Na, wird so schlimm nicht sein«, sagte Heckliff beruhigend, und Juliane bemerkte mit Erstaunen wieder einmal, was sie schon so oft beobachtet hatte: Heckliffs Anblick allein oder ein Wort von ihm gab den Leuten eine Zuversicht, die fast an Aberglauben gemahnte. Wieder klopfte ihr Herz heftig, so wie vorher im Wägelchen.

»Hier ist die Pflegerin, die ich Euch versprochen habe. Es ist Fräulein Juliane. Führ uns hinauf.«

Juliane gab der Frau die Hand. Sie wurde verlegen unter dem offen bewundernden Blick der Frau. Schweigend gingen sie eine enge knarrende Stiege hinauf. Die Frau leuchtete mit einer Talgkerze in eine schmale kalte Kammer.

»Es ist sehr einfach bei uns«, sagte sie verlegen.

»Mach was Warmes«, sagte Heckliff freundlich befehlend. Als die Frau gegangen war, griff er in seine tiefe Manteltasche. »Wenn's mal nötig ist, bei Nachtwachen oder so.« Er stellte eine Flasche Apfelschnaps auf den Tisch.

»Danke«, sagte Juliane und lächelte schwach. Sie hatte Angst vor dem Alleinsein in diesem kahlen Zimmer. Heckliff schaute eine Weile stumm auf Juliane. Als sie es endlich über sich brachte, seinen Blick zu erwidern, sah sie, daß er etwas sagen wollte, aber er verschwieg es, und er murmelte nur: »Es dauert sicher nicht lange.«

»Keine Sorge«, erwiderte sie, »es ist nicht schlimm. Ist sonst noch etwas Besonderes?«

Es zuckte in seinem Gesicht, und er machte eine seltsame Handbewegung, als wollte er eine Fliege fangen. Dann sagte er in sachlichem Ton: »Nein. Im Korb sind die Arzneien. Auf der Postagentur gibt's ein Telefon. Und jetzt wollen wir etwas Warmes trinken.«

Drei Wochen, nachdem Juliane ihren Dienst in Steinfeld-Nord angetreten hatte, erreichte die Scharlach-Epidemie ihren Höhepunkt. Heckliff kam jeden Tag herübergefahren. Juliane schlief keine Nacht länger als drei Stunden. Gegen Ende November waren die Stürme verstummt, die wochenlang über das kleine Dorf am Fuß der Gebirge hinweggebraust waren, und eine späte sanfte Sonne lag schwach wärmend über der Hochebene. Juliane saß auf der Bank vor dem Wirtshaus, den Kopf an die rauhe Mauer gelehnt, von Müdigkeit überwältigt. Sie erwachte nicht einmal davon, daß jemand sie anrief. Erst als ein Wolkenschatten über sie fiel und sie frösteln machte, schlug sie gestört die Augen auf. Ihr schlaftrunkener Blick fiel auf Matrey. In ihre Augen trat unvermittelt ein Ausdruck von Ablehnung, fast Schrecken, über den sie nicht Herr war. Verwirrt schloß sie die Augen, als versuchte sie dadurch die Wirklichkeit in Traum zu verwandeln. Aber Matreys Stimme scheuchte sie wieder auf.
»Sind Sie krank, Juliane?«
»Nein, nein«, sagte sie fast unfreundlich, »nur müde. Ich muß gleich wieder an die Arbeit.«
»Und Sie halten es hier aus?« fragte er mit einem Blick auf das armselige Wirtshaus und das graue, windschiefe Dorf.
»Warum soll ich es nicht aushalten? Aber wollen Sie sich nicht setzen?«
»Mein Gott«, sagte Matrey, »Sie sind abgemagert.«
»So, bin ich das?« Sie blickte an sich hinunter. »Nun, macht nichts.«

»Juliane«, fragte er plötzlich mit Schärfe, »warum tun Sie das?«

»Was?«

»Sie opfern sich auf. Warum? Wofür?«

»Aufopfern?« Sie schaute ihn erstaunt an. »Das tu ich doch gar nicht. Ich bin gern hier, und es macht mir Freude, selbständig zu entscheiden, was zu tun ist. Ich habe eine Menge gelernt.«

Noch schärfer sagte er: »Sie tun es für Doktor Heckliff.«

Sie warf ihm einen kalten forschenden Blick zu, und ihr Gesicht verfinsterte sich.

»Nein«, sagte sie, »Sie irren.«

»Für wen also?« fuhr er eindringlich fort.

»Für wen? Nun: es ist niemand andrer da, der die Kinder pflegen könnte.«

Er behielt sie hartnäckig im Auge. »Sind Ihnen diese Kinder hier so wichtig?«

Sie wurde allmählich ärgerlich. »Warum fragen Sie solche Dinge? Sie sehen, daß ich hier nötig bin.«

Er wurde um einen Schatten blasser und sagte, plötzlich einlenkend: »Wollen Sie nicht mitkommen? Sie sehen elend aus. Kommen Sie auf einige Wochen zu uns. Lassen Sie sich pflegen. Ich werde mit Doktor Heckliff reden.«

»Ach was«, sagte sie, von dem fruchtlosen Gespräch erschöpft, »ich kann nicht weg, solange die Kinder noch krank sind.« Er sprang auf. »Die Kinder! Diese Kinder! Sie, Juliane Sie sind wichtig. Hier ist nicht der Platz für Sie.«

Sie schaute ihn ruhig an, doch in ihren Augen lag offene Feindschaft. »Ich muß jetzt gehen«, sagte sie. »Leben Sie wohl.« Sie eilte rasch zwischen den Hütten davon, ohne sich um ihn zu kümmern.

Nach einer durchwachten Nacht kam sie erst gegen Mittag nach Hause. Die Wirtin lief ihr aufgeregt entgegen. »Der Herr Matrey war da und hat ein Paket für Sie abgegeben und einen Korb. Er wollte auf Sie warten, aber ich hab' gesagt, Sie kommen den ganzen Tag nicht heim.«
Das Paket enthielt Schokolade und Dosen mit Eingemachtem, und in dem Korb waren mehrere Flaschen Obstsaft und Portwein. Juliane aß rasch und begierig von allem etwas und trank in großen Zügen von dem schweren süßen Wein gleich aus der Flasche. Dann packte sie das meiste in ihre Mappe und eilte aus dem Haus. Vor der Tür stieß sie mit Heckliff zusammen.
»Was schleppen Sie denn da?«
»Obstsaft und Süßes.«
»Wieso?«
»Matrey hat es mir gebracht.«
Sie schauten sich an, und in ihren Augen lag für die Dauer einiger Sekunden ein Ausdruck von übereinstimmender Verachtung. Juliane entzog sich dieser Empfindung zuerst; sie tat es mit einem kurzen Lachen, das nicht echt war. »Wissen Sie«, sagte sie, »daß ich betrunken bin? Ich hab' zwei Flaschen Portwein bekommen.«
»Und ausgetrunken?«
»Nein, das nicht gerade.« Sie lachte ausgelassen. »Aber kommen Sie nachher mit hinauf, wir trinken zusammen.«
Er betrachtete sie besorgt und mißtrauisch. Während sie von Hütte zu Hütte gingen, wurde Juliane immer stiller. Als sie ihren Rundgang beendet hatten, sagte Heckliff: »Was meinen Sie dazu, wenn ich Sie gleich heute mit nach Hause nehme?«

»Wieso denn?« Sie runzelte die Stirn.

»Sie haben hier genug getan. Wir können jetzt die Kinder ohne Sorge...«

»Nein«, rief sie heftig, ohne ihn ausreden zu lassen, »ich will nicht. Warum läßt man mich nicht zu Ende tun, was ich angefangen habe?«

Er warf ihr einen triumphierenden Blick zu, aber er sagte ruhig, fast gleichgültig: »Also schön. Wie Sie wollen.« Als er schon auf dem Wägelchen saß, rief er noch einmal: »Wollen Sie nicht doch mitkommen?«

Sie schüttelte den Kopf, müde und fast sanft. Er zog an, und bald war das Gefährt in der Dunkelheit verschwunden. Sie ging langsam und unsicher ins Haus. Sie hatte keine Nachtwache vor sich und freute sich auf den Schlaf. Schon halb träumend, sah sie Heckliffs besorgtes Gesicht noch einmal vor sich, und sie lächelte, ohne zu wissen, daß sie es tat. Mit diesem Lächeln schlief sie ein.

Am nächsten Tag stand wieder das dunkelrote Auto Matreys vor dem Wirtshaus, als Juliane nach Hause kam.

»Vielen Dank für das Paket und den Korb«, sagte Juliane hastig und verlegen. »Die Kinder haben immer so sehr Durst, und es ist wunderschön, daß ich ihnen jetzt etwas Obstsaft geben kann.«

Er verzog keine Miene. »Ich habe mit Doktor Heckliff gesprochen«, sagte er, »und er meint, Sie brauchen Erholung.«

»Möglich«, erwiderte sie schroff. »Im übrigen möchte ich Sie etwas bitten: kommen Sie nicht mehr hierher.«

»Warum nicht?«

»Ihr großes Auto und Ihr Anzug und das alles, es paßt nicht in dieses Dorf. Die Leute sind sehr arm. Es sind die Arbeiter aus Ihrem Steinbruch. Man soll diese Leute nicht verärgern, verstehen Sie?«

Er zuckte die Achseln. »Sie haben sehr sonderbare Ansichten in solchen Fragen«, sagte er ungeduldig, aber er begriff sofort, welchen Fehler er gemacht hatte, und er setzte freundlich hinzu, während er den Motor anließ:

»Werden Sie mir wenigstens gestatten, einen Korb Obstsaft zu schicken für die Kinder?«

»O ja, mit Freude.«

Sie blickte ihm nach, bis die Staubwolke, die hinter ihm herfegte, sich wieder verzogen hatte. Dann schüttelte sie den Kopf, erst befremdet und erstaunt, dann zornig, und sie ging rasch ins Haus.

Vierzehn Tage nach diesem Gespräch war, wie Heckliff es vorausgesagt hatte, der letzte Patient gesund. Es war ein Sonntag, Mitte Dezember. Der Tag war warm, als wäre es Frühherbst. Ein lauer, schwerer Föhn strich von den Bergen her. Die Kinder, von Juliane noch sorgfältig in Mützen und Tücher verpackt, spielten vor dem Dorf. Juliane konnte die Straße überschauen bis zu den Hügeln, hinter denen das Schloß lag. Endlich erhob sich eine kleine Staubwolke über der Straße. Gedankenlos verfolgte Juliane das Nahekommen des kleinen Gefährts. Sie fühlte sich unbehaglich und etwas fiebrig. Heckliff saß ohne Hut auf dem Wägelchen, dessen Verdeck zurückgeschlagen war. Sein Mantel stand vorne offen, seine schwarzen Haare wehten im Wind, und er trug eine bunte Krawatte, was ihm etwas Verwegenes gab. Juliane betrachtete ihn ein wenig belustigt und zugleich bestürzt.

»Hallo, alles fertig?« rief er vergnügt. »Wir fahren gleich zurück, das Wetter ist ja prachtvoll.«

Sie kletterte mühsam zu ihm auf das Wägelchen, während er ihr weniges Gepäck verstaute. Die Wirtin eilte aus dem Haus und drängte Juliane zum Abschied einen Gerstenkuchen auf.
»Fahren wir«, sagte Juliane müde und lehnte sich zurück. Sie hatte außer der Wirtin niemand gesagt, daß sie an diesem Tag wegfahren würde. Aber die Kinder rannten von überall her und liefen eine Weile winkend, schreiend und schluchzend neben dem Wagen, bis sie atemlos zurückbleiben mußten. »Ich komme wieder, euch besuchen«, rief Juliane. Dann schloß sie die Augen und schaute sich nicht mehr um. Nach einiger Zeit fühlte sie Heckliffs Hand fest und warm auf der ihren. Einen Augenblick gab sie sich dem beruhigenden Gefühl seiner Nähe hin, dann zog sie sie hastig zurück. Als sie es endlich wagte, die Augen aufzuschlagen, sah sie, daß er in trübe Schwermut versunken vor sich hinstarrte, die Zügel schlaff in der Hand.
Sie schaute ihn lange an, und plötzlich fühlte sie sich versucht, ihren Arm um seine Schultern zu legen. Der Wunsch wurde immer stärker, je mehr sie sich darüber entsetzte und der Unmöglichkeit bewußt wurde. Plötzlich aber zog Heckliff die Zügel heftig an und ließ das Pferd in scharfen Trab fallen. Juliane fuhr erschrocken zusammen, dann wandte sie sich ab, und in ihr Gesicht trat ein Ausdruck von finsterer Verstocktheit, der allmählich in Bitterkeit überging und sie um viele Jahre älter erscheinen ließ. Als sie an der Schloßmauer entlangfuhren, sagte Heckliff unvermittelt: »Matrey läßt Ihnen sagen, daß Sie für ein paar Wochen sein Gast sein sollen.« Als sie keine Antwort gab, drehte er sich schroff zu ihr um. »Soll ich halten?« fragte er. Wäre sie nicht so müde und nicht so verletzt gewesen, hätte sie bemerken müssen,

daß ihn eine ungewöhnliche Spannung erfüllte, die mit Trauer vermischt war. So aber sagte sie böse: »Wie Sie wollen.«
Er schwieg, bis sie am Tor angelangt waren. »Nun?« fragte er mit einer Stimme, die ganz kalt war. »Ihre Sachen kann ich Ihnen bringen lassen.«
»Schön«, sagte sie ebenso kalt, »dann bleibe ich gleich hier.«
Ohne noch einmal nach ihm zu sehen, sprang sie vom Wagen und ging, steif vor Müdigkeit und Trotz, in den Park. Als sie das Rollen des Wagens nicht mehr hörte, lehnte sie sich an einen Baum und kämpfte mit den Tränen. Dann ging sie rasch weiter.
Bei einer Wegbiegung sah sie, daß Matrey ihr entgegenkam.
Er schien sie nicht erwartet zu haben, denn er stutzte, als er sie sah. Plötzlich aber veränderte sich sein Gesicht und drückte nichts mehr aus als Genugtuung, die fast offener Triumph war. Juliane antwortete ihm mit einem Blick, in dem noch die Kälte des Abschieds von Heckliff lag und der ihn sichtlich verletzte; aber er setzte sich darüber hinweg.
»Wollen Sie sich ausruhen?« fragte er gelassen. »Sie sind blaß, Juliane.«
»Nein, nein«, sagte sie mit unnötiger Heftigkeit, »ich bin nicht müde. Ich möchte eine Weile im Park bleiben.«
»Aber es wird kühl«, erwiderte er nachsichtig. »Der Himmel trübt sich.«
Sie hörte nicht auf ihn. »Es ist noch warm«, sagte sie eigensinnig. Sie machte es ihm schwer, ein Gespräch zu beginnen, und schließlich zog er es vor, zu schweigen und von Zeit zu Zeit einen erstaunten und abwartenden Blick auf sie zu wer-

fen. Sie wanderten durch den ganzen Park. Inmitten eines Dickichts von Weiden und Gesträuch lag ein kleiner, halb verlandeter Teich. Eine verfallene Mauer lief auf einer Seite des Wassers hin. Durch das hohe dürre Schilf schien die untergehende Sonne auf die grauen Steine. Ohne sich um ihren Begleiter zu kümmern, so, als wäre sie allein, setzte sich Juliane auf die Mauer und schaute auf das regungslose Wasser. Sie hörte Matrey etwas sagen, aber sie war dessen nicht sicher, ob er wirklich gesprochen hatte, und sie war zu müde, um zu fragen. Unklar wußte sie, daß sie Fieber hatte, aber sie kämpfte dagegen an. Matrey hatte sich schweigend neben sie gesetzt. Sie verbot es sich ihn anzusehen, und schließlich gelang es ihr zu glauben, es sei Heckliff, der neben ihr saß. Aber diese Vorstellung verwirrte sie so tief, daß sie in plötzlichem Entschluß sich zu Matrey wandte, und in diesem Augenblick dachte sie neugierig: »Was würde geschehen, wenn ich mich an ihn lehnte?« Sie rückte weiter von ihm ab, indem sie sich von ihm wegbeugte, um einen Stein aus der Mauer zu lösen. Kaum hatte sie Matrey aus dem Auge gelassen, sah sie wieder Heckliff neben sich sitzen. »Ich friere«, sagte sie sich, »deshalb zittere ich. Ich will ins Haus gehen. Dann ist dies alles vorüber.« Sie drehte sich von neuem Matrey zu, und nun begegneten sich ihre Augen. Sie begriff sofort, daß er sie schon eine Weile beobachtet haben mußte, denn er vermochte nicht sofort den Ausdruck von lauernder Spannung zu unterdrücken. So maßen sie sich einen Augenblick wie offene Gegner. Dann lächelte Matrey freundlich und sagte: »Wird Ihnen nicht kalt, Juliane?«

»Nein«, erwiderte sie kurz, während sich ihre Augen verdunkelten. Dann begann sie wieder schweigend ins Wasser zu schauen. Die Sonne war untergegangen, und es fing an zu dämmern.

Plötzlich fühlte sich Juliane von solchem Haß gegen Heckliff erfüllt, daß sie leise stöhnte, und einen Augenblick später wußte sie, daß jetzt etwas geschehen mußte. »Wenn die Krähe dort nach rechts fliegt, wage ich es«, sagte sie sich. Die Krähe blieb endlos auf dem kahlen Baum sitzen, und Juliane fühlte mit einem Male, wie sie mit geschlossenen Augen die Hand hob, um den Arm Matreys zu berühren. Aber als sie die Augen öffnete, sah sie, daß ihre Hände noch immer auf ihren Knien lagen. Eine verzweifelte Angst überfiel sie, daß die Stunde vergehen würde, ohne daß sie gewagt hätte, es zu tun. In einem jähen und wilden Entschluß, der plötzlich ohne ihren Willen gefaßt worden war, tastete sie, ohne hinzusehen, nach der Hand Matreys. Sie zuckte zusammen, als sie die fremde, kühle Hand berührte. Zitternd vor Aufregung strich sie über sein Gelenk. Sie stieß an die harte Manschette und erschrak, aber sie ließ sich nicht beirren. Kein Widerstand und kein Entgegenkommen antwortete ihr. Der Teich wurde schwarz. Ein Schwarm Krähen fiel in die Weiden ein und lärmte. Plötzlich entzog sich ihr Matrey heftig, und er sagte leise: »Was tun Sie? Warum tun Sie das?«

»Ich weiß nicht«, antwortete sie laut.

Er stand auf und sagte ebenso laut, fast schroff: »Ich wollte, Sie wüßten es.«

Sie schwieg verwirrt. Der Ausdruck seines Gesichts, undeutlich in der Dämmerung, erschreckte sie. Er blieb vor ihr stehen und sagte ohne jeden Klang in der Stimme: »Woher sollten Sie es auch wissen? Ich liebe Sie.«

»Nein«, sagte sie, mit einem Schlag ernüchtert, »das ist

nicht wahr. Ich weiß es besser. Aber das schadet nichts. Es genügt.«
Er starrte sie verblüfft an. Sie stand auf. »Jetzt friere ich.«
Er stellte sich ihr in den Weg. »Juliane«, fragte er, »was soll das heißen: es genügt?«
»Ich weiß nicht«, murmelte sie, und das war in diesem Augenblick wahr. Sie wollte an ihm vorübergehen, aber er hielt sie am Arm fest. »Warten Sie«, sagte er, und plötzlich fühlte sie, daß er sich in ungewöhnlicher Erregung befand. »Ich werde Sie jetzt etwas fragen, Juliane«, fuhr er fort. »Und Sie müssen mir antworten, denn Sie wissen die Antwort.«
»Was ist es?« fragte sie kühl abwartend. Er ließ ihren Arm los.
»Wollen Sie hierbleiben?« Er schaute sie nicht an, als er dies sagte.
Kühl und spöttisch antwortete sie: »Sie haben es doch mit Doktor Heckliff verabredet, daß ich einige Wochen hierbleiben soll.«
»Ach«, rief er ungeduldig, »lassen Sie das jetzt. Sie wissen, was ich meine. Sie sollen hierbleiben für immer, verstehen Sie denn nicht?«
»Und was soll ich hier tun?« fragte sie erstaunt.
»Mein Gott«, rief er aus, »sagte ich Ihnen nicht, daß ich Sie liebe? Ich möchte Sie zur Frau haben, Juliane. Ist das endlich deutlich genug?«
»Ich weiß nicht«, sagte sie, plötzlich erschöpft und unfähig, ihn zu verstehen. Sie fühlte nichts mehr außer dem Wunsch zu schlafen, endlos zu schlafen.
»Ich möchte ins Haus, ich bin müde«, sagte sie leise. Er bot ihr seinen Arm und führte sie stumm ins Haus. Sie erinnerte sich später undeutlich daran, daß Matreys alte Haushälterin

sie in ein warmes, helles Zimmer brachte, und daß sie bald darauf im Bett lag. Sie erwachte vom Klirren des Kaffeegeschirrs, das jemand neben sie auf ein Tischchen stellte, aber sie war zu müde, um aufzublicken. So schloß sie die Augen wieder und wartete, bis Aline, die Haushälterin, gegangen war. Dann richtete sie sich langsam auf und betrachtete staunend, was man ihr gebracht hatte. Sie dachte daran, daß sie Tags zuvor noch ihren Kaffee im Stehen in einer kahlen Kammer getrunken und eilig ein Stück trockenen Brots dazu gegessen hatte: Nun saß sie da und war zu müde, um zu essen, was man ihr ans Bett gestellt hatte. Endlich goß sie sich eine Tasse Schokolade ein. Wie lange, dachte sie sich, habe ich keinen solchen Morgen mehr erlebt, wie lange habe ich keinen solchen Frühstückstisch mehr gesehen? Seit meiner Kinderzeit nicht mehr, seit Mutters Tod nicht mehr.

Sie ließ ihren Blick durch das Zimmer wandern und versuchte sich vorzustellen, daß all diese hübschen Dinge ihr Eigentum sein würden, sobald sie wollte, aber dieser Gedanke bereitete ihr kein Vergnügen, sondern tiefes Unbehagen, und sie wünschte, das Gespräch am Teich wäre ein Fiebertraum gewesen.

Aline kam mit Waschwasser ans Bett.

»Aber ich kann doch aufstehen«, sagte Juliane erstaunt.

»Nein, gnädiges Fräulein«, sagte Aline, »Herr Matrey meint, Sie sind krank und sollten liegenbleiben.«

»So, meint er das? Aber sagen Sie nicht gnädiges Fräulein zu mir, sondern Fräulein Brenton.«

»Wie Sie wünschen. Aber Sie sollten sich wirklich erholen, gnädiges Fräulein. Herr Matrey hat mir erzählt, wie Sie sich für die Kinder da drüben aufgeopfert haben.«

»Ach was«, sagte Juliane ärgerlich, »ich habe mich nicht auf-

geopfert. Im übrigen haben Sie schon wieder gnädiges Fräulein gesagt.«
»Ich kann mich schwer daran gewöhnen. Aber Sie sollten es Herrn Matrey glauben: diese Leute hier sind es nicht wert, daß man sich für sie aufarbeitet.«
Juliane warf ihr einen Blick voll Mißtrauen zu, und Aline verstummte nachsichtig. Ehe sie ging, sagte sie: »Herr Matrey läßt fragen, ob er Sie besuchen darf.«
»Ja«, antwortete Juliane unsicher, und hastig fügte sie hinzu: »Ja, ja, bitte.«
Kurz danach klopfte es, und sie fuhr erschrocken zusammen. Es war die alte Frau. Mächtig und in ihrem schwarzen Seidenkleid rauschend kam sie herein.
»So«, sagte sie, »da hat man Sie also gefangen.«
Juliane war zu betroffen von diesem Ausruf, um gleich eine Antwort zu finden, und die alte Frau fuhr wohlwollend fort: »Endlich müssen Sie Ruhe geben. Das wird Ihnen gut tun. Sie arbeiten sich ja halb zu Tod. Heckliff kann froh sein, eine solche Hilfe zu haben.«
Juliane zog die Brauen zusammen. Sie bemerkte deutlich, daß sie einer Prüfung unterworfen wurde. Die alte Frau fuhr fort: »Aber er mutet Ihnen ein bißchen viel zu, finde ich. Sie so allein da hinüberzuschicken zu diesen Steinbrucharbeitern, das ist . . . na, er wird ja wissen, was man von Ihnen verlangen kann.«
»Ja«, sagte Juliane und strich sich nervös die wirren Haare aus der Stirn. Nach einer kleinen Pause sagte die alte Frau plötzlich: »Sie brauchen mir nichts zu erzählen, gar nichts. Ich möchte Ihnen nur eines sagen: Was immer geschehen wird – kein Mensch stirbt an gebrochenem Herzen, und keiner ist je daran gestorben. Das sind Märchen.«

Juliane richtete sich hastig auf. »Was meinen Sie damit? Ich verstehe kein Wort.«

Sie wurde sanft in die Kissen zurückgedrängt: »Sie wollen sich nicht gebunden fühlen, das ist alles. Lassen Sie sich Zeit.«

Als sie gegangen war, lag Juliane lange still mit weitoffenen Augen. »Sie glaubt nicht daran, daß ich hierbleibe«, sagte sie sich. »Oder meinte sie, ich sollte mich Heckliff nicht verpflichtet fühlen?« In diesem Augenblick kam es ihr erst wirklich zum Bewußtsein, was Matrey ihr am Abend vorher gesagt hatte: »Ich liebe Sie.« Ein rascher Schrecken durchzuckte sie, und sie fragte sich, ob es vielleicht doch sein Ernst war. Aber ein unbeirrbares Gefühl, stärker als jede vernünftige Überlegung, sagte ihr, daß sie ihm nicht glauben durfte. Plötzlich fand sie sich bei dem Gedanken, wie es wäre, wenn Heckliff ihr das gesagt hätte. Sie gab sich Mühe, sich dabei sein Gesicht und seine Stimme vorzustellen, und diese flüchtige Versuchung genügte, um sie in Verwirrung und Mißmut zu stürzen. Hastig griff sie nach dem Buch, das auf ihrem Tischchen lag. Nachdem sie eine Seite gelesen hatte, schlief sie ein. Zweimal im Laufe des Tages hörte sie die Tür gehen und Matrey ihren Namen rufen. Aber sie brachte nicht die Kraft auf, ihm zu antworten. Als sie endlich zu sich kam, war es so dunkel geworden, daß der schmale Glutstreifen, der einen Sprung im Kachelofen verriet, das einzige war, was sie sehen konnte. Man ließ sie völlig in Ruhe, und sie war dankbar dafür.

Als sie am nächsten Morgen aufstehen wollte, mußte sie erleben, daß sie kaum stehen konnte. Sie versuchte es immer wieder, aber endlich ergab sie sich mit einem tiefen Seufzer darein, daß sie liegen mußte.

Es hatte zu schneien begonnen, und sie gewöhnte sich daran, stundenlang in das Schneegestöber zu schauen und sich nichts weiter zu wünschen, als liegen und ausruhen zu dürfen. Tag um Tag verging, ohne daß sie es eigentlich merkte. Bisweilen kam die alte Frau, hin und wieder auch Matrey, meist aber lag sie allein. Manchmal dachte sie: »Ob wohl Heckliff nach mir gefragt hat?« Aber dieser Gedanke entfiel ihr wieder wie alle anderen und hinterließ keine Verletzung.

Am Tag vor Heiligabend stand sie zum erstenmal auf und war fast enttäuscht darüber, daß sie sich mühelos bewegen konnte. Sie setzte sich ans Fenster, die Hände im Schoß, und blickte in den tief verschneiten Park hinaus. Ein schmaler Weg führte zwischen hohen Schneemauern zum Schloß. »Warum sie wohl den Weg ausgeschaufelt haben«, dachte sie verwundert. Eine Weile später sah sie Matrey mit Paketen beladen zum Schloß hinübergehen. Alines Mann Joseph, der Diener, Fahrer und Gärtner in einer Person war, schleifte einen riesigen Tannenbaum hinter sich her. Dieser Anblick erregte sie lebhaft und erweckte einen wirren Knäuel von Empfindungen in ihr. Mit einem Schlage wich die tiefe Verzauberung, in der sie während ihrer Genesung gelebt hatte, und sie dachte mit Beklemmung über ihre Lage nach. Als gegen Abend Matrey zu ihr kam, fand er sie in großer Unruhe. Mitten in einem belanglosen Gespräch fragte sie plötzlich nach Heckliff.

»Wir haben täglich drüben Bescheid sagen lassen, wie es Ihnen geht«, sagte Matrey kühl.

»Und... ist drüben alles in Ordnung?« Es schien ihr, als zögerte Matrey mit der Antwort. Drängend wiederholte sie ihre Frage.

»Aber ja«, sagte Matrey rasch und leichthin, »alles ist friedlich, wie es sich zu Weihnachten gehört.«
In der Nacht darauf fand Juliane keinen Schlaf. Der Wind hatte sich erhoben und heulte im Schornstein. Juliane stopfte sich Watte in die Ohren und zog die Decke über den Kopf. »Ich muß hinüber«, sagte sie sich hundertmal, und ebenso oft antwortete sie sich selbst: »Zu Weihnachten? Nein, niemals. Und niemals wieder.«
Als sie nach einem kurzen Schlaf erwachte, stand ein trüber Tag vor dem Fenster, und Regentropfen schlugen an die Scheiben. Über Nacht war Tauwetter gekommen, und der Schnee lag grau und naß auf dem Rasen. Der Weg zum Schloß stand voll Wasser.
Juliane machte sich rasch fertig. Dann klopfte sie an Matreys Zimmer, aber sie fand nur Joseph, der dort Staub wischte. Juliane zog die Tür hinter sich zu.
»Joseph«, sagte sie, »nicht wahr, bei Doktor Heckliff ist irgend etwas passiert.«
»Aber nein«, antwortete er zögernd. »Nur der Bub ist ein wenig krank. Grippe hat er, glaube ich. Das ist alles.«
»Grippe?« rief Juliane. »Scharlach hat er, das wird es sein. Warum hat man mir das nicht gesagt?«
»Gnädiges Fräulein«, sagte Joseph vorsichtig, »Sie haben Ruhe nötig gehabt.«
»Ach was.« Juliane war ärgerlich; aber sie faßte sich sofort wieder: »Bitte, sagen Sie Herrn Matrey, daß ich hinübergehe, um nachzusehen.«
Joseph ließ den Staubwedel sinken und schaute sie bestürzt an. »Aber am Abend... Entschuldigen Sie, aber ich möchte nur sagen, daß Herr Matrey sich so auf den Abend freut, und es wäre schlimm, wenn Sie nicht da wären.«

»So?« sagte sie kurz.

»Ja«, fuhr Joseph fort, eifrig bemüht, sie zu überzeugen, ohne zuviel zu sagen. »Es hat viele Jahre keinen Weihnachtsabend mehr gegeben in seinem Haus.«

Juliane schaute ihn interessiert an. »Wie lange nicht?«

»Ach, so etwa zwanzig Jahre nicht.«

Juliane spielte mit einem Bleistift und sagte lauernd: »Warum gerade zwanzig Jahre nicht?«

Plötzlich vermochte sie ihre Spannung nicht mehr zu beherrschen, und sie sagte: »Nicht wahr, Sie haben meine Mutter gekannt?«

»Ja, das habe ich«, antwortete er zögernd.

»Gut gekannt?« fragte sie weiter.

»Ihre Mutter war sehr oft bei uns.«

»Joseph«, sagte sie entschlossen, »ich weiß, daß Sie die ganze Geschichte kennen. Warum erzählt mir hier niemand die Wahrheit?«

Er zuckte hilflos die Achseln. »Wie soll ich die Wahrheit wissen?« fragte er bekümmert ausweichend.

»Sie wissen sie«, sagte Juliane streng. »Warum hat meine Mutter nicht Herrn Matrey geheiratet?«

Joseph warf ihr einen mitleidigen, väterlichen Blick zu. »Weil, wenn ich es sagen soll, sie einen andern geliebt hat.«

»Meinen Vater?«

»Ich weiß es nicht.«

Juliane war zornig. »Lassen Sie diese Ausflüchte. Es war Doktor Heckliff.«

Joseph schwieg, und sie fuhr fort: »Warum hat Doktor Heckliff sie nicht geheiratet? Weil jemand im Wege stand, nicht wahr.«

Joseph strich nervös mit den Händen über die Tischplatte.

Plötzlich sagte er: »Wenn ich etwas sagen darf: Sie sollten sich damit nicht beschäftigen. Das ist vergangen. Aber vielleicht wäre es gut, wenn Sie heute abend hier wären.«
Es war deutlich zu merken, daß er etwas ganz anderes hatte sagen wollen. Juliane sagte hastig: »Ich will es versuchen. Sagen Sie es Herrn Matrey.«
Ehe sie das Haus verließ, blieb sie eine Weile mitten in dem Zimmer stehen, in dem sie so friedvolle Tage verbracht hatte. Dann ging sie rasch fort. Das Wasser stand knöcheltief auf dem Weg zum Parktor. Der Regen schlug ihr ins Gesicht. Als sie das Doktorhaus sah, atmete sie tief auf.
Aus dem Wartezimmer drangen die Stimmen der Patienten. »Er ist noch da«, dachte Juliane und blieb vor der Sprechzimmertür stehen. Sie hörte das vertraute Klirren von Metall auf Glas, das Tropfen des Wasserhahns, der nicht mehr dicht schloß, die tiefe, rauhe Stimme Heckliffs, und sie empfand für Augenblicke eine heftige und glückliche Erregung.
Katharina erschien in der Küchentür. Ihre Augen weiteten sich, als sie Juliane sah, doch es wurde ihr keine Zeit gelassen zu staunen. Juliane machte eine Bewegung nach Sebastians Zimmer. »Scharlach?« fragte sie.
Katharina konnte vor Verblüffung nur nicken.
»Wieviel Fieber?«
»Ich weiß nicht.«
Juliane stürzte über die Stiege. Sebastian verschlang sie mit den fieberglänzenden Augen. »Bleibst du da?« fragte er.
»Ja.«
»Ganz?«
»Ja.« Sie steckte ihm das Thermometer in die Achselhöhle. »Lieg still, bis ich wiederkomme.«
Sie ging in ihr Zimmer. Frierend betrachtete sie die kahlen,

weißen Wände, das rauhe Bett, den nackten Fußboden. Sie starrte eine Weile durch das vergitterte Fenster in den Regen hinaus, dann kehrte sie zu Sebastian zurück.
»Erzähl mir was«, bat er. »Das von der Schneekönigin.«
Sie setzte sich und begann: »Es war einmal...«
Er unterbrach sie: »Nein, da sollst du weitererzählen, wo Gerda zu den Räubern kommt. Da sind wir stehengeblieben.«
»Das weißt du noch? Es war vor zwei Monaten. Also: Und in der Höhle saß die uralte Räubermutter. Sie hatte einen Stoppelbart wie ein Mann, und sie saß am großen Feuer und stocherte in der Glut. Da sprang ihr das kleine Räubermädchen an den Hals und küßte sie mitten auf den Bart.«
Sebastian lachte laut. In diesem Augenblick öffnete sich die Tür, und Heckliff trat ein. Juliane hörte auf zu erzählen und schaute ihm entgegen. Nachdem er eine Weile regungslos auf der Schwelle stehengeblieben war, sagte er leise und rauh: »Sie sind da?«
»Ja«, sagte Juliane, »ich hörte, daß Sebastian krank ist.«
Sebastian rief eifrig: »Und sie bleibt jetzt wieder ganz da, hat sie gesagt.«
Heckliff kam langsam näher. »Scharlach«, sagte er.
»Mehr Fälle im Dorf?«
»Noch nicht.«
Während er Sebastians Puls zählte, murmelte er: »Und Sie... sind Sie heute abend hier?«
Sie nickte. Er machte eine unbestimmte fahrige Bewegung mit den Händen, die sie noch nie an ihm gesehen hatte. Dann ging er rasch aus dem Zimmer.
»Erzähl weiter«, bat Sebastian. Sie tat es, bis er eingeschlafen war.

Nach einer Weile kam Katharina und sagte: »Ich soll dem Fräulein bestellen, daß der Herr Doktor in die Stadt gefahren ist und erst am Abend wiederkommt... Bei dem Sauwetter!« fügte sie grollend und vorwurfsvoll hinzu.
Der Nachmittag verging sehr langsam. Juliane saß bei Sebastian und beobachtete ihn, wenn er schlief, und sie erzählte ihm die Geschichte weiter, wenn er wach war. Der Wind heulte, und der Regen, der hart an die Fenster schlug, begann sich mit großen nassen Flocken zu untermischen. Als es dämmerte, glaubte Juliane das vertraute Rollen des Wägelchens zu hören. Sie eilte hinunter und öffnete die Haustür. Aber Regen, Schnee und Dämmerung woben einen dichten, trüben Vorhang und verhängten die Sicht auf die Hochebene. Als das Rollen so deutlich geworden war, daß kein Zweifel mehr blieb, lief sie rasch durch den Regen zur Remise und öffnete die Torflügel, daß der Wagen gleich von der Straße aus einfahren konnte. Mit feuchten Haaren und nassen Strümpfen blieb sie im Hausflur stehen, bis sie Heckliffs Schritte hörte. Dann eilte sie zu Sebastian. Ohne Licht zu machen, setzte sie sich ans Fenster. Sie hörte Heckliff eilig und fast geschäftig umhergehen. Es schien ihr, als hörte sie das Schleifen von Tannenästen im Hausflur. Sie erschrak. »Er wird doch keinen Christbaum schmücken«, dachte sie. »Das wäre unerträglich.« Sie begann angestrengt auf die leisen Geräusche im Haus zu lauschen. Einmal fiel im Hausflur etwas auf den Pflasterboden und zersprang mit einem hellen Klirren. »Eine Glaskugel vom Christbaum«, sagte sie sich. Verzweifelt klammerte sie sich an den Gedanken, daß Heckliff den Baum Sebastians wegen schmücken wollte. »Man muß dem Buben etwas zu Weihnachten schenken«, dachte sie. Leise ging sie in ihr Zimmer und suchte nach einem Ge-

schenk. Sie fand eine Schachtel Konfekt, die ihr Matrey nach Steinfeld-Nord geschickt hatte. Dann nahm sie aus ihrem Koffer eine kostbare Ausgabe der Odyssee, die ihre Mutter in Schweinsleder hatte binden lassen. Mit der Schachtel und dem Buch in den Händen blieb sie eine Weile mitten im Zimmer stehen, frierend und unsicher.
Plötzlich wurde die Glocke an der Haustür heftig gezogen. Heckliff war im nächsten Augenblick an der Tür. Einige Minuten später verließ er das Haus, nachdem er Katharina zugerufen hatte: »Eßt ohne mich. Es wird ein paar Stunden dauern. Eine Entbindung...«
Das Haus versank in der Stille. Juliane ging in Heckliffs Arbeitszimmer. Hier stand der Christbaum, fast fertig behangen mit Silberfäden und Kugeln. Auf dem Schreibtisch lagen einige Pakete, noch fest verschnürt. Juliane betrachtete den Baum mit jener unwillkürlichen Freude, die sein Anblick hervorruft, aber bald verdüsterte sich ihr Gesicht, und sie wandte sich rasch ab, als hätte sie etwas Unpassendes und Beschämendes getan. Eilig raffte sie einen der Tannenzweige auf, die Heckliff vom Baum geschnitten hatte, steckte eine Kerze darauf und trug ihn zu Sebastian. Sie stellte die Schachtel Konfekt daneben und wartete auf sein Erwachen. Als er die Augen aufschlug, zündete sie die Kerze an. Er schaute verwundert darauf. »Heut ist der Heilige Abend«, sagte Juliane. »Hast du vergessen?« Sie schob ihm die Schachtel zu. »Oh«, sagte er, als er die Süßigkeiten sah. Dann schloß er den Deckel wieder und versank von neuem in einen unruhigen Fieberschlaf. Juliane ließ das Kerzchen brennen, und ihre Gedanken wanderten unruhig zwischen dem Doktorhaus und dem Schloß hin und her. Ihre Augen gingen durch die kahle kleine Kammer mit den nackten wei-

ßen Wänden, und sie stießen sich daran. Es fiel Juliane leicht, sich hinwegzuträumen und sich das Zimmer im Schloß vorzustellen, in dem sie nun behaglich hätte sitzen können, wenn sie wollte. Plötzlich überfiel sie ein blinder Haß gegen dieses Haus, in dem eine unfaßbare Gewalt sie festhielt, stärker, als Heckliffs Wunsch oder ihre Armut es taten. Sie legte ihr Gesicht in ihre Hände und verhielt sich so angespannt regungslos, als fürchtete sie, durch die leiseste Bewegung ihre Fassung zu verlieren und in wildem Zorn irgend etwas zu zertrümmern. Aber die Versuchung ging vorüber und hinterließ nichts als die Spur einiger Tränen auf Julianes Wangen. Sie fühlte plötzlich den Wunsch, auch Katharina zu beschenken, und sie ging wieder in ihr ödes, eiskaltes Zimmer, um in ihrem Schrank zu wühlen, in dem sie schließlich drei seidene Taschentücher fand. Langsam stieg sie die Treppe hinunter. Außer dem leisen Geräusch des Kohlenfeuers war kein Laut aus der Küche zu hören. Katharina saß am Herd, die Hände verschlungen, als ob sie selbst im Schlaf sie noch ringen wollte. Sie schlief mit fest geschlossenem Mund und strengem Blick. Juliane legte die Taschentücher neben sie und schlich hinaus. Dann schmückte sie den Christbaum fertig, fegte die Tannennadeln zusammen, legte ihr Geschenk für Heckliff auf den Schreibtisch, setzte sich in eine Ecke und wartete. Außer dem Ticken der Uhr war nichts zu hören.

»Nun warte ich auf ihn«, sagte sie sich, plötzlich grenzenlos verwundert. »Warum warte ich? Will ich mit ihm zusammen Weihnachten feiern?« Sie stieß einen zornigen Laut aus und stand auf. Aber einen Augenblick später setzte sie sich wieder, besiegt von einem Gefühl, das ihr ungestümes Herzklopfen bereitete. Sie versuchte sich zu betrügen. »Ich sitze hier, weil es wärmer und angenehmer ist als oben, und wenn ich Heckliff kommen höre, gehe ich hinauf.« Sie zog wahllos ein Buch aus dem offenen Regal und begann gierig zu lesen, ohne etwas zu begreifen. Die Uhr schlug zehnmal, elfmal. Eine Weile später schlief Juliane ein. Sie erwachte davon, daß ihr Buch mit einem Knall zu Boden gefallen war. Es war weit nach Mitternacht. »Heckliff wird längst nach Hause gekommen sein.« Sie war schlaftrunken und wünschte nichts anderes mehr, als zu Bett zu gehen. Aber sie vermochte nicht einzuschlafen. Das rauhe Bett wollte sich nicht erwärmen, und sie hörte unbestimmte Geräusche im Dorf, harmlose Nachtgeräusche, die sie auch sonst hätte hören können, wäre sie je um diese Zeit wach gewesen. Sie lag mit weitoffenen erschreckten Augen, bis sie, einem plötzlichen Entschluß gehorchend, aufsprang und zitternd vor Frost im Nachthemd über den Flur schlich. Sie drückte ihr Ohr an das rauhe alte Holz der Tür zu Heckliffs Zimmer und lauschte. Aber das Blut in ihren Ohren rauschte so laut, daß sie nichts außer diesem Rauschen zu hören vermochte.

»Er ist nicht heimgekommen«, sagte sie und fühlte sich mit einem Male von der heftigsten Sorge überfallen, daß ihm etwas zugestoßen sein könnte. »Ich muß wissen, ob er da ist«, dachte sie in verzweifelter Unruhe und legte ihre Hand auf die Klinke. Kälte und Erregung ließen sie so sehr beben, daß sie es ohne sonderliche Vorsicht tat. Die Tür sprang auf. Juliane blieb auf der Schwelle stehen, für die Länge eines Augenblicks erwacht, und sie begriff nicht, wie sie so viel Mut hatte aufbringen können. Sie wußte, daß alle Türen im Haus knarrten. Hatte es diese nicht getan, als sie aufging, so würde sie es gewiß tun, wenn man sie schloß. Juliane wagte nicht sich zu bewegen. Plötzlich fiel ihr ein, daß das Licht aus ihrer offenen Zimmertür hinreichte, um ihre Silhouette zu zeichnen. Wenn Heckliff im Zimmer war, so mußte er sie auf alle Fälle sehen. Trotzdem begann sie, sich Heckliffs Bett zu nähern, und keine Macht der Welt hätte sie jetzt davon abhalten können, dies zu tun, am allerwenigsten ihr eigener Wille. Es war ein Vorgang, ihr selbst so rätselhaft, daß sie am Tag darauf geneigt war zu glauben, sie habe geträumt. Von unbezwingbarer Neugier getrieben, beugte sie sich über das Bett. Es war leer. Dann schlich sie in ihr Zimmer zurück und fiel sofort in einen schweren tiefen Schlaf, aus dem sie am Morgen aufschreckte, vom Rollen des Wägelchens geweckt. Trotzdem Heckliff eine harte, schlaflose Nacht hinter sich hatte, war er vergnügt, als er zum Frühstück kam. Er erzählte bereitwillig von der langwierigen Entbindung und von der abscheulichen Fahrt nach Steinfeld-Nord. Alles, was er sprach, sagte er so knabenhaft verjüngt, daß sie ihn verwundert ansah. Eine sonderbare Furcht beschlich sie jedesmal, wenn sie ihn so guter Laune sah. Er erschien ihr dann etwa so wie jene gefährlichen Tage im Frühling oder Spätherbst, deren unbeschreibliche und unüberbietbare Klarheit der Vorbote der heftigsten Föhnstürme war. Nach dem Frühstück gingen sie in Heckliffs Arbeitszimmer. Er begann schweigend die Kerzen anzuzünden. Dann rief er Katharina. Sie kam mit rotem Gesicht und brachte den Duft einer bratenden Gans mit. Auf dem Tisch lagen die noch immer verschnürten Pakete.

»Das ist für Sie, Katharina«, sagte Heckliff. Sie nahm ihr Paket, ohne hineinzuschauen. »Besten Dank auch, Herr Doktor«, sagte sie kurz und eilte wieder hinaus. Vom Hausflur her rief sie zurück: »Und schönen Dank, Fräulein, für die Taschentücher.« Heckliff zog die Brauen hoch, ohne etwas zu sagen. Juliane schob das Papier auseinander, das ihr Ge-

schenk verbarg. Es war ein Ballen schwarzen Samts zu einem Kleid. Sie stieß, ohne es zu wollen, einen entzückten Seufzer aus. Dann aber wurde sie verlegen und erlitt alle Qualen eines Kindes, das sich bedanken soll und die lächerlichsten und stärksten Hemmungen empfindet. »Danke«, sagte sie schließlich kurz, während sie rot wurde. Dann schob sie Heckliff das Buch zu. Er nahm es vorsichtig in seine kräftigen, dunklen Hände, als wäre es etwas Zerbrechliches. »Für mich?« fragte er in tiefer Verlegenheit.
»Ach«, sagte Juliane fast streitsüchtig, »ich kann doch nichts Besseres für Sie finden, wenn ich nie von hier fortkomme.«
Er schlug das Buch auf, und während er darin blätterte, murmelte er: »Ich kann mich nicht mehr daran erinnern, daß mir jemand etwas geschenkt hat.«
Juliane wandte sich rasch ab. »Ich muß schnell zu Sebastian«, sagte sie und lief hinaus, den Stoffballen unterm Arm. Sie fand Sebastian im Bett sitzend. Er spielte mit einem Metallbaukasten und war vor Begeisterung und Eifer fast atemlos. »Vom Doktor«, sagte er, ohne aufzublicken.
Juliane ging in ihr Zimmer. Ehe sie den Stoff im Schrank verstaute, betrachtete sie ihn, doch jetzt schon nicht mehr mit Freude, sondern mit einem plötzlich erwachten Mißtrauen. Ihre Dankbarkeit war vergiftet durch den Gedanken, daß man ein solches Geschenk nur seiner Frau oder seiner Tochter macht oder auch einer Armen, die sich selbst kein anständiges Kleid mehr kaufen kann. Trotzdem konnte sie nicht widerstehen, den Stoff aufzurollen und ihn umzuhängen. Sie betrachtete sich voller Entzücken im Spiegel, besessen von dem Wunsch, diesen weichen dunklen Samt zu tragen. Plötzlich aber riß sie ihn von sich, rollte ihn hastig zusammen und schob ihn tief in den Schrank, während sie laut sagte:

»Ich will ihn nicht. Ich will kein Geschenk von ihm. Ich brauche kein Geschenk von ihm.« Die Heftigkeit ihrer Worte erschreckte sie selbst, und sie fiel in eine tiefe und tagelang anhaltende Verwirrung, während der ein wilder Plan in ihr reifte.

Am letzten Tag des Jahres sagte sie beim Mittagessen unvermittelt zu Heckliff: »Der Bub ist außer Gefahr, nicht wahr? Ich kann ihn unbesorgt allein lassen?«

Er blickte in Gedanken verloren langsam auf. »Ja, gewiß«, sagte er zerstreut. Sie erwiderte fest seinen Blick, der sein allmähliches Begreifen spiegelte. Später erinnerte sie sich lebhaft an diesen Blick, der sich allmählich verdunkelte, so wie ein heller Tag sich langsam und unaufhaltsam eintrübt, und so wie dieses Hinsterben des Lichts unter den aufziehenden Wolken sie jedesmal traurig stimmte, so auch dieses schwermütige Verstehen in Heckliffs Gesicht. Aber sie sagte laut und voll übertriebenen Trotzes: »Ich habe Matrey versprochen wiederzukommen.«

Er sagte nichts als: »Ja, es ist gut.« Dann aß er weiter, als wäre nichts geschehen. Noch während sie bei Tisch saßen, kam Joseph mit einem Briefchen, das an Heckliff gerichtet war und eine Einladung zu einer Schlittenfahrt enthielt. Heckliff reichte es Juliane. Sie las und schaute dann erwartungsvoll auf ihn. Sie sagte mühsam: »Sie fahren doch mit, ja?« In plötzlichem und leidenschaftlichem Eifer redete sie weiter: »Sehen Sie den blauen Himmel! Es wird wundervoll sein und gar nicht kalt. Wir fahren über die ganze Hochebene, nicht wahr?« Langsam hob er den Kopf. »Sie fahren mit, gewiß.«
»Und Sie auch. Sie doch auch.«

Er schüttelte kurz und heftig den Kopf.
»Warum nicht?«

»Keine Zeit.«
»Aber es ist doch niemand krank.«
Er schaute sie durchdringend an. Dann faltete er seine Serviette zusammen und ging aus dem Zimmer. »Viel Vergnügen«, sagte er, schon auf der Schwelle stehend.
Mit einem kurzen harten Laut schloß sich die Tür. Juliane blickte ihm verstört nach. »Das klang nach Verachtung«, sagte sie sich und wurde blaß. Dann sprang sie auf und lachte zornig, während ihr Gesicht in einem bösen Triumph zu glühen begann. »Er ist eifersüchtig«, dachte sie, und ihr Herz begann wild zu schlagen. Aber sie wies diesen Einfall schroff zurück. »Er liebt mich ja nicht. Wie kann er eifersüchtig sein?« Dieser Gedankengang schien ihr völlig einleuchtend, und dennoch vermochte er sie nicht zu überzeugen. In diesem Augenblick war der Plan, den sie seit Tagen hegte, ausgereift. Sie beschloß, Heckliff auf eine letzte, eine äußerste Probe zu stellen. »Heute abend sage ich Matrey, daß ich seine Frau werden will.« Einen Augenblick, nicht länger, war sie sich der Gefährlichkeit dieses Versuchs bewußt, dann aber verbot sie sich jede Überlegung. Sie hatte das Gefühl, ins Dunkle zu stürzen, aber sie wußte, daß sie keine Wahl mehr hatte. Eine Stunde später saß sie neben Matrey im Schlitten. Heckliff war nicht zu finden gewesen. Matrey zuckte die Achseln. Juliane hatte gesehen, wie sich seine Mundwinkel spöttisch hoben, und sie hätte ihn dafür schlagen können. Aber sie schaute weg und zuckte ebenfalls die Achseln.
Joseph kutschierte den altmodischen Schlitten. Die Hochebene lag endlos weiß und weit unter dem blauen Himmel. »Schneller«, bat Juliane. Sie flogen dahin, Fuchsfährten und Wieselspuren kreuzend und Krähenschwärme aufscheuchend. Julianes Haar, das sich aus der Kapuze drängte, wehte

im Fahrtwind. Ihre Augen glänzten lebhaft. Plötzlich hörte sie wieder Heckliffs Worte: »Viel Vergnügen«. Sie fühlte es wie einen Schlag ins Gesicht und sah sich zu ihrem Mißvergnügen plötzlich in finstere, wilde Traurigkeit geworfen.
»Juliane, frieren Sie? Sollen wir umkehren?«
Sie drehte sich erstaunt nach Matrey um, den sie vergessen hatte und den sie nun wie einen Fremden betrachtete.
»Nein«, rief sie, »fahren wir weiter.« Sie fuhren bis zu den Marmorbrüchen, und sie fuhren weiter, bis sie tief im Tal die Stadt liegen sahen.
»Nun müssen wir umkehren«, sagte Matrey. Juliane gab keine Antwort. Ein Ausdruck tiefer Enttäuschung trat auf ihr Gesicht. Ein Blick voll unbestimmter, dunkler Verachtung streifte Matrey. Er fing ihn mit bewegungslosem Gesicht auf. Dann lächelte er flüchtig und kaum merklich, wie jemand, der seiner Sache völlig sicher ist.
Als sie Stunden später den Park erreichten, standen die ersten Sterne über den schwarzen Kastanienkronen. Der Schlitten hielt vor der Schloßterrasse. Das Schloß war behaglich durchwärmt und hell erleuchtet. Als sie die Treppe hinaufstiegen, ließ Juliane ihren Blick suchend umherschweifen. »Wo sind die Vögel?«
»Ich habe sie entfernen lassen«, sagte Matrey.
»Warum?«
»Ich glaube, Sie liebten sie nicht.«
»Ach«, sagte sie kühl, »sie waren mir gleichgültig.« Es war ihr so wenig gleichgültig, daß es sie verwirrte. »Wenn er mich wirklich liebt?« dachte sie voller Schrecken. Sie kam sich sehr unwissend vor, unfähig, all diese seltsamen Beziehungen und Möglichkeiten zu durchschauen. So beschloß sie, abzuwarten und sich, für diesen Abend wenigstens, der

Behaglichkeit dieses schönen Hauses hinzugeben. Sie tat es mit einer Art von verspielter Leichtfertigkeit, aber sie verlor keinen Augenblick das Gefühl, dafür büßen zu müssen.
Matrey hatte sie in ihr Zimmer geführt. Ihr erster Blick fiel auf ein Bild, das über ihrem Bett hing. Es war das Portrait ihrer Mutter. »Ich schenke es Ihnen«, sagte er, sie eindringlich ansehend. »Danke«, erwiderte sie kurz und unsicher. Ihr einmal erwachtes scharfes Mißtrauen sagte ihr, daß er alles versuchen wurde, um ihren Argwohn zu zerstreuen, und daß dieses Geschenk eine Art Lösegeld sein sollte, das er der Vergangenheit bezahlte. Sie lächelte ein wenig, so wie ein Kind über einen Erwachsenen lächelt, den es durchschaut.
Während sie ihm beim Tee in seinem Zimmer gegenübersaß, der Wärme, Schönheit und Versöhnung ausgeliefert, verspürte sie plötzlich die Versuchung, sein Angebot wirklich und in vollem Ernste anzunehmen. Er verstand es, klug und fesselnd zu erzählen, und die Eleganz seiner Bewegungen bestach sie. Sie fühlte die Erinnerung an ihre Herkunft und Jugend heftig aufsteigen, und es schauderte sie, als sie sich in das Doktorhaus zurückdachte. Noch nie hatte sie ein Mann umworben. Matrey tat es auf eine geschickte Art, die sie zwar durchschaute, die aber trotzdem mehr und mehr Macht über sie bekam. Zerstreut nahm sie teil an seinem Gespräch, von dem sie nichts begriff. Es war nicht ihre Gewohnheit zu rauchen, doch an diesem Abend nahm sie eine Zigarette nach der andern. Das Zimmer begann sich mit Rauch zu füllen. Es schien ihr, als ob Matrey noch immer ununterbrochen weiterredete, während er in Wirklichkeit schon seit einiger Zeit schweigend dasaß.
»Wenn ich es ihm nun sage«, dachte sie, »dann ist alles entschieden. Dann weiß ich, wohin ich gehöre. Dann ist dieser

Zustand von Verwirrung und Qual zu Ende.« Die kleine Uhr auf dem Wandtischchen schlug. Juliane zählte mechanisch die Schläge. Es war sechs Uhr.

Plötzlich dachte sie: »Ich bin ja noch nicht volljährig. Kann Heckliff als mein Vormund Einspruch erheben?« Der Gedanke an Heckliff bereitete ihr einen solchen Schmerz, daß sie trotz der Wärme des Zimmers zu frieren begann, und sie empfand wieder jenes Gefühl, das sie nun immer befiel, wenn sie sich seiner erinnerte: sie stürzte in eine dunkle Tiefe.

Als sie wieder zu sich kam, war es ihr, als tauchte sie aus dem Schlafe aus. Sie fühlte sich plötzlich kalt und klar wie jemand, der bei vollem Bewußtsein beschließt zu morden, freilich wußte sie nicht, wer das Opfer sein würde, wenn nicht sie selbst. In diesem Augenblick trat Joseph ein. »Es ist serviert.«

Sie standen auf. Während sie zur Tür gingen, sagte Juliane wie beiläufig: »Sie haben mich einmal gefragt, ob ich Ihre Frau werden will. Ich will es.«

Nachdem sie es gesagt hatte, spürte sie eine völlige Leere in ihrem Kopf wie vor einer Ohnmacht. Dann ging sie rasch, ihm voran, aus dem Zimmer. Es war ihr gleichgültig, was Matrey denken mochte, während sie in tiefem Schweigen durch den langen Flur gingen. Als sie sich vor der Tür des Eßzimmers nach ihm umwandte, fing sie einen raschen Blick seiner plötzlich lebhaft glitzernden Augen auf, der sie erschreckt hätte, wäre sie nicht viel zu erschöpft gewesen, um wirklich darauf zu achten.

Die alte Frau saß schon am Tisch, breit und mächtig und mit unbestechlichem Blick. Sie zog die Brauen hoch, aber sie sagte nichts. Es fiel Matrey, wie immer, leicht, eine angenehme Unterhaltung zu führen, und Juliane haßte ihn mehr als je zuvor. Aber kein Wort und keine Miene verriet sie.

Als Matrey später ins Eßzimmer ging, um dort die Kerzen am Weihnachtsbaum zu entzünden, sagte die alte Frau: »Hat Sie der Entschluß so viel Kraft gekostet, Juliane?« Ohne die Antwort abzuwarten, fuhr sie fort: »Aber vergessen Sie nicht, was ich Ihnen schon gesagt habe: Kein Mensch stirbt an gebrochenem Herzen. Auch kein Mann. Und seien Sie auf der Hut.«

Matrey kam zurück, und während sie den Baum betrachteten, hatte Juliane Zeit, über die Worte der alten Frau nachzudenken. Sie verstand sie nicht, denn sie vermochte nicht herauszufinden, auf wen sie sich bezogen.

Die alte Frau ging früh zu Bett. »Feiert den Abend ohne mich«, sagte sie. »Für mich bedeuten Ende und Anfang eines Jahres gar nichts mehr.«

Kaum hatte sich die Tür hinter ihr geschlossen, fragte Matrey: »Wann wollen wir uns öffentlich verloben?«

Juliane verstand ihn besser, als er glaubte. Seine Hast hatte ihn verraten. Ruhig sagte sie: »Doktor Heckliff wird es in einiger Zeit erfahren.« Der Schatten eines Ärgers zog über sein Gesicht. Sie benützte diesen Augenblick ihrer Überlegenheit, um ihn zu fragen: »Lieben Sie mich?«

Er stand auf, um sie zu umarmen, aber sie drückte ihn auf seinen Sessel zurück. »Warten Sie«, sagte sie. »Lieben Sie mich, weil ich meiner Mutter ähnlich bin? Nicht wahr, ich bin eine Art Ersatz für sie?«

»Juliane!« In seinem Ausruf waren Erstaunen, Schrecken, Empörung und Qual so seltsam gemischt, daß sie wieder unsicher wurde und jene Frage unterdrückte, die ihr auf der Zunge lag: »Ist es ein großes Vergnügen für Sie, diesmal

wieder, und zwar vollständig, zu siegen?« Statt dessen sagte sie nur: »Werden Sie nun aufhören, den Doktor zu hassen?«
Er sprang auf und rief: »Wer sagt denn, daß ich ihn hasse? War für ein Einfall, Juliane! Wir sind alte Freunde.«
Sie lächelte nachsichtig und hinterhältig. Da nahm er sie in seine Arme und küßte sie mit einer Leidenschaft, die zu jäh und heftig war, um sie nicht noch mißtrauischer zu machen.
Mitten in der Nacht wachte sie auf. Sie lag wie im Fieber. »Was habe ich getan!« dachte sie verzweifelt. Sie sprang aus dem Bett und begann, mit ihren nackten Füßen im Zimmer hin- und herzulaufen. Die Qual ihrer Reue war so groß, daß sie glaubte, die Nacht nicht überleben zu können. Sie kroch wieder in ihr Bett zurück wie ein verwundetes Tier, das sich versteckt. Als der Morgen graute, lag sie noch immer schlaflos. Sie stand auf, hüllte sich in eine Decke und ging zum Fenster.
Sie starrte in den frostigen Neujahrsmorgen.
»Ich will ihn doch gar nicht heiraten. Ich kann doch nicht«, sagte sie sich zum hundertsten Mal und preßte ihr Gesicht an die Fensterscheibe, die mit einer zarten Schicht von Eisblumen überzogen war. Unter der Wärme ihrer Stirn schmolzen sie ab und bedeckten ihr Gesicht mit Feuchtigkeit wie mit Tränen.
Sie begann wieder, im Zimmer umherzuwandern. »Aber warum will ich ihn nicht heiraten?« fragte sie sich trotzig. »Er ist klüger als andere. Er ist reich. Ich werde hier verwöhnt werden. Alle Sorgen haben ein Ende. Was soll werden aus mir ohne ihn? Bei Heckliff kann ich doch nicht immer bleiben.« Ihre Gedanken stockten. »Warum eigent-

lich nicht?« Ein wirres Gefühl antwortete ihr. Sie lehnte sich wieder an das Fenster. Die Eisblumen waren vom blassen Morgenlicht durchleuchtet. Gedankenlos zeichnete sie mit ihrem Finger scharfe Linien durch das zarte Gebilde. Mit einem Male war die Qual zu Ende. Sie war entschlossen, ihr Wort zu halten. »Wir wollen bald heiraten«, dachte sie, und eine kalte, strenge Kraft begann sich ihrer zu bemächtigen. Obwohl sie die Nacht fast schlaflos verbracht hatte, vermochte sie beim Frühstück freundlich zu plaudern. Sie blickte ruhig von einem Gegenstand zum anderen und nahm gelassen von allem Besitz. Nachdem ihr Matrey alle Räume im hellen Licht des Vormittags gezeigt hatte, begleitete er sie durch den verschneiten Park bis zum Doktorhaus. Er erhob keinen Einspruch dagegen, daß sie bis zur Hochzeit noch dort leben und für Heckliff arbeiten wollte.

Als Juliane allein im Hausflur stand, atmete sie auf. Nachdem sie Sebastian besucht hatte, der fieberfrei im Bett saß und mit dem Baukasten spielte, ging sie in ihr Zimmer und machte dort Feuer. Ein starkes Bedürfnis nach Ordnung trieb sie an, ihr gesamtes kleines Eigentum zu sichten. In strengem Eifer verbrachte sie den Tag damit, ihren Schrank und ihre Koffer zu leeren und wieder einzuräumen und alte Briefe zu verbrennen.

In den folgenden Wochen, deren wechselvolles Wetter viele Erkrankungen mit sich brachte, hatte Juliane kaum Zeit, über ihre Lage nachzudenken. Matrey sah sie selten, und obwohl sie neben Heckliff lebte, nahm sie ihn fast nicht mehr wahr. Wenn sie später an diese Zeit zurückdachte, erschien es ihr, als habe sie wochenlang wie eine Schlafwandlerin gelebt. Es blieb ihr keine Erinnerung daran bis zu dem Tag, an dem Adam sie rief, als sie eines Abends am Wirtshaus vorüberging.

Er stand im dunklen Hausflur. Der Wind hatte den Schnee durch die offene Tür bis weit in den Flur hineingeweht.

»Komm«, sagte er rauh und zog sie in die Gaststube. Der Raum war fast dunkel, nur in der Ecke hinter dem Schanktisch brannte eine kleine schwache Lampe. Adam ließ einen Krug mit Bier vollaufen. Es war schon so lange im Faß, daß es nicht mehr schäumte. »Trink«, befahl er herrisch. Sie gehorchte schaudernd. Der Geruch nach saurem Bier und verfaultem Holz bereitete ihr Übelkeit. »So«, sagte er, »das war der Abschiedstrunk.« Dann warf er das Glas in die Ecke, daß es zerschellte.

»Adam«, rief Juliane, »du bist betrunken!«

Er schüttelte finster den Kopf, »ich geh' fort.«

»Wohin?« Er machte eine undeutliche Bewegung in die Ferne. »Ich komme nie mehr zurück.«

Juliane bekam Angst. »Aber du machst es nicht so wie dein Vater?« rief sie beschwörend.

Er lachte kurz. »Was geht's dich an? Du hast dich bis heut nicht um mich gekümmert. Aber ich hab' dich aus einem andern Grund gerufen.« Er zog einen Beutel aus der Tasche. »Ich hab' heut die Wirtschaft verkauft. Da drin ist der Anteil für den Buben. Ihr behaltet ihn doch, wie?«

»Wir?« sagte sie leise und erschrocken. Adam betrachtete sie mißtrauisch, bis sie hastig sagte: »Ja, für den Buben wird gesorgt.« Er gab ihr den Beutel, und sie steckte ihn ein. Dann schwiegen beide. Eine Magd schlich herein und stahl rasch einen Laib Brot vom Tisch. Adam blinzelte trübe nach ihr, aber er sagte nichts. Plötzlich fragte er laut: »Wann ist die Hochzeit?«

»Welche Hochzeit?«

»Die deine. Du heiratest doch den Doktor.«

»Nein«, rief Juliane, lauter, als es nötig war, »du irrst dich.« Er stieß einen schnaubenden Laut aus. »Mir brauchst du nichts vorzulügen. Ich geh fort. Mir kann's gleichgültig sein, was ihr hier tut.« Sie schwiegen wieder. Das verschüttete Bier sickerte langsam mit einem schlürfenden Geräusch in den morschen Boden. Adam lehnte an der Wand mit geschlossenen Augen. Juliane glaubte, er sei eingeschlafen, und wollte leise fortgehen. Aber er spürte ihre Absicht, ehe sie noch einen Schritt gemacht hatte. »Bleib«, sagte er, »ich will dir noch etwas sagen.« Sie schaute ihn erwartungsvoll an. Ohne die Augen aufzumachen, sagte er heftig: »Du sollst den Doktor heiraten.«

»Hör auf«, bat sie gequält. Er schlug mit der Faust auf den Schanktisch und rief: »Er will dich doch, siehst du das nicht?« Nun begann sie ebenfalls zu schreien: »Was geht dich das an?« Aber er hörte nicht auf sie. Unbeirrt fuhr er fort: »Laß doch den andern. Der ist sein Feind, verstehst du das nicht, du?« Er schüttelte sie an den Schultern, und sie spürte seinen Atem so nah, daß es sie schauderte. Er roch nach Bier und Schnaps und hielt sie wie mit Klammern fest. »Der braucht dich doch nur, damit er dem Doktor was antun kann.«

»Du bist wahnsinnig«, rief Juliane und versuchte, ihn ins Gesicht zu schlagen, überwältigt von Zorn, Ekel und dem dunklen Bewußtsein, daß er recht hatte, unbarmherzig recht. Er gab sie frei. »Geh jetzt«, sagte er plötzlich erschöpft, »und vergiß das Geld für den Buben nicht. Morgen früh geh ich fort.« Er drehte sich um, goß sich Schnaps ein und leerte das Glas in einem Zug, ohne sich weiter um Juliane zu kümmern.

Nach dem Abendessen, als Sebastian in sein Zimmer gegangen war, gab sie Heckliff den Beutel. Während sie mit ihm sprach, fiel ihr plötzlich die Ähnlichkeit Heckliffs mit Adam auf, eine Ähnlichkeit, die nicht damit zu erklären war, daß beide sehr dunkelhäutig und blauäugig waren. »Es ist eine Art von Wildheit«, dachte Juliane, »eine undurchschaubare Kraft, deren Grenzen nicht abzusehen sind und die nie völlig in Anspruch genommen wurde.«
Sie zählte die Geldscheine auf den Tisch. »Wird es reichen für Sebastians Studium?« fragte sie.
Er schüttelte den Kopf. »Aber das macht nichts. Er hätte auch ohne dieses Geld hierbleiben können. Da haben wir den Buben also für immer auf dem Hals.« Er seufzte kurz und tief.
»Wir«, dachte Juliane, »wir hat er gesagt.« Noch im Halbschlaf hörte sie es, und je heftiger sie es sich verbot, darüber nachzudenken, desto tiefer geriet sie in Verzweiflung, bis sie schließlich, zermartert und am Ende ihrer Kraft beschloß, Matrey zu bitten, so bald wie möglich mit Heckliff zu sprechen. Doch weder am kommenden, noch an einem der folgenden Tage brachte sie es fertig, ins Schloß zu gehen. Sie schonte sich nicht mit scharfen Selbstvorwürfen. Sie schalt sich feig und unentschlossen und geriet in eine nervöse, reizbare Stimmung, die sie nur durch viel Arbeit überwinden konnte.
Eines Abends, als sie von einem Patienten kam, abgespannt und zermürbt, trat ihr aus einer Hecke Matrey entgegen. Er hatte sie im Dunkeln am Zaun erwartet wie ein Arbeiter sein Mädchen.
»Warum kommen Sie nicht, Juliane?« flüsterte er, und sie sah in der Dämmerung seine Augen fiebrig glänzen. »Seit

vierzehn Tagen habe ich Sie nicht gesehen.« Seine Stimme klang erregt, fast zornig.

»Aber Sie sehen doch, wieviel Arbeit ich habe«, erwiderte Juliane ruhig. »Es ist später Abend, und ich komme erst jetzt nach Hause.«

»Das ist nicht der Grund«, sagte er hart. »Sie sind auch Sonntag nicht gekommen.«

»Am Sonntag habe ich geschlafen«, sagte sie müde. Die Hände, die die ihren ergriffen, waren eiskalt und unruhig.

»Warum ziehen Sie nicht ins Schloß?« fragte er drängend. »Diese Arbeit hier wird Sie völlig aufreiben. Sieht denn Doktor Heckliff nicht, wie überanstrengt Sie sind?«

Er konnte im Dunkeln nicht sehen, daß ihr Gesicht und ihr Körper sich spannte wie zum offenen Widerstand, aber sie sagte nur entschlossen: »Gut. Kommen Sie morgen abend und sprechen Sie mit Heckliff. Sind Sie nun zufrieden?«

Er starrte sie an. »Nicht so«, sagte er betroffen, »nicht so.«

Sie hielt seinem Blick stand.

»Aber das ist es doch, was Sie wollen«, sagte sie sachlich.

Er schwieg, unfähig ihr zu entgegnen. »Gute Nacht«, sagte sie, und weicher, als sie wollte, setzte sie hinzu: »Ich bin so grenzenlos müde heute. Kommen Sie also morgen abend.«

Er machte keinen Versuch, sie zurückzuhalten.

Im Morgengrauen des nächsten Tages erwachte sie davon, daß ein Steinchen gegen ihr Fenster flog. Verschlafen stand sie auf, um nachzusehen. Sie öffnete das Fenster und zwängte ihr Gesicht zwischen die Gitterstäbe, die es ihr nicht gestatteten, sich hinauszubeugen. Unten stand Adam, einen Rucksack umgehängt, eine altmodische Reisetasche in der Hand. Er winkte ihr mit der freien Hand und schaute eine Weile zu ihr hinauf, ohne ein Wort zu sagen.

»Alles Gute«, flüsterte Juliane.
»Geh mit«, sagte er heiser. Sie schüttelte den Kopf. Da ging er fort. Lange sah sie ihm nach, wie er auf der verwehten Straße mühsam gegen den Wind ankämpfte; sie sah ihm nach, bis er ein so kleiner Punkt wurde, daß die weite graue Hochebene ihn verschluckte. Dann warf sie sich auf die Fensterbank und weinte lange und hemmungslos.
Nach der Nachmittagssprechstunde sagte Heckliff, während er in seinem Schreibtisch kramte: »Ich hab' ganz und gar vergessen, die Krankenscheine für die Kassen abzuschicken. Es ist wahrscheinlich alles durcheinander geraten. Sie wissen, diese Seite meiner Praxis ist nicht meine Stärke.«
»Nein«, sagte sie, »das ist sie gewiß nicht.«
Mit einem Anflug von Kindlichkeit fuhr er fort: »Ich kenne mich wirklich nicht mehr aus in dem Papierstoß. Sie müssen das für mich machen, Juliane.«
»Ja, ja«, sage sie sachlich, »ich mach's schon.« Ein erleichterter Seufzer Heckliffs belohnte sie dafür. Schon die Klinke in der Hand, sagte er: »Machen Sie es in meinem Arbeitszimmer; da haben Sie den Schreibtisch und den großen Tisch zum Ausbreiten.«
Juliane erschrak. Am Abend würde Matrey kommen. Sie wollte ihm nicht begegnen. Hastig sagte sie: »Ich möchte es lieber hier machen.«
»Ach was! Hier ist's kalt. Ich hab' schon alles hinübergetragen.«
Als Juliane am späten Nachmittag von ihren Kranken nach Hause kam, begab sie sich sofort an die Arbeit. Sie hoffte, damit fertig zu sein, bis Matrey kommen würde.
Beim Abendessen sagte sie nebenbei: »Matrey wollte heute noch auf einen Sprung kommen, soll ich Ihnen bestellen.«

Sie wunderte sich über die Ruhe, mit der sie es sagen konnte. »So als ginge es nicht mich an, sondern eine Fremde«, dachte sie.

Heckliff hob den Kopf. Erstaunt und argwöhnisch fragte er: »Matrey? Heute noch?«

Juliane aß hastig zu Ende und vermied es, ihn anzusehen. »Ich geh wieder an meine Arbeit«, sagte sie. Als sie die Tür hinter sich geschlossen hatte, atmete sie auf, als wäre sie einer unmittelbaren Gefahr entronnen.

Kurze Zeit darauf wurde die Türglocke gezogen. Juliane fuhr zusammen. Sie hörte Heckliffs Stimme: »Ich geh schon aufmachen, Katharina.«

Während sie fieberhaft weitersortierte, stempelte und notierte, hörte sie Matrey und Heckliff in das Eßzimmer nebenan eintreten. »Mein Gott«, dachte sie, »hier höre ich jedes Wort. Ich kann das nicht ertragen.« Leise ging sie zur Tür, um fortzugehen, aber ehe sie die Hand auf die Klinke legte, warf sie einen Blick auf den Tisch zurück, der mit Papier übersät war. Kein Mensch würde hier Ordnung schaffen können, wenn sie es nicht tat. Eine Art von mitleidigem Zorn gegen Heckliff erfüllte sie. Langsam und widerstrebend kehrte sie zu ihren Papieren zurück. »Ich werde nicht hinhören«, dachte sie und begann halblaut zu zählen. Aber je mehr sie sich wehrte, etwas zu hören, desto schärfer stellten sich ihre Ohren darauf ein, kein Wort der Unterhaltung im Zimmer nebenan zu verlieren, eine Unterhaltung, die sich lebhaft um Reisen, Arbeiten und wissenschaftliche Fragen drehte und so unpersönlich geführt wurde wie zwischen zwei Fremden.

»Hast du deine wissenschaftliche Arbeit eigentlich aufgegeben?« fragte Matrey. »Ich würde das bedauern. Es ist etwa

fünf Jahre her, daß ich eine Abhandlung von dir gelesen habe. Ich fand sie in Paris in einem kleinen Laden. Man sagte mir nachher, es sei eine sehr wichtige Arbeit und man käme ohne sie in der Neurologie nicht mehr aus.«
»So?« sagte Heckliff kurz, »sagt man das?«
»Ja«, fuhr Matrey fort, »und man fragte mich, wer du seist.«
Heckliff lachte rauh. In Matreys Stimme lag plötzlich eine Spur von Schärfe, so verborgen und so glatt beigemischt, daß es Julianes argwöhnischer Ohren bedurfte, um sie zu hören. »Warum vergräbst du dein Talent hier in diesem Dorf?«
Heckliff gab ihm keine Antwort, und er fuhr fort: »Du könntest eine glänzende Laufbahn haben, wenn du nur wolltest. Ich begreife nicht, daß du dich hier festsetzt.« Juliane hätte ihm einen warnenden Blick zugeworfen, wären nicht Tür und Mauer zwischen ihm und ihr gewesen. Von Ungeduld hingerissen, wurde er unvorsichtig: »Es ist immer noch nicht zu spät. Was hat dich so mit Eigensinn geschlagen, daß du dich hier verschwenden willst?«
Endlich antwortete Heckliff, und seine Stimme klang ungewöhnlich glatt: »Und was hat dich hierher zurückgeführt? Was hat dich so mit Blindheit geschlagen, daß du den Rest deines Lebens hier verbringen willst?« Juliane schien es, als könnte sie die beiden Männer lächeln sehen voller Spott und Hinterhältigkeit. Heckliff war es, der zuerst wieder auf ein sachliches und neutrales Feld zurückfand, und Juliane war einen Augenblick lang stolz auf seine Selbstbeherrschung. »Ich habe eine neue Arbeit begonnen. Ich will dir etwas davon zeigen«, sagte er.
Juliane hörte ihn eilig vom Stuhl aufstehen. Die Tür öffnete sich, und er kam herein. Ohne Juliane mehr als einen flüchti-

gen, teilnahmslosen Blick zuzuwerfen, holte er aus seinem Schreibtisch einen Stoß eng beschriebener, mit kleinen graphischen Darstellungen bedeckter Papiere. Längere Zeit hörte sie nun aus dem Nebenzimmer nichts mehr als das Geräusch von Blättern, die umgewendet wurden, bisweilen einige gemurmelte Erklärungen Heckliffs und eine Frage oder einen Einwand Matreys.
Die Uhr schlug neunmal. Juliane war nahezu fertig mit ihrer Arbeit. Hätte sie sich beeilt, so wäre es ihr möglich gewesen, zehn Minuten später das Zimmer zu verlassen. Aber es war zu spät; nun wollte sie nicht mehr. Mit unendlicher Langsamkeit schichtete sie die fertig sortierten und abgestempelten Papiere zu Stößen, während sie sich fragte, ob Heckliff ernstlich glauben könnte, Matreys Besuch habe keinen andern und keinen besonderen Zweck. Ihre Ungeduld wuchs von Minute zu Minute. »Wenn Matrey nicht sofort spricht, so werde ich es tun«, sagte sie sich. In Gedanken sah sie sich die Tür öffnen und auf der Schwelle stehen. Sie malte sich den Auftritt so lebhaft aus, daß es ihr entging, wie eine Pause im Gespräch der beiden Männer entstand. Schließlich fiel ihr die tiefe Stille auf, die im Nebenzimmer herrschte.
Plötzlich hörte sie Heckliff mit seiner rauhen, tiefen Stimme fragen: »Willst du mir nun endlich sagen, weshalb du gekommen bist?«
Juliane wurde blaß. Sie schlang die Hände ineinander und preßte sie auf ihren Mund. Matrey antwortete ruhig: »Du hast recht; ich muß es dir sagen, wozu ich gekommen bin. Ich werde es gleich tun. Deine Arbeit hat mich so gefesselt, wie sie es immer getan hat, und so vergaß ich, was ich wollte.«

Juliane unterdrückte einen zornigen Ausruf. Matrey fuhr fort: »Ich wollte dir sagen, daß ich mich mit Juliane verlobt habe.«

Heckliff schwieg, und Matrey fuhr rasch fort: »Du bist ihr Vormund. Sie ist noch nicht ganz volljährig. Doch ich glaube, du wirst ihrem Entschluß nichts in den Weg legen.«

Juliane wartete atemlos auf die Antwort. Doch es folgte keine. Matrey schien zu zögern, dann sprach er weiter, lauter und rascher als vorher: »Wir haben uns sehr schnell dazu entschlossen, und wir wollen auch bald heiraten.« Seine Stimme wurde zugleich dringlicher und kälter: »Ich nehme an, daß es dir recht ist, Juliane in meinen Händen zu wissen. Ich brauche dir wohl nicht zu versichern, daß ich alles tun werde...« Er verstummte jäh, vielleicht durch eine scharfe Handbewegung Heckliffs zum Schweigen gebracht. Juliane lehnte ihre Stirn an die kalte Wand.

»Du scheinst Bedenken zu haben, Heckliff«, hörte sie Matrey sagen.

Das Schweigen, das diesen Worten folgte, hatte etwas Lauerndes und war voller Drohung. Als Matrey wieder zu sprechen begann, war seine Stimme unsicher, und Juliane spürte, daß er, von einem bösen Geist getrieben, das Äußerste wagte: »Ich nehme wohl zu Recht an«, sagte er langsam, »daß die Situation heute eine andere ist als damals. Du hast nun ein Jahr mit ihr zusammengelebt, lang genug, um dir über deine Stellung zu ihr klarzuwerden. Ihr habt zusammen gearbeitet, ihr habt euch kennengelernt. Du hattest die Entscheidung diesmal in der Hand.«

Juliane begann ihn stärker und stärker zu verachten, aber was sie Heckliff gegenüber empfand, war offener Haß. »Warum spricht er nicht?« dachte sie unaufhörlich, und sie

überwand nur mit Mühe die Versuchung, diesem peinlichen Gespräch ein Ende zu machen. Sie verspürte den lebhaften Wunsch, mit beiden Fäusten gegen die Tür zu hämmern.
Plötzlich sagte Matrey laut und überaus scharf: »Oder liebst du sie etwa?«
Juliane öffnete die Augen in grenzenlosem Schrecken.
»Nein«, antwortete Heckliff laut und mit gelassenem Nachdruck.
In diesem Augenblick versank Juliane in einen schwarzen Wirbel, sie hörte nicht mehr, was weiter gesprochen wurde. Mit ein paar Schritten war sie am Tisch und raffte die Stöße zusammen. Dabei stieß sie an eines der noch unverschnürten Papierbündel. Es fiel mit einem lauten Krach zu Boden, während die Hälfte der Blätter auseinanderfiel und sich über den Boden hin verstreute. Juliane ließ sie liegen, wo sie waren, und lief aus dem Zimmer. Als sie die Haustür öffnete, riß sie ihr der Wind aus den Händen. Der Föhn hatte sich erhoben. Er hatte sich noch nicht zur vollen Gewalt entwickelt, aber schon fuhr der letzte Schnee in schweren Lawinen von den Dächern, und das Ächzen der Parkbäume war bis ins Dorf zu hören.
Juliane dachte nicht daran, daß man im Haus das Zuschlagen der Tür gehört haben mußte. Sie lief blindlings in die Nacht hinein. Ohne es zu bemerken, schlug sie den gleichen Weg ein, auf dem im Morgengrauen Adam für immer fortgegangen war. Ihre Gedanken waren von einer leidenschaftlichen Klarheit: »Ich liebe ihn«, dachte sie und blieb auf dem Hügel stehen, mühsam sich gegen den Sturm behauptend. Triumphierend hob sie ihr Gesicht: »Nun weiß ich es. Nun ist endlich alles klar.« Sie hatte eine Empfindung, wie sie eine Quelle haben muß, der es endlich gelungen ist, das dunkle,

harte Gestein zu durchbrechen. Ein starkes, unbändiges Entzücken erfüllte sie bis zum Rande.
Plötzlich aber stürzte sie in einen Abgrund von Verzweiflung: »Aber er, er liebt mich ja nicht.« Sie hörte sein hartes, kaltes Nein, als wäre es wieder und wieder gesprochen. Sie versuchte ihm zu zürnen, aber es gelang ihr nicht mehr. Nach einem Augenblick tödlicher Niedergeschlagenheit wurde sie von einer neuen Welle des Entzückens und der Kraft gehoben: »Ich liebe ihn«, sagte sie sich immer wieder und wieder, und es schien ihr völlig bedeutungslos, ob er sie wiederliebte oder nicht. Tränen des Glücks strömten über ihr Gesicht. Es war ein so anhaltendes und so mächtiges Gefühl, daß sie darin versank, als gäbe es kein Erwachen mehr. Langsam kehrte sie nach Hause zurück. Sie trug den Hausschlüssel in der Tasche. Niemand schien ihre Rückkehr zu hören. Wahrscheinlich hatte niemand überhaupt ihre Abwesenheit bemerkt. Sie ging leise ins Sprechzimmer, machte Licht und begann, in dem großen Medikamentenschrank zu suchen. Endlich hatte sie gefunden, was sie brauchte. Sie hielt ein kleines Fläschchen gegen das Licht und betrachtete prüfend die Menge des Inhalts. Dann holte sie ein Glas, ließ es halb voll Wasser laufen und schüttete das weiße Pulver hinein. Sorgfältig verkorkte sie die leere Flasche und stellte sie in den Schrank zurück. Nachdem sie das Pulver mit einem Glasröhrchen im Wasser verrührt hatte, hielt sie das Gefäß zögernd in der Hand. Schließlich stellte sie es auf den Tisch und begann, von neuem im Schrank zu suchen. Aber außer der leeren Morphiumflasche war kein anderes Gift zu finden. Als sie das Glas von neuem ergriff, fiel ihr Blick in den Spiegel. Es war ein fremdes Gesicht, das ihr entgegensah, so fremd und vor Blässe leuchtend, daß es sie bestürzte. Sie sah

sich in die Augen, lange und ernsthaft. Dann lächelte sie sich zu und schüttete, ohne den Blick von diesen prüfenden Augen zu wenden, die Flüssigkeit in das Waschbecken, spülte das Glas und trocknete es sorgfältig aus, und all das tat sie so, als hätte es dieses fremde Gesicht befohlen. Dann schaltete sie die Lampe aus und ging in ihr Zimmer, wo sie die Nacht damit verbrachte, ihre Koffer zu packen.
Im Morgengrauen erst legte sie sich zu Bett und schlief kurz und tief. Beim Erwachen fühlte sie sich augenblicklich frisch und klar. Den ganzen Vormittag arbeitete sie neben Heckliff. Sie war ganz ruhig und ohne jene leichte Spur von Aufsässigkeit, die sie sonst ihm gegenüber zeigte. Er aber war unruhig, zerstreut und gereizt. Sie beobachtete ihn besorgt.
Plötzlich sagte er: »Vielen Dank für Ihre Mühe von gestern abend!«
»O bitte«, erwiderte sie so höflich, daß er sich erstaunt nach ihr umdrehte. Sie erwiderte offen seinen Blick. Hätte ihr die starke Empfindung, die sie erfüllte, gestattet, ihn zu beobachten, so wie sie es früher getan hatte, so hätte sie bemerkt, daß ein Ausdruck von Zweifel und Verwirrung in seine Augen trat. Fast zornig wandte er sich ab.
Als die Sprechstunde zu Ende war, sagte er, während er am Schreibtisch hantierte, ohne irgend etwas zu tun:
»Matrey hat mir Ihre Verlobung mitgeteilt. Ich gratuliere.«
»Danke«, erwiderte sie, und ihre Stimme verriet nichts von dem, was sie dachte. Als er die fertig gepackte Mappe an sich nahm, um zu gehen, sagte er kühl: »Damit sind Sie natürlich Ihrer Aufgaben hier enthoben.«
»Nein«, entgegnete sie ruhig, fast sanft: »Ich werde weiter-

arbeiten, bis ich von hier fortgehe.« Der neue Ton in ihrer Stimme schien ihn zu befremden, er warf ihr einen raschen, betroffenen Blick zu. Aber sie hatte sich schon wieder abgewandt. Mit einem schwachen Achselzucken verließ er das Sprechzimmer.

Als Juliane fertig aufgeräumt hatte, ging auch sie fort. Ohne zu zögern, bog sie in den Schloßpark ein, und sie schien geführt zu werden, denn sie ging nicht ins Schloß, sondern quer durch den Park, und als wären sie verabredet, traf sie Matrey an dem kleinen Teich. Er kniete auf dem feuchten Boden und machte Aufnahmen von den Moosen und Flechten, die sich an dem Mäuerchen angesiedelt hatten. Als er Juliane sah, stand er auf und ging ihr mit ausgebreiteten Armen entgegen. Aber sie ging an ihm vorbei und setzte sich auf die Steine. Er beobachtete sie besorgt: »Sind Sie krank, Juliane?« rief er. »Sie sind ja ganz weiß.«

»Nein, nein«, sagte sie, »ich bin nicht krank. Aber ich muß Ihnen etwas sagen: ich kann nicht Ihre Frau werden.«

Er betrachtete sie so, wie man ein launenhaftes Kind ansieht; lächelnd und nachsichtig. »Und warum nicht?« fragte er leichthin.

Sie schaute ihn ruhig und fest an, ohne ihm zu antworten.
Eine Spur von Verstehen trat in sein Gesicht. Vorsichtig fragte er: »Haben Sie mir die Vergangenheit noch immer nicht verziehen?«

Ohne auf diese Frage einzugehen, sagte sie sachlich: »Ich möchte fort von hier. Ich will nicht heiraten, ich habe mir das überlegt. Ich möchte einen Beruf haben.«

»Juliane«, rief er, »wenn Sie nicht hierbleiben wollen, verkaufen wir das alles und gehen fort, wenn Sie wollen ins Ausland. Und einen Beruf können Sie auch haben: treiben Sie

weiter Musik. Juliane, Sie können alles tun, was Sie wollen, aber gehen Sie nicht fort von mir.« Er sprach mit dem verzweifelten Eigensinn eines Mannes, der das Äußerste zu wagen entschlossen ist, um seinen Besitz zu halten.
Aber Juliane schüttelte den Kopf. »Ich liebe Sie nicht«, sagte sie offen. »Wie kann ich Sie da heiraten?«
Er zuckte die Achseln. »Liebe kommt und geht«, sagte er kalt.
Sie warf ihm einen Blick voller Verachtung zu. Dann stand sie auf und sagte: »Ich weiß, warum Sie mich heiraten wollen.«
»Nein«, rief er, und nun überzog sich sein Gesicht mit Blässe, »Sie wissen es nicht. Ich liebe Sie.«
Aber sein wilder Ausruf erweckte nichts in ihr als Unglauben.
Mit der Weisheit einer erfahrenen Frau sagte sie gelassen: »Sie lieben den Kampf. Die Beute würden Sie nicht mehr lieben.«
Sie sah, daß er zitterte, und es bereitete ihr einen Augenblick lang ein brennendes Vergnügen, dies zu sehen. Dann schüttelte sie es ab und sagte: »Es tut mir leid, daß ich mein Wort brechen muß. Aber es war ein übereiltes Wort. Als ich es Ihnen gab, wußte ich noch nicht, was ich seit gestern abend weiß.«
»Und was wissen Sie?« fragte er leise und lauernd. Sie sah, daß es überflüssig war, ihm eine Antwort darauf zu geben. »Leben Sie wohl«, sagte sie und ging fort, ohne einen einzigen Blick nach ihm zurückzuwerfen.
Vor dem Nebenhaus in der Sonne saß, in Decken gehüllt, die alte Frau. Erst bei ihrem Anblick war Julianes Kraft erschöpft. Stumm warf sie sich in ihre Arme und weinte. Die

alte Frau sagte kein Wort und machte keine Bewegung, aber Juliane fühlte, daß sie alles wußte und alles begriff. Dann riß sie sich los und lief fort. Das Zuschnappen des eisernen Parktors ließ sie zusammenschrecken. Aber es erweckte kein Gefühl von Reue oder Trauer in ihr. Eine Empfindung stolzer Kraft beflügelte sie, die sie tief in sich verbarg.

Heckliff kam zum Mittagessen nicht nach Hause. Das war nichts Seltenes, und es beunruhigte niemand. Juliane verbrachte den Nachmittag damit, fertigzupacken. Dann schrieb sie einen Brief an die alte Frau, aber sie zerriß ihn wieder, denn sie wußte, daß sie keine Erklärung brauchte.

Heckliff kam auch zum Abendessen nicht heim. »Er wird zu einer schweren Entbindung gefahren sein«, sagte sich Juliane. Nach dem Essen plauderte sie lange mit Sebastian, aber sie merkte, daß er zerstreut und auf jedes Geräusch im Dorf lauschte. Da schickte sie ihn zu Bett, und sie setzte sich in ihr Zimmer, um zu lesen.

Es war eine sehr unruhige Nacht. Der Föhn, der tagsüber sich besänftigt hatte, begann von neuem zu stürmen. Kurz nach zehn Uhr klopfte Katharina: »Wo ist der Herr Doktor?« fragte sie, während sie die Zipfel ihrer Schürze in den Händen zerknüllte.

»Ich weiß es nicht«, sagte Juliane. »Er wird wohl eine Entbindung haben.« Plötzlich fühlte sie eine schwere Bangigkeit in sich aufsteigen und zugleich das lebhafte Bedürfnis, sich mit dieser mürrischen Person zu unterhalten. »Er kommt doch sehr oft so spät heim«, sagte sie freundlicher als sonst. »Gehen Sie doch ruhig schlafen.«

Aber Katharina blieb eigensinnig stehen.

»Was ist denn?« fragte Juliane verwundert. Da sah sie, daß Katharina mit weitaufgerissenen Augen auf die Koffer starrte. Juliane sagte nichts. Es belustigte und bestürzte sie zugleich, dieses steinerne Gesicht sich auflösen zu sehen. Aber plötzlich brach Katharina in lautes Schluchzen aus. Zwischen den einzelnen Stößen schrie sie klagend: »Ich kann das nicht mehr länger mitansehen, wie der Doktor sich aufreibt. Das geht doch einfach nicht mehr so weiter, daß ihn so ein junges Ding an der Nase herumführt. Er wird ja ganz krank davon.«

Juliane rief betroffen: »Wovon reden Sie denn, Katharina?«

»Ich?« Sie riß den Schürzenzipfel vom Gesicht. »Ich? Davon rede ich, daß Sie dem Doktor den Kopf verdreht haben, Sie. Ja, Sie! Und daß Sie ihn jetzt sitzen lassen. Davon rede ich, von nichts anderem.«

Wild und laut schluchzend lief sie über die Treppe hinunter und warf die Küchentür hinter sich zu. Juliane schaute ihr kopfschüttelnd nach. »Sonderbare Person«, dachte sie unschlüssig. Sie versuchte von neuem zu lesen, aber ihre Unruhe wuchs von Minute zu Minute. Schließlich hielt sie es nicht mehr aus im Hause und ging leise fort. Der Föhn warf sich ihr mit solcher Gewalt entgegen, daß sie kaum atmen konnte.

Sie wußte, daß es zwecklos war, Heckliff im Dorf zu suchen, aber mit dem Eigensinn einer Besessenen oder eines Kindes lief sie von Haus zu Haus und lauschte, ob nicht irgendwo seine tiefe, rauhe Stimme zu hören war. Aber das Dorf schlief. Selbst die großen grauen Hunde hatten sich verkrochen. »Vielleicht ist er im Schloß.« Eine heftige Angst trieb sie, an der kleinen eisernen Pforte zu rütteln, die ihr so vertraut war. Aber der Riegel war vorgeschoben, zum erstenmal seit Matreys Rückkehr. Es befriedigte sie, dies gesehen zu

haben, und einen Augenblick lang fühlte sie wieder das Glück der Freiheit. Dann aber stürzte eine neue Welle von Bangigkeit über sie.
Sie lief an der Parkmauer entlang. »Hier muß er vorbeikommen«, sagte sie sich. »Er kann doch nur nach Steinfeld-Nord gefahren sein.« Sie kauerte sich in das schützende Gebüsch an der Mauer. »Hier will ich warten, bis er kommt«, dachte sie, und wilde Zärtlichkeit erfüllte sie. Mehr als eine Stunde verbrachte sie damit, sich die Einzelheiten ihrer Reise auszumalen. Ihr Plan lag fest: sie wollte zu ihren drei alten Tanten fahren und von dort aus nach Arbeit suchen. Sie wußte, daß sie eine ausgezeichnete Krankenpflegerin geworden war, und es schien ihr nicht schwer, eine Arbeit zu finden. Den Rest ihres Geldes wollte sie dazu benützen, einen ergänzenden Kurs mitzumachen, der sie zu einem Examen berechtigte. Ihre Gedanken waren ruhig und klar. »Und dann«, sagte sie sich, »werde ich ihn auch eines Tages vergessen haben.« Aber ein Schmerz, der quer durch sie schnitt, belehrte sie darüber, daß sie ihn nie vergessen würde. Sie schlug die Hände vor das Gesicht und ließ sie ratlos wieder sinken. Sie begann zu frieren. Über den Bergen zeigte sich das erste schwache Morgenlicht. Sie blickte voller Hoffnung zu ihm auf. »Nun wird er bald kommen, nun werde ich ihn sehen.«
Sie wandte keinen Blick von der Straße, auf der er kommen mußte. Heller und heller hob sich ihr Grau von den Wiesen ab. Der Morgen kam. Heckliff war nicht vorübergefahren. Langsam ging Juliane nach Hause. Katharina war am Herd tief und fest eingeschlafen. Sie schnarchte. Ihre Gesicht war dick geschwollen vom Weinen. Juliane warf ihr mitleidige Blicke zu, während sie auf dem Spirituskocher Teewasser

aufsetzte. Sie trank rasch eine Tasse und goß das übrige in eine Thermosflasche, schüttete Rum und Zucker dazu und stellte sie auf Heckliffs Schreibtisch ins Sprechzimmer. Dann schlief sie mit dem Kopf auf der Stuhllehne ein.

Sie erwachte vom ersten Klingeln an der Haustür. Eine halbe Stunde später sollte die Sprechstunde beginnen. Sie wartete, ihr Gesicht an die Fensterscheibe gepreßt, bis es neun Uhr schlug. Dann zog sie ihren weißen Kittel an und ging ins Wartezimmer. »Der Herr Doktor ist noch nicht da. Wer irgend etwas Leichteres hat, eine Wunde oder so etwas, der kann ruhig hereinkommen.«

»Ja, ja«, sagte ein alter Arbeiter, »wir wissen schon, daß Sie bald soviel können wie der Doktor.«

»O nein«, sagte Juliane, »da fehlt's noch weit.« Aber sie wurde rot vor Stolz über das Lob.

Während sie arbeitete, vergaß sie ihre Sorge. Sie hatte bereits sechs Personen behandelt, als plötzlich das Wägelchen einrollte. Gleich darauf erscholl Heckliffs Stimme im Wartezimmer: »Ich komme sofort. So wenig heut?«

Mehrere Stimmen zugleich antworteten ihm: »Die anderen sind schon fertig. Das Fräulein hat's gemacht.« Julianes Herz hämmerte, und ihre Hände zitterten, als sie einen Verband anlegte. Sie hob flüchtig den Kopf, als Heckliff eintrat. »Machen Sie fertig«, sagte er kurz. »Was ist es?«

»Nichts Besonderes«, antwortete sie sachlich. »Eine kleine Quetschung und Verunreinigung durch Kalkstaub.«

Sie empfand Heckliffs Gegenwart mit solcher Heftigkeit, daß sie den Verband zweimal wickeln mußte, bis er festsaß. Als der Patient gegangen war, sagte sie, ohne aufzublicken: »Wenn Sie noch nicht gefrühstückt haben, dort ist Tee in der Flasche.«

»Danke.« Seine kalte Höflichkeit trieb ihr das Blut ins Gesicht. Im Spiegel sah sie, daß er seinen weißen Mantel übergezogen hatte. Er hatte begonnen, sich die Hände zu waschen.
Da sagte sie leise und gefaßt: »Es ist, denke ich, das Beste, ich gehe von hier fort.«
Nach einer kurzen Pause, während er das Wasser aus dem Becken ablaufen ließ, das gurgelnd in die Röhre schoß, sagte er trocken: »Ich habe das nicht anders erwartet.« Er griff nach dem Handtuch. »Soll ich Ihnen Ihre Sachen ins Schloß bringen lassen, oder werden sie abgeholt?«
Sie erwiderte langsam: »Ich gehe nicht ins Schloß.«
Er wandte sich hastig um. »Nicht?«
»Nein.« Sie stand an seinen Schreibtisch gelehnt. Ihre Arme hingen schlaff herab. Sie blickte offen zu Heckliff auf. Jetzt, da sie nichts mehr zu verlieren hatte, ließ sie ihr ganzes Gefühl in ihre Augen strömen. »Er versteht es nicht«, dachte sie beruhigt.
»Wohin wollen Sie denn?« fragte er in grenzenlosem Staunen, das ihn einem Knaben ähnlich machte. Jetzt erst sah Juliane, in welchem Zustand er sich befand: seine Haare waren feucht, sein Kragen aufgeweicht, das Gesicht von Bartstoppeln bedeckt, die Augen tief eingesunken. An seinen Schuhen klebte feuchter Schmutz. »Er ist über Feld gelaufen«, dachte sie bestürzt.
»Ich gehe zu meinen Tanten«, sagte sie, »und dann suche ich eine Stelle als Krankenpflegerin oder Arzthilfe oder etwas Ähnliches.«
Das Staunen in seinen Augen wuchs noch mehr. »Ja, aber Sie heiraten doch Matrey?«
»Nein«, sagte sie, »das werde ich nicht tun.«

Er starrte sie an. Dann sagte er hastig: »Kommen Sie nach der Sprechstunde in mein Zimmer. Jetzt können Sie gehen.«
Sie zog gehorsam den Kittel aus und hängte ihn an die Tür. »Das ist der Abschied«, dachte sie. Dann warf sie noch einmal einen Blick auf den weißen, vor Sauberkeit blitzenden Raum. Heckliff stand abgewandt am Schreibtisch. Sie ging langsam hinaus.
Da kam Katharina mit zwei mächtigen altmodischen Reisetaschen über die Treppe. Ohne Juliane anzuschauen, ging sie an ihr vorüber zur Sprechzimmertür und klopfte. Heckliff kam heraus. »Was ist denn los?«
»Ich geh.« Sie begann laut zu schluchzen. Heckliff zog sie am Arm ins Sprechzimmer. Aber die Tür öffnete sich nach kurzer Zeit wieder, und Katharina kam heraus, steif und heulend. Heckliff rief ihr nach: »Dann gehen Sie eben, verdammt nochmal, gehen Sie zum Teufel, wenn Sie wollen. Sie Schaf.« Er warf die Tür zu.
Katharina wankte zur Haustür. »Dreiundzwanzig Jahre«, murmelte sie. »Und nun muß ich gehen. Entlassen.« Sie schluchzte von neuem auf. Offenbar hatte sie völlig vergessen, daß sie selbst es war, die gehen wollte. »Und alles wegen dieser Person. Erst die Mutter, dann die Tochter.« Sie drehte sich um und blickte wild und drohend auf die geschlossene Sprechzimmertür. »Aber er wird schon sehen, er wird sehen...« Dann zog sie mit dem Fuß die Haustür hinter sich zu. Juliane blickte ihr voll Mitleid und Spannung nach. »Arme Katharina«, dachte sie, leicht verwundert über ihre plötzliche eigene Weichheit. »Aber«, fragte sie sich, »was wird aus Sebastian und Heckliff, wenn ich nun auch gehe?« Sie schaute auf die Uhr. »Elf. Man muß doch kochen.«

Kurz entschlossen ging sie in die Küche. Sie war tadellos aufgeräumt und gleichsam unbewohnt. Juliane machte Feuer im Herd. Sie hatte kaum je zuvor gekocht. Mit ängstlicher Überlegung begann sie, Kartoffeln, Möhren und Sellerie zu einer Gemüsesuppe herzurichten und aufzusetzen. Sie fand auch noch einen Krug Milch. »Pudding kann ich«, dachte sie erleichtert. Als die Suppe im Topf brodelte und der Pudding in der Form war, kam es ihr plötzlich zum Bewußtsein, daß das Botenfuhrwerk, das sie in die Stadt bringen sollte, eben abgefahren war und daß nicht sie, sondern Katharina darauf saß. Achselzuckend dachte sie: »Morgen dann.«
Da stürmte Sebastian in die Küche. »Ist es wahr, daß sie fort ist? Mit Sack und Pack. Sag doch: ist es wirklich wahr?« Er warf den Schulranzen auf den Tisch und begann, über die Stühle zu springen. Plötzlich blieb er nachdenklich auf einem Hocker stehen. »Kochst du heute?«
»Ja, wie du siehst.« Er betrachtete mißtrauisch den Topf auf dem Herd.
»Kannst du denn das?«
Als er gegangen war, begann sie im Eßzimmer den Tisch zu decken.
Da kam Heckliff. »Hier«, sagte er, indem er ihr ein kleines Heft reichte. Sein Eintritt hatte sie so bestürzt, daß sie kaum sah, was er ihr gegeben hatte. Er fuhr rasch fort: »Sie werden Geld brauchen für den Anfang. Hier ist ein Scheckheft. Sie können von meinem Konto Geld abheben, so viel Sie brauchen.«
Sie schaute ihn abwesend an. Während er leicht rot wurde, sagte er: »Ich habe das Geld wirklich. Ich habe etwas geschrieben, und das ist der Vorschuß für die Arbeit.«
Plötzlich fiel es ihm auf, was sie tat. »Was tun Sie denn da?«

»Ich decke den Tisch.«
Er starrte nachdenklich vor sich hin.
»Sie müssen doch essen«, sagte Juliane ein wenig belustigt.
»Ich habe gekocht.«
»Gekocht haben Sie?«
Ohne auf sein Erstaunen zu achten, fuhr sie fort: »Wer hätte es denn sonst getan? Katharina ist ja nicht mehr da.«
»Dieses Schaf«, murmelte er. »Dieses gottverdammte alte Schaf. Aber es ist ganz gut so.«
Juliane hatte den Tisch fertig gedeckt, aber sie ging noch nicht aus dem Zimmer. Sie empfand Heckliffs Gegenwart mit allen Nerven. »Nie mehr werde ich ihm so nahe sein wie jetzt«, dachte sie.
Aber auch Heckliff ging nicht. Es entstand eine so große Stille im Zimmer, daß man einen Schwarm Vögel über das Haus hinfliegen hörte. Juliane schloß langsam die Augen. »Mag er wissen, was ich empfinde«, dachte sie, trunken von ihrem Gefühl. Ohne es zu sehen, spürte sie, wie sein Blick voller Bestürzung auf ihr lag. Mit einem Mal begann sie lautlos zu weinen. Sie rührte keine Hand, um die Tränen abzuwischen. »Was ist denn, was ist denn?« hörte sie ihn so fragen, wie er zu einem kranken Kind gesprochen hätte. Sie öffnete die Augen. Da sah sie ihn langsam näherkommen. »Was ist denn?« fragte er noch einmal, diesmal leise und in tiefer Verwirrung. In diesem Augenblick schien er zu begreifen. »Nein, nein«, sagte er fassungslos. »Es ist nicht wahr.«
»Es ist wahr«, sagte sie einfach. Sie sah, daß sich seine Lippen bewegten; aber es kam kein Laut über sie. Dann wandte er sich schroff ab und ging ans Fenster. Sie ließ ihn gewahren. Voller Liebe blickte sie auf seinen breiten Rücken, sein dunkles Haar, auf die braunen, kräftigen Hände, die sich um die

Kante der Fensterbank gebogen hatten und sich an ihr festzuhalten schienen. Sie war vollkommen glücklich und, ohne sich dessen klar bewußt zu sein, war sie durchdrungen von dem Wissen, daß diese Augenblicke sie für immer mit ihm verbanden, was auch weiter geschehen würde. Plötzlich drehte er sich um und kam auf sie zu. Seine Augen waren dunkel. Widerstandslos versank sie in dieser Dunkelheit. Mit einem Mal fühlte sie sich vom Boden aufgehoben und mit einer Gewalt umarmt, die ihr den Atem nahm und sie einer Ohnmacht nahe brachte.

Er sprach kein Wort. Aber sie spürte sein Herz hart wie einen Hammer gegen die Brust schlagen.

Sie hörten nicht, daß sich die Tür geöffnet hatte. Sebastian stand auf der Schwelle und schaute interessiert auf die beiden. Nachdem er eine Weile an seiner Unterlippe gekaut hatte, rief er: »Du sollst in den Steinbruch kommen, Doktor.«

Juliane wandte den Kopf nach ihm wie jemand, der aus dem tiefsten Schlaf geweckt wird.

»Ja«, fuhr Sebastian fort, »drei Arbeiter sind unter eine Steinlawine gekommen. Sie haben das Lastauto herübergeschickt.«

»Hast du gehört?« rief Juliane.

Heckliff nickte abwesend. Juliane glitt aus seinen Armen.

»Komm«, rief sie und faßte ihn am Ärmel.

»Ja, ja«, sagte er mühsam, »ich komme ja schon.«

Wie ein Träumender folgte er ihr ins Sprechzimmer. Er packte hastig in die Mappe, was Juliane ihm reichte.

»Kommst du mit?« fragte er.

»Natürlich.«

Ohne sich um Sebastian zu kümmern, der mit glänzenden

Augen auf der Schwelle stand, nahm er sie noch einmal in die Arme. Dann eilten sie aus dem Haus. Niemand hinderte Sebastian daran, hinten auf das Lastauto zu springen, das Juliane und den Doktor in den Steinbruch bringen sollte.

*Der Roman wurde 1942 geschrieben
und im Jahre 1948 zum ersten Mal veröffentlicht*